講談社文庫

恩讐の鎮魂曲（レクイエム）

中山七里

講談社

目次

恩讐の鎮魂曲（レクイエム）

第一章　被告人の従順

1

海は怪物だ。

大きく傾いだ甲板から海を眺めて、男は心の底からそう思った。

まだ日も暮れていないというのに空は暗い。

しかし真下で荒れ狂う海はもっと暗かった。どこまでも漆黒で、光という光を吸収し尽くすような暗さだった。

波濤は龍のように暴れ、その首と胴体を船体に叩きつける。うねり、巻き込み、舞い上がり、そして砕ける。波の砕ける音と風の唸り声が一つになって、まるで怪獣の咆哮のようにも聞こえる。


この世のものとは思えない声に男は震える。

宙を飛び交う波飛沫は身体を弾き飛ばすほどの勢いがあり、実際甲板にいた何人かの乗客は機関室の壁に打ちつけられていた。甲板に留まらない。高い波は展望台の窓にまで届き、ガラスを割らんばかりに弾く。それは巨大な蛇の舌がちろちろと獲物をいたぶっているようにも見える。

男はハンドレールにしがみついてその光景を目の当たりにしていた。

船体は既に三十度ほど傾き、右舷は海面下に沈みかけている。甲板に置かれていたテーブルと椅子は全て海に投げ込まれた。右舷には救命ボートが括りつけられているが、そのボートも波間に浮き沈みを繰り返すばかりで到底使い物になるとは思えない。さっきも船員らしき男がボートを外そうとしていたが、すぐに諦めて船尾の方に消えてしまった。

甲板では救助を待つ乗客の何人かがやはりハンドレールを握り締めていたが、時折襲いくる大波に一人ずつ攫われていく。波に攫われずとも、その衝撃で甲板に叩きつけられ、ずるずると海面の方に滑り落ちていく。

失神したまま海に呑み込まれるのはまだ幸運な方だった。男が見た中では頭から大量の血を噴き出しながら、波間に漂っている乗客もいた。この乗客はしばらくもがいていたが、やがて動かなくなった。

乗船した時から嫌な予感はしていた。

韓国籍、ブルーオーシャン号。釜山～下関間を一日に一往復する旅客船だが、船自体は日本で耐用年数を過ぎたものを韓国で改造したと聞いた。本当はその時点で他の船に乗り換えるべきだったのだ。

真直ぐに航行しているはずなのに、何故か船体が不安定だった。波は穏やかなのに重心がふらふらと絶えず移動している。

積荷の多さも異常だった。客船であるにも拘わらず、甲板の両舷にはかなり大きなコンテナが鎮座していた。まるで貨物船のような威容だったのを憶えている。おそらく過積載でバランスが崩れていたところへ、この時化に遭遇してしまったのだろう。

だん、とまた大きな衝撃を受けて船が揺れた。波がぶつかる度に聞こえる軋み音は船の断末魔の叫びだった。男の身体は宙に揺れる。頭から爪先までずぶ濡れで、ハンドレールに巻きつけた腕も滑って上手く固定できない。

いや、もっと切実な問題がある。

男は救命胴衣を身に着けていなかった。

ひどい船だ、と改めて思う。

最初に船が大揺れした時も、特に船内放送はされなかった。そして船体が復元しないまま傾きを大きくした時ですら、『海が時化ているだけだから乗客は慌てないように』と、人を馬鹿にしたようなアナウンスが韓国語で告げられたのみだった。

いよいよ乗客たちが慌て始めると『念のために救命胴衣を着けるように』と指示があった。ところが、肝心の救命胴衣を配付する船員がいなかった。そう言えば船がこんな事態に陥った頃から、客室で船員の姿を見掛けなくなった。

最初、男がいたのは二階フロアだった。壁に設えられた戸棚の中に人数分の救命胴衣が用意されていると聞いていたので、少なくともそれに関しての心配はしていなかった。

これが間違いだった。

乗客たちが戸棚を開き、我も我もと救命胴衣を持ち出すと、かなり数が不足しているのが分かったのだ。

瞬く間に恐慌が伝播した。

もちろん分かった時点で残りはなく、あぶれた乗客は自分の分を確保すべく一階フロアに駆け下りた。男もそのうちの一人だった。

一階フロアに辿り着いた乗客たちは更なる絶望を味わうことになる。

戸棚という戸棚は中を引っ掻き回され、何も残されていなかった。そこでも不足が生じているらしく、多くの乗客が救命胴衣を求めて右往左往していたのだ。幸いにも簡単な韓国語だったので、皆が何を言っているのかくらいは聞き取ることができた。

「どうして足りないんだ！」

「誰か多く持って行ったのか」

「俺にもくれえっ」

「わたしが先よ！」

「船長はいったい何をしてるんだ！」

「船員たちはどこへ行った！」

一部では救命胴衣の奪い合いが始まっていた。

乗客の半数以上は釜山から下関に向かう観光客だった。訓練された者でもなく、避難誘導すらないのでは混乱するのも当然だった。

ここにいても駄目だ――男は咄嗟にそう判断し、一階客室から隣の食堂に移った。同じことを考えたのだろう、あぶれた他の乗客も救命胴衣を求めてドアに溢れた。

そこで船体がぐらりと傾いだ。

バランスを失ったブルーオーシャン号は、今や乗客の移動にすら耐えられなくなっていたのだ。

途端に客室から悲鳴が溢れた。

「誰か助けて」

「お母さん！」

「ひぃぃ」

開け放たれた客室のドアから大量の海水が襲い掛かった。

残っていた乗客が恐怖の表情を貼りつかせたまま波に呑まれる。救命胴衣を着けていない者は呆気（あっけ）なく水中に姿を消し、着用済みの者は顔だけ出して引き波に攫われる。

間違いなくブルーオーシャン号は沈没しかけている。波に呑まれた者がなかなか浮き上がってこれないのは、船が沈む際に生じる渦に巻き込まれるからに相違なかった。

男は慌てて食堂の中を物色した。食事中に事故が起きても対処できるよう、食堂にも救命胴衣が用意されているはずだからだ。

だが、それらしきものは一向に見当たらなかった。

床には割れた食器の破片が散乱して足の踏み場すらない。その間を縫うように探したが、救命胴衣は一つも落ちていない。

テーブルはそれぞれ固定されているため、船が傾いても片方に寄ることはなかった。そのテーブルの一つに男の身体が載っていた。気絶か、それとも死んでいるのか、テーブルに上半身を預けたままぴくりとも動かない。

よくよく見れば食堂の隅にも倒れた乗客の姿があった。中には血を流している者もいる。共通しているのは、誰もが救命胴衣をしていないことだ。きっと他の乗客が奪っていったのだろう。どうせ死んだり気絶した者には不要な装備だ。

「船員はどこに行った!」

「探せ!」

「下の船室だ!」

救命胴衣を求める気持ちと乗組員に誘導して欲しい気持ちが混在しているのだろうが、皆、殺気立っていた。いや、男も傍目(はため)からは同じように見えているだろう。

大きく傾いだといっても、まだ全ての区画に海水が入り込んだ訳ではない。乗客たちは次々と船室のドアを開けていった。

だが、いなかった。

どの船室を覗(のぞ)いても人っ子一人いなかった。乗客の一人が室内を捜索したが、救命胴衣すらも残っていない。

「どこだ」

「あいつら、どこに行った」

当てが外れた乗客たちは血眼になって乗組員を探す。

「船長を探せ」

「どこにいる」

「きっと操舵室だ！」

乗客たちはデッキに引き返した。沈みかけた右舷は危険なので左舷から操舵室に向かおうとする。

その時、一人が叫んだ。

「あれを見ろ！」

指差した方向も漆黒の海がうねっている。しかし目を凝らしてよく見ると、数人の人間を乗せた橙色のボートが波間を漂っていた。

紛れもなく救命ボートだった。

「に、逃げやがった！」

「あいつら、全員船員だぞ」

「乗客を置き去りにしやがった……」

「何てヤツらだ」

「戻って来い、この野郎！」

「こん畜生！」

乗客は口々に罵声を浴びせるが、もちろんそれでボートが帰ってくるはずもない。

そもそも乗客たちの声が届いているかどうかも分からない。

こんなところで叫んでいても助からない——男は早々と見切りをつけ、乗客たちの群れから離脱した。

おそらく船長もあの救命ボートに乗っていたと思われる。もし船内に残っているのなら何らかの指示を出すはずだが、そんなものは一切ない。

船員たちを当てにできないのであれば自分で脱出口を開くより他にない。

男は船会社と船長と船員、そして自分にブルーオーシャン号を割り当てた旅行会社に悪態を吐きながら甲板を移動する。

それにしても何故、救助がこないのだろう。

航行時間から考えて、ここはもう日本領海内のはずだ。どこか未開の国ではあるまいし、もうそろそろ海上保安庁なり海上自衛隊なりが救助に駆けつけてもいい頃だが、そんな動きは全くない。

男は海上保安庁と海上自衛隊と、そして韓国に悪態を吐く。

とにかく助かるためにはボートと、そして救命胴衣が必要だ。男はその二つを求めて甲板をさすらう。既に左舷は大きく持ち上がり、ハンドレールを摑んでいないと、身体を支えていることができない。

ようやく辿り着いた左舷中央でまた絶望を味わった。

そこに固定されていたはずの救命ボートは一艘残らず姿を消していた。後にはただ、ボートを結わいつけていたロープが風に揺れているだけだ。

どうやら乗組員たちがこちらの救命ボートを全て分捕ってしまったらしい。

クソッタレめ。

男は心中で毒づきながら思案に暮れる。

ボートはもう駄目だ。それならせめて救命胴衣を――そう考えた瞬間、大きく世界が揺らいだ。

男は身体が投げ出されそうになるのをすんでのところで堪えた。

船体が更に傾く。

積荷だ。

船倉の積荷が右舷方向にずれてしまい、完全に復元力を失くしたのだ。

こうなればブルーオーシャン号は右舷を下にして沈みゆくしかない。

突然、恐怖心が全身を貫いた。

このまま船と運命を共にするのか、それとも海に投げ出されて溺死するのか。

緩慢か急速かの違いはあっても死ぬことに変わりはない。

冗談じゃねえぞ！

円高ウォン安の今、一番安く行ける海外旅行という触れ込みでツアーに参加した。

現地の物価もフェリー代も驚くほど安かった。

しかし自分の命まで安くしたつもりはない。

こんなところで死んで堪るか。

男は救命胴衣を求め、今度は船尾に向かう。備えつけの救命胴衣を探すつもりは、もうなかった。

倒れている誰か。

もう救命胴衣を着けていても意味のない者から剝ぎ取るしかない。

そして男は船尾に回り込み、荒れ狂う海を目前に捉えたのだ。

男と同様に船の運命を悟った乗客たちが、次々と海に身を投じていく。時間との闘いだ。まごまごしていたら、船と一緒に海底に引き摺り込まれる。

あちこちから乗客の怒号と悲鳴が聞こえる。中には絶叫している者もいる。

男は懸命に動かなくなった乗客を物色する。

だが、船内に横たわった乗客たちは例外なく無防備だった。危急存亡のときともなると、誰しも考えることは同じとみえる。

恐怖で心臓がせり上がる。

このままでは自分も海の藻屑になる。

死ぬのは嫌だ。死ぬのは嫌だ。

救命胴衣はどこだ。

救助が必要でなくなったヤツはどこだ。

今すぐ俺に寄越せ。

ハンドレール沿いに移動するが、やはり目当てのものは見つからない。

男は標的を変更することにした。

もう生者も死者も関係ない。

誰でもいい、強引に奪い取るだけだ。

そして、ようやく格好の獲物に遭遇した。

救命胴衣を着た細身の女。

十代か二十代か、いずれにしても自分よりも若く見える。

そしてか弱く見える。

女はハンドレールにしがみついている。その様子から、なかなか海に飛び込む決心がつかないことが見てとれる。

よし、こいつだ。

この女なら奪える。

判断は瞬時だった。男はハンドレールを伝って女に近づいた。荒れ狂う波の音と乗客の阿鼻叫喚(あびきょうかん)で、男が接近しても気づかない。

五メートル。

三メートル。

一メートル。

男は伸ばした手で女の手首を捉えた。刹那(せつな)、女がこちらを振り向いた。

きっと男の顔が凶暴だったのだろう、女は短く叫んで腕を振り払おうとした。

離して堪るか。

男は女の背中に飛び掛かった。

「やめて!」

同じ日本人だったのか。

だが同族意識も今はない。男は救命胴衣の裾を掴み、強引に剝ぎ取ろうとした。

「やめてくださいっ」

聞く耳など持ち合わせているものか。男は抗議の声にも構うことなく略奪行為を続行する。

そのうち女が身悶えして体勢を変えた。

真正面に女の顔がくる。男の意図を読み取ったのか、尖った目でこちらを直視している。

「人でなしっ」

そう叫ぶと同時に、男の顔に爪を立てた。

いきなり頰が熱くなった。

この女、引っ掻きやがった——。

その途端、男の中で最後に残っていた理性が吹っ飛び、代わりに嗜虐心が目を覚ました。

「やったな！」

もう容赦しねえぞ。

男は女の顔面に拳を炸裂させた。

拳の先で、ぐしっと肉の潰れる感触があった。見る間に鼻血が噴出する。

その一発で女は抵抗する力を失ったようだった。

数分後、男は女から奪った救命胴衣を身に着けていた。女は甲板にぐったりと横たわったまま、ぴくりともしない。

そしてまた大きく船が傾いだ。

船体は右舷を下にして、垂直になろうとしていた。

それまで甲板に踏みとどまっていた乗客が宙に投げ出される。

女の身体もずるずると甲板の上を滑り、海面に呑み込まれていった。

ブルーオーシャン号に最期の刻が近づく。

甲板の上にあったものが、雪崩のように落ちてくる。

男は海に身を躍らせた。

身体中が海水に包まれるが救命胴衣の浮力で、すぐに顔が海面から出る。

水温は低め。この程度なら少しくらいは持ち堪えることができそうだ。

「沈むぞおっ」

「逃げろおっ」

沈没する際の渦に巻き込まれまいとして、海面に漂っていた乗客たちが一斉に船体から離れ出した。

ぐおう、と船が獣のような呻き声を上げた。ブルーオーシャン号の断末魔だった。

船体は水面に対し、ゆっくりと垂直になった。

やがて底から無数の泡を吐き出しながら、徐々に水没し始めた。まずハンドレールが海中に没し、取り外せなかった救命ボートもろとも右舷が姿を消していく。

「わあああっ」

「助けてえええっ」

方々から悲鳴が上がり、そして空しく没していく。

船体を中心に巨大な渦が発生し、逃げ遅れた者たちが巻き込まれていく。男には、まるで海が生き物のように獲物を捕食しているように見えた。

巨大な渦の作る波紋が男たちの身体を大きく揺らす。海面に投げ出された者たちは波に攫われまいとするのが精一杯だった。

ぼおお、と船が再び哭いた時、操舵室も半分以上海中に沈んだ。

そこから先はあっという間だった。

水没の早さはみるみるうちに加速し、船はどんどん海中に消えていく。

沈みゆく途中の船内からわずかに人の悲鳴が漏(も)れ聞こえる。おそらく取り残された者が声を振り絞っているのだろう。しかし手を差し伸べる者はおらず、悲鳴も船の沈む音に掻き消された。

左舷の甲板が残った頃、一隻、また一隻と漁船がやって来て、海面に漂う乗客たちを救助し始めた。男が救い出されたのは三隻目だった。

「大丈夫か」

漁師らしき男に声を掛けられ、男は懸命に頷(うなず)いてみせた。声を発しなかったのは、口を開けば余計なことを口走りそうだったからだ。

こうして救助された乗客と漁師たちの見守る中、ブルーオーシャン号は船首部分を残しそのほとんどを海中に消した。


死者二百五十一人、行方不明者五十七人、生存者二十五人——。

ブルーオーシャン号転覆事故は、事故を起こした船舶が韓国籍であったことから、日韓間に微妙な緊張感をもたらした。乗組員は二十人で、乗客三百十三人のうち百十五人が日本人だったせいだ。日本側からはブルーオーシャン号のオーナーである大韓高速海運に対して過積載の疑念が、そして海上保安庁に対しては救助の遅れが指摘された。これには韓国側の被害者やマスコミも同調を示したものの、各々の賠償額を巡る段になると日頃の嫌韓・嫌日が頭を擡(もた)げ、一朝一夕(いっちょういっせき)では解決しそうにない雰囲気となった。

捜査が進むにつれブルーオーシャン号の運航について多くの問題点があったことが判明した。過積載とそれをごまかすためのバラスト水の操作、不適切な船体改造、そして船長および船員の職務放棄。

いずれも国際基準で見れば噴飯(ふんぱん)ものの話ばかりであり、日本側関係者一同は呆(あき)れるしかなかった。

だが事故発生から二日後、韓国側から別のとんでもない情報がもたらされた。

それは乗客の一人が海に飛び込む寸前、船内の様子を携帯端末で録画した一シーンだった。

船尾近くで男が女を殴り、救命胴衣を無理やり奪っていた。しかも争う声まで入っており、二人とも日本人であることが明らかになったのだ。

自分が助かりたいがために、女から救命胴衣を力ずくで奪った男。

日本国内はたちまち騒然となり、即刻犯人捜しが始まった。映し出された救命胴衣にはナンバーが振られていたため、救出者名簿を基に男の素姓がすぐに割れた。被害者女性についても顔の部分が詳細に映っていたため、家族が本人であることを確認した。

　男の行為は道義的にも倫理的にも看過できるものではない——警察は男を暴行罪で逮捕、直ちに送検することとしたが、最大の問題はこの後に控えていた。

　公判が始まると弁護側は〈緊急避難〉による無罪を主張してきたのだ。耳慣れない言葉に市井の人々は首を傾げたが、法曹界の住人にとっては至極興味をそそられる主張だった。

　刑法第三十七条〈緊急避難〉一　自己又は他人の生命、身体、自由又は財産に対する現在の危難を避けるため、やむを得ずにした行為は、これによって生じた害が避けようとした害の程度を超えなかった場合に限り、罰しない。ただし、その程度を超えた行為は、情状により、その刑を減軽し、又は免除することができる。
二　前項の規定は、業務上特別の義務がある者には、適用しない。

　つまり今回の事案では、男の行為は自身の生命に生じようとした害が女の救命胴衣を奪われた害より優越し、違法性阻却が認められる、という主張だった。

　日本の判例で〈緊急避難〉が取り上げられることは稀だ。避けようとした害が第三者に与える害より優越されるという実例自体が希少であり、その希少な例でも優越性が認められることはまずない。

一例を挙げるなら、災害発生時に住民を避難場所に運ぶため無免許でトラックを運転した——この場合、人命救助は道交法違反に明らかに優越する。つまりそのくらいでなければ容易に優越性は認められないのだ。

しかし今回の事案は勝手が違った。

元々、緊急避難の概念は古代ギリシアの哲学者カルネアデスの提示した設問に基づく。

紀元前二世紀のギリシアで一隻の船が転覆し、乗組員は全員海に投げ出された。一人の男が壊れた船の板にしがみついたが、そこに別の男が同様にしがみつこうとした。板は二人分の重みに耐えられるとは思えず、男は後からやって来た男を突き飛ばして水死させてしまう。救助された男は後日、殺人の罪で裁判にかけられるが、結局罪には問われなかった——。

所謂〈カルネアデスの板〉と呼ばれる寓話だが、今度の事件は偶然にもその寓話と酷似していたからだ。緊急避難の優越性を主張するにはまさしく格好の事案と言えた。

　無論、検察側は緊急避難の場合であったとしても女性を殴打してまで救命胴衣を奪ったことは過剰避難に相当すると反論した。しかし問題の動画には男が女を一発だけ殴り、救命胴衣を脱がせたところまでしか収録されていなかったし、被告人となった男も殺意を否認している。

　裁判所は、暴力によって救命胴衣を奪った程度では直ちに過剰避難とまでは言い難いとし、弁護側の主張通り無罪判決を下した。

　意外にもこの判決は世間から容認された。海難事故の悲惨さに心を痛めていた世間にとって、我が身を省みればやむを得ない行動だったと同情が寄せられたからだ。

　暴行の証拠は録画画像しかなく、その他の物証は全て海の彼方に消えている。新証拠がない限り、控訴しても勝ち目は甚だしく薄い。女性は未だ行方不明であり、極端なことを言えば生死も断定できず、男の暴力の程度も立証不可能だった。

　結局、検察側は控訴を断念し、ここに男の無罪判決が確定した。

2

「主文。一　被告人を懲役二年六ヵ月に処する。二　未決勾留日数中、六十日を右刑に算入する。三　この裁判確定の日から、五年間右刑の執行を猶予する」

法廷に裁判長の声が響くなり、傍聴席に座っていた山崎が「よしっ」と小さくガッツポーズを取った。

案の定、対面に座っていた検事は山崎を一瞥して苦々しい顔をする。銃刀法違反、求刑の懲役八年が二年六ヵ月に減刑、おまけに執行猶予までつけられたのだから、検察側の実質的敗訴といっても過言ではない。

しかし訴訟に勝ったからといって、これ見よがしのパフォーマンスはマイナス要因にしかならない。次に同じ検察官、同じ裁判官に巡り合った時の反応を想像して、御子柴礼司は心中で溜息を吐く。

被告席に立った男は思いがけない判決に、今にも小躍りしそうだった。閉廷するまではせめておとなしく突っ立っていてくれと願う。

　長々と判決理由を述べた裁判長は、最後に釘を刺しておくのを忘れなかった。

「被告人は猶予期間中はもちろん、今後も銃刀類について妄りにそれを所持しないように。銃刀とは本来、生活あるいは生業の道具として使用されるべきものであって、それ以外での用途を広く容認するものではない。よろしいですか」

「ええ、はい。それはもう仰る通りで」

　男はこくこくと何度も頷いてみせるが、御子柴は裁判長の小言に反論したい気もする。元よりヤクザ者にとって銃刀類は生業の道具ではないか。そんな良識を縷々述べたところで、何の意味も価値もない。

「では閉廷します」

　ゲームオーバー。御子柴は無表情のまま席を立つ。傍聴席との境目になる小さな戸を開いた時、背後に検事がやって来た。

「さぞかしご満悦だろうな、〈死体配達人〉」

　御子柴はゆっくりと振り返った。

「あんただったら法を逃れる方法はお手のものだろう」

　またか、と御子柴は嘆息しそうになる。自分の素姓が知られてからというもの、初対面の検事や弁護士までが同じような接し方をしてくる。だが名誉毀損ぎりぎりの線で嫌味を言うところは、さすがに検察官と思わせた。ただし嫌味のバリエーションなら、自分の方が豊富にある。

「先月、お宅の地検は誤認逮捕の案件をそのまま起訴している。法を逃れるのは問題があるかも知れんが、冤罪をこしらえるのは、もっと問題があるんじゃないのか」

御子柴が指摘すると、検事はひときわ凶暴な顔つきをしてその前を通り過ぎていった。

「またレベルの低い負け惜しみですねえ」

山崎は呆れた表情で検事の背中を見送る。

「いくら裁判で負けたからって、あの言い草は中二並みだ」

「放っておけ。言ってることに間違いはない」

「先生は人間ができていらっしゃる」

そうかな、と御子柴は心中で疑問符をつける。

人間ができているのではなく、人間として真っ当な感情が欠落しているだけなのかも知れない。その証拠に、さっき検事から昔の綽名で呼ばれた際も、心は一ミリも動かなかったではないか。

御子柴は少年時代、幼女を殺害していた。死体を切断した上、パーツを幼稚園や神社に放置したところ、マスコミはその行動から〈死体配達人〉と名付けた。

御子柴は逮捕され、医療少年院送りになった。そのまま悪い仲間と交流を深めればただの悪党になっていただろうが、ふとしたきっかけで弁護士という職業に興味を持った。そして房内で独学した結果、見事に司法試験に合格する。

カネには汚いが弁護能力はとびきり優秀——それが弁護士御子柴礼司の人物評だった。ただし、それはあくまで御子柴の過去が公になっていない時点での話だ。

ところが最近、ある事件の弁護を担当していたところ、審理中に御子柴の旧悪が暴露された。法曹界は狭くて濃密な世界だ。御子柴の出自が知れ渡るのに三日とかからなかった。

「それにしても圧勝でしたね、先生」

山崎はひどく感服した様子で御子柴の後をついてくる。

「まさか執行猶予までつけてもらえるとは。失礼ですが、こうまで完全勝利するなんて予想もしませんでした」

「あんなもの、完全勝利じゃない」

「は?」

「普通、執行猶予がつくなら大体三年だ。それが五年になったのはあの裁判長の裁量、つまり本件では執行猶予をつけてやるが、それほど被告人を信用している訳じゃないという意思表示だ。心証は限りなく黒に近いグレーだ。白じゃない」

「どれだけグレーでも黒でなきゃ万々歳ですよ。あいつは会長の血筋ですからね。たかが銃刀法違反なんてチンケな罪でムショに放り込む訳にもいかないんで」

山崎は申し訳なさそうに言う。会長の血筋という割に、あの被告人の行状はチンピラ以外の何物でもない。身内ながら器の小ささを恥じているのが、言葉の端々（はしばし）に表れている。

「あなたはお目付け役だったのか」

「そんないいもんじゃありません。単なる尻拭き役ですよ」

山崎は大袈裟（おおげさ）に溜息を吐いてみせた。

山崎岳海（たけみ）、広域暴力団宏龍会（こうりゅうかい）渉外委員長。実質的な地位はナンバー3という触れ込みだ。

だが肩書に比して、本人自身はまるでヤクザ者に見えない。中肉中背、白シャツに地味なネクタイをきちんと締め、丸顔が妙に人懐っこい。話を聞いてみればやはり武闘派という訳ではなく、交渉力と判断力のよさで今の地位に上り詰めたらしい。

以前から御子柴には反社会的勢力からの依頼も多かった。要求する報酬は多額だが、カネさえ払えば客の選り好みをしない御子柴は重宝されていたのだ。

そして御子柴の犯罪が明るみに出た途端、真っ当な依頼人は次々に離れていき、今や大口の顧客といえば宏龍会だけになってしまっていた。

「先生、昼食まだでしょう。一緒にどうですか。確か地裁の地下に食堂があるんでしょ。何でもメニューが豊富で美味しいのに、やたら安いらしいじゃないですか」

「宏龍会の渉外委員長が食堂で飯を食うのか」

「いや、食堂ってのがちょっと懐かしくって。これでも前はサラリーマンでしたから」

「いいのか」

「は。何がでしょう」

「あなた、その身なりからすると、自分が組関係者であることを吹聴したいタイプじゃなさそうだが」

「そりゃそうですよ。今日びヤクザでございますなんてカッコしてても得することはあまりない」

「今の時間、地下食堂は法曹界の連中がたむろしている。自慢じゃないが今のわたしに近づく人間はヤクザ者しかいない。あなた、検事や判事に面が割れてもいいのか」

「えっと……確か日比谷公園の近くにも美味しい飯屋があったと思います。そっち行きましょうか」

　そう言って、山崎は先導するように前へ出た。

　御子柴が連れていかれたのは日比谷公園の向かい、プレスセンター十階にあるレストランだった。天井の高いドーム型のフロアで、窓からは日比谷公園が一望できる。ボーイが顔を見るなり窓際の席を用意したので、山崎がこのレストランを贔屓にしているらしいことが窺えた。

「よく来る店らしい」

「……まあ、顔合わせとか打ち合わせとかで色々」

「そんな人が地下食堂に行きたがったのは優越感に浸りたかったからか」

「サラリーマンだった自分への意趣返し、ですか。いいえ、とんでもない。ただただ給料取りの連中に囲まれるってシチュエーションが懐かしいだけで」

「何だ、ヤクザに嫌気が差したのか」

「いやあ、そういうのでもないですねえ」

　山崎は上手く説明できずに困っている風だった。

「結構、今の稼業が気に入ってましてね。それにまあ、おいそれと転職を許してくれる環境でもないですし。それでもあの頃に郷愁みたいなものは感じてるんですよ」

「郷愁。なかなかあなたはセンチメンタルなんだな」

「もう二度と戻れないことを知っているからですよ。先生にも、そういうことはありませんか」

もう二度と戻れない、か。

確かに御子柴にもそんな憶えがある。医療少年院でようやく自分の犯した罪の深さに怯え、犯行前夜に戻りたいと何度も願った。それが叶うのなら何でもすると念じた。

だが、そんなことは不可能だとすぐに悟った。そして、戻れないことを悟った時から今の自分がある。

「失礼ですが例の、法廷で先生の前歴を明かされる前に戻りたいとは思いませんか」

何だ、そっちの方か。

「さっきみたいに検事たちがまるで親の仇のように接してくる。あたしたちみたいなヤクザ者はあんな扱いされても慣れっこですが、先生みたいなエリート職の人には決して気持ちのいいもんじゃないでしょう」

「別に。元々、検察からも同業者からも蛇蝎（だかつ）の如く嫌われていた。今更どういうこともない。それより、あなたの方はどうなんだ」

「どうって何がですか」

「今、あなたの目の前に座っているのは、人殺しだ。組織の命令でヒットマンになったのでもなく、組同士の抗争で殺（や）ったのでもない。本能の赴（おもむ）くまま、殺した。怖くはないのか」

「それが不思議と怖くはありませんねえ」

　軽く脅したつもりだったが、山崎は軽快に笑う。

「昔はともかく、今の先生は損得ってのを弁（わきま）えていらっしゃる。だったらあたしをどうこうしたところで一文の得にもならないのはご承知でしょう」

「肝が据（す）わっているのかな」

「いえいえ、とんだ小心者ですよ。小心者だからこそ他人をよく観察して、安全な人間かどうかを見極める。こういう人間は戦場でも長生きができるんですよ。それに実を言えば、先生がそういう理由で依頼人や弁護士仲間から敬遠されると、こちらとしては都合がいい」

　山崎はもう一度口角を上げてみせたが、今度は含みを持たせた笑い方だった。

やっと本題に入ったか。

外見は少々くたびれたサラリーマン風だが、瞳の奥には熾火がちろちろと灯っている。ただの熾火ではない。何かの拍子で一気に燃え上がりそうな不穏な火。

山崎のような男が社交辞令や付き合い程度の動機で、テーブルを囲もうとするはずがない。必ず何かしらの相談事を持ち出すと予想したら案の定だ。

「聞こうか」

「話が早くて助かりますね。じゃあ折角なので単刀直入に。ウチの顧問弁護士になっていただけませんか」

これも事前に予測していた申し出だったので、敢えて御子柴は黙っていた。雄弁は銀、沈黙は金というが、こういう時の沈黙こそカネになる。

「これは先生の前歴がバレたから申し出ている訳じゃないです。実は以前から虎視眈々と狙ってはいたんですよ。法曹界でその名を知らない者はいない最強の弁護士。その先生が宏龍会の顧問になってくれたら、あたしたちも安心して企業活動に邁進できる……と、これはウチのオヤジの言葉ですがね」

企業活動か——なるほどものは言いようだと少し感心する。

「会長自らの言葉とは光栄だな」

「実際、困ってたんですよ。先生ならご存じでしょう。今、弁護士先生が職にあぶれてるって話」

御子柴は自嘲気味に頷く。自分の仕事が激減したのは前歴が公になったからだが、弁護士業一般もかなり以前から無聊を託っている。

司法制度改革に伴って、司法試験の合格者数は二〇〇八年度には二千人以上になった。当然、新人弁護士も急増したが、まるでそのタイミングを狙ったかのようにリーマン・ショックが襲来した。弁護士収入の中で安定財源となるのは成功報酬ではなく、企業の顧問料だ。ところがこの企業がリーマン・ショックの打撃を受け、法務関係の費用を圧縮してきた。加えて、司法改革を目論んだ政府の読みが大きく外れ、弁護士の数は急増したものの訴訟数は一向に増える気配がなかった。

新規の依頼がなく顧問料も圧縮されたのでは、大手弁護士事務所も社員弁護士を雇う余裕がない。かくして就職先の見つからない新人弁護士が大量発生した。

話は新人に限らない。中高年の弁護士にとっても企業の不況は自らの懐を直撃した。一種の連鎖倒産だ。最近では年収二百万円未満の弁護士も出始め、誰が作ったのか〈ワーキングプア弁護士〉などという言葉も使われるようになった。

もはや弁護士は特別な資格ではなくなった、と御子柴は思っている。バッジをつけてさえいれば食える時代ではない。それこそ御子柴のように現場でスキルを向上させ続けた者しか生き残れないのだ。

「それなら職にあぶれた弁護士を雇ったらどうだ。安く買い叩けるぞ」

「ご存じの癖に悪趣味だなあ、先生。職にあぶれた弁護士なんて、およそ使い物になりゃしませんよ。まあよくしたもので、そういう使い物にならない連中ほどヤクザの顧問弁護士になんかなるかって虚勢張ってんですけどね。いや、実は数人試してはみたんです。ヤクやらチャカやらの所持で勾留されてたのが何人かいましたからね。さあ検察の求刑に対してどれだけ踏ん張れるか、お手並み拝見と洒落込んだんですが……これがもう、全っ然駄目でしてね。ひたすら情状酌量を言い募るばかりで最初つから白旗掲げてやがる」

「裁判所も暴力団の構成員には三割増しで量刑を決めるからな。最初から条件が悪い」

「でも、先生は違った」

山崎はぐいと乗り出してきた。

「やっぱり先生は別格だ。今日の判決で確信を得ましたよ。先生を雇えるんだったら弁護士三人分の費用でも惜しかない」

「そう判断するのは早くないか。まだ判決が確定した訳じゃない。検察が控訴する可能性も大いにある」

「なあに、このまま先生が引き続き担当してくれたら一緒じゃないですか」

山崎は返答を迫るようにこちらの表情を窺っている。人懐っこい顔に警戒心が緩む者もいるだろうが、相変わらず目は不穏な光を放っている。

「少し時間をもらおう」

御子柴は用意していた言葉を吐く。すぐに返事をしなければならないものでもない。そして待たせる立場は常に有利だ。

「まず顧問料だけでも聞いてくれませんか。それとも他に考えなきゃいけない理由でも？　やっぱりスジ者専門の弁護士では看板が泣きますか」

「スジ者も堅気（かたぎ）もない。元々、選り好みできる身分じゃない」

「じゃあ、どうして」

「慎重になっていけない理由は何もないだろう」

ちょうど料理が運ばれてきた。御子柴は山崎の視線を躱（かわ）すように、フォークに手を伸ばす。

「大抵の場合、拙速は失敗に終わることが多い。悪だくみだって同じだ」

山崎と別れた御子柴は事務所に引き返す。乗っているクルマはベンツのままだが、戻る場所は変更になっていた。

日比谷公園から皇居を過ぎ本郷通りを北上する。かつての事務所があった虎ノ門とはちょうど逆方向になる。

小川町で右に折れてから不忍池方向に向かい、昭和通りを北へ——そして荒川を越えると、最近ようやく見慣れた風景が視界に入ってきた。

葛飾区小菅二丁目。保健センター付近の雑居ビルの中に新しい事務所がある。

裁判所のある霞が関からは不便な距離にありロケーションもずいぶん様変わりしたが、ここを選んだ理由は偏にテナント料の安さだ。綾瀬方面は再開発と新住民の流入で地価も上昇しているが、この辺りはまだ下町の風情を残しており、地価は二十三区内ではかなり安い。しかも東京拘置所が目と鼻の先にあって、顧客となる被告人との接見には便利なことこの上ない。

事務所移転を余儀なくされたのは顧問契約の打ち切りが直接の原因だった。御子柴の前歴を知った行儀のいい企業が相次いで契約を解除すると、たちまち年間千二百万円のテナント料捻出が困難になったのだ。裁判所の最寄という絶好の環境を手放すのは惜しかったが、背に腹は代えられない。

　新事務所のビルはかなり築年数が経っており、壁の一部は褪色している。エレベーターは五人も乗れば満員の小さな籠で、天井がうっすらと煤けている。ドア開閉時の音も大袈裟だった。

　事務所のプレートが掲げられたドアは表面がわずかに湿っていた。

開けると、座っていた日下部洋子がすぐにこちらを振り向いた。

「おはようございます」

「今日は何を書かれていた？」

「え……」

「ドアに拭き取った跡があった。どうせまた誰かが落書きしていったんだろう。よくも飽きないものだ」

　嫌味でも皮肉でもなく、本当に御子柴は感心していた。

　落書きがされるようになったのは、事務所を移転してから三日目のことだった。一階の表示板を見たのだろう。新聞や雑誌で御子柴の行状を知った近所の人間が、深夜から早朝にかけて残していく。御子柴が見たものは〈死体配達人〉、〈殺人弁護士〉、〈死んでわびろ〉、の三パターンだった。

字体はどれも似ているので同一人物の仕業と推測できる。事件の直接の関係者ではないだろうにご苦労なことだと思う。

これが一般市民の正義感だった。自分に関係がなかろうと、そしてどれほど過去に起きたことだろうと、「世間の良識」に反するものなら徹底的に排斥し、圧殺しようとする。そこには論理はなく、感情だけがある。山崎にはスジ者も堅気も関係ないと明言したが、こうして堅気連中の正義感を目の当たりにするとスジ者に肩入れしたくもなる。

「毎日のように落書きを消す君もご苦労だな」

「いえ、前よりも時間に……」

洋子は慌てた様子で口を噤む。

前よりも時間に余裕がある――それはそうだろう。何しろ顧問契約が次々に打ち切られ、新規の依頼も途絶している。事務仕事が減るに従って手が空くのは当然のことだった。

「それより判決、どうでしたか」

「懲役二年六ヵ月、執行猶予五年」

「じゃあ、また勝訴ですね」

「ああ。それで依頼主の暴力団にひどく気に入られてな、組の顧問弁護士にならないかと持ちかけられた」

「承諾したんですか」

「まさか」

一瞬、洋子の顔が綻(ほころ)びかけたが、御子柴はそれを封じる。

「即答はしなかった。焦(じ)らせば向こうから顧問料を吊り上げてくるからな。かと言って返事を延ばし続けたら向こうが下りる。ちょっとした心理戦だ」

途端に洋子は視線を尖らせた。

「事務所がこんな状況なのに断る理由があるのか？」

すると洋子は新聞らしきものを持って来た。

「あの、先生。これ、どうでしょうか」

遠慮がちに差し出したのは〈日弁連新聞〉だった。一面の下段、該当箇所と思(おぼ)しき記事が蛍光マーカーで囲まれている。

『募集　三月二十日、新宿区役所にて消費者相談会実施。参加希望会員は新宿区役所区民課 03-3265-00××へ』

消費者相談会と銘打っているが、相談内容のほとんどは借金だ。区役所が区民サービスとして定期的に開催しているもので、相談は無料になっている。相談役は生活アドバイザーや弁護士や司法書士。区からは協力金としていくばくかの礼金が支給されるが、本業の相談料に比べれば雀の涙でしかない。

それでもこの類の相談会に弁護士たちが集うのは顧客開拓のためだった。まず相談会の席では適当な話に終始し、敢えて的確なアドバイスは避ける。そして相談者が席を立つ寸前に、「詳細を聞きたければここを訪ねてください」と名刺を渡す。後日、相談者が事務所を訪れればめでたく新規顧客になるという寸法だ。

「懐かしいな。個人事務所を開いた当初は客集めによく行ったものだ」

御子柴は募集広告の箇所を指で弾いた。

「だからもう一度初心に返れ、か？　折角のご厚意だが、こんな一本釣りみたいな仕事をしなくても君の給料くらいは払えるぞ」

そう皮肉ると、洋子はすぐに俯いてしまった。

「申し訳ありません。差し出がましい真似を……」

「謝ることじゃない」

御子柴が新聞を突き返すと、洋子はおずおずと受け取った。他人に言わせればけなげな事務員となるのだろうが、御子柴にとっては有難迷惑な話でしかない。第一、自分の顔と悪行がワンセットで知られた今、相談会に出向いたところで目の前に座るのは冷やかし客か武器を隠し持った正義漢くらいのものだろう。そこまで想像力の働かないところが、洋子の人の良さと言える。有能さはとにかく、その善良さは御子柴法律事務所にそぐわないものだった。

ふと、訊いてみたくなった。

「君は何故、ここにいる」

「えっ」

「事務所を移転する際、一度わたしから提案したはずだ。谷崎さんが優秀な事務員を一人欲しがっている。よければ君を紹介してやると。谷崎さんの事務所ならここと給料は変わらないはずだぞ」

「……わたしはこの事務所に要らない人間なんですか」

「違う。君がここに居続けるメリットが理解できないだけだ」

「働く場所があるのは最大のメリットです」

「それも違う。わたしはデメリットのことを言ってるんだ。君はわたしが怖くないのか」

御子柴は顔を突き出してみせた。

「わたしは、人を殺した」

少しは怯えると思ったが、意外にも洋子に動じる気配はなかった。

「それがどうかしましたか」

「何だって？」

「今までの依頼人の中にも、そういう人は沢山いました。今更珍しくも何ともないです」

即座に意味を把握しかねた。

「そういう問題か？」

「それより、さっきのわたしの質問に答えてください。わたしはこの事務所に必要のない人間なんですか」

ひどく切実な口調だったので、また面食らった。

彼女はどうかしているのか？

長い間、身近に存在していた男に幼女殺人の前歴があることよりも、自分の雇用が重要だと言っているのだ。

御子柴は珍しく困惑した。

「……事務員は必要だ」

「じゃあ、何の問題もありませんよね」

一転、洋子はけろりとして踵を返した。

どうにも分からない女だな――御子柴は割り切れない気持ちのまま、自分のデスクに着く。丁寧に畳まれた朝刊。今日は裁判所に直行したので、まだ目を通していなかった。

新聞を読むのを日課としているのは、弁護士が介在できるような事案を発掘するためだ。不幸、不満、不和、何でもいい。悲劇があるところには必ず飯のタネが転がっている。

内閣が新たな経済政策を打ち出してからというもの景気は堅調に推移しており、経済界では大きな問題が起こっていない。物事が上手くいっている時は大概そういうもので、仮に由々しき問題が生じていたとしても光に隠れて潜在化している。現状すぐに考えつくのは労働条件の悪化くらいだが、これも訴訟沙汰になるには、まだ発酵期間が必要だろう。

そして社会面に移った時、その小さな記事に目が留まった。

〈四日、埼玉県川口市の特別養護老人ホーム伯楽園から、職員が入所者に殺されたとの通報を受け、警察が到着すると、同園に勤務する介護士の栃野守さん（46）が倒れているのが発見された。栃野さんは鈍器で頭を強く殴打されており、警察は現場に居合わせた入所者稲見武雄容疑者（75）を殺人の容疑で逮捕した。栃野さんは既に死亡しており、稲見容疑者は栃野さんを鈍器で殴打したことを認めている。捜査関係者によると稲見容疑者は、「栃野さんが自分の介護をしている最中に口論となり、かっとなって殴った」と供述している〉

　自分の目を疑った。

　そんな馬鹿な。

　伯楽園。

　稲見武雄。

　御子柴は何度もその名前を読み返した。

　同姓同名の別人ではない。あの稲見武雄が殺人事件の容疑者になっているのだ。

　まさかという思いが頭の中を占拠する。御子柴が関東医療少年院に入院していた頃、担当教官をしていたのが稲見だった。無愛想で粗野だったが、御子柴はこの男から贖罪の意味を教えられた。自分が人生に一条の光を見出せたのは稲見のお蔭でもある。

　不意に太い眉と垂れた目尻が脳裏に甦った。ブルドッグのような厳つい顔だったが、笑うと妙に愛嬌があった。

あの稲見が人を殺すなど、到底考えられない。

気がつくと御子柴は立ち上がっていた。

「ちょっと行ってくる」

3

川口署に向かう車中で、御子柴は早くも後悔し始めていた。稲見の弁護を思い立ったことにではない。何の用意もないまま稲見に接見しようとしていることにだ。

本来であれば事件の概要を調べ、タマとスジを見極めてから弁護方針を確定させる。捜査記録を読み込み、捜査側の欠落部分や盲点を探す。それが御子柴の従来の手法だった。

それなのに今回は新聞記事を読んだだけで事務所を飛び出した。それこそ山崎に警句めいて告げたように拙速の誹りを免れない。

冷静になれ、といつもの自分が警告する。

まず情報を集めろ。新聞から得られる情報は全容の一部でしかない。次に人を見ろ。現在の稲見は、お前が知っている稲見と状況が変化している可能性もある。ずいぶんと顔を合わせていないが、稲見の年齢を考えれば認知症を患っていることも考えられる。その場合、偶発的な過失致死という線も有り得る。

しかし一方で、情動に突き動かされる自分もいた。

とにかく介入しろ。自分の立つ位置を確保しろ。細かい話は後からだ。今、お前にこれ以上に重要な案件などないはずだ——。

冷静さと衝動。二つの相反する心を抱いて御子柴は川口署を目指す。

川口署に到着すると、御子柴はまず身分を明かした。自分は被疑者の弁護人なので面会を求める——そう告げて強引に本人と会った上、弁護人選任届を出してもらう。

それが御子柴の策略だった。

だが、その企みは最初から大きな障壁に遭遇した。

身分を明かしてから十五分。待合室でじりじり時間を過ごしていると、やって来たのは菅山という若い刑事だった。

名刺を一瞥するなり、菅山は片手で握り潰した。

その所作から、この男が自分の前歴を聞き知っていることが窺えた。提示された名刺を目の前で握り潰すのは礼節に欠ける行為だが、面と向かって罵倒するよりははるかに紳士的というべきか。

ただ、菅山のような振る舞いを見せる者は初めてではない。過去の行状が報道されて以降、御子柴に会った大抵の人間が同様の反応を示すようになった。従って菅山の態度に気分を害するということもない。

「東京弁護士会の御子柴礼司先生が被疑者に何の用事ですかね」

「稲見武雄の弁護人として面会を求める」

「ほう、弁護人ですか。弁護人ねえ」

菅山は嘲るように言葉を繰り返す。御子柴は心中で舌打ちをした。これは相手をただ挑発しているのではなく、徒手空拳であることを知っている態度だ。

「選任届の写しを見せてもらえませんか」

「新聞を見て、取るものも取りあえず駆けつけて来たから持参していない。被疑者にわたしの名前を伝えてもらえれば分かるはずだ」

「そいつはどうですかね。いくらかつての指導教官でも院生の名前と顔を全部憶えているとは限りませんからね」

稲見の経歴は既に調査済みということらしい。稲見が医療少年院の指導教官だったことが分かれば、御子柴との関係もすぐに見当がつく。

「あなたとここで押し問答を繰り返すつもりはない。早く被疑者と話をさせてくれ」

「ちゃんと手続きを踏んでいただかないと、ねえ」

「弁護士の立ち会いは被疑者に与えられた権利だ」

「本人がそれを望めば、ですがね」

菅山はのらりくらりと御子柴の言葉を躱す。

おそらく御子柴の前歴さえ知られなければ、菅山のような若造からいいようにあしらわれることもなかっただろう。

「先生がどれだけやり手の弁護士かは知りませんがね、稲見は素直に自分の犯行だと自供している。きちんと罪を償(つぐな)いたいとも言っている。裁判になっても弁護士先生の出る幕はあまりないんじゃないかな」

「あなたの意見は聞いていない」

ふん、と菅山は鼻を鳴らした。

「あなたは担当の刑事か」

「ええ、取り調べもわたしがしました」

「だったら分かるはずだ。稲見という人間は口論したくらいで人を殺すような人間じゃない」

「かつての〈死体配達人〉とは違って、ですか？」

「皮肉はもうその辺でいいだろう。早く取り次いでくれないか」

つい口から出た。

自分が痺れを切らして失言したことが意外だった。普段なら皮肉ごときに心が揺らぐことはないのに、今回は何故か余裕がない。

だが訂正するつもりはない。ここで菅山の機嫌取りをしても尚更軽々に扱われるだけだ。そうなれば通せる話も通せなくなる。

「被疑者がわたしとの面会を希望した場合、それを妨害したとなると後々面倒なことになるぞ」

どんな前歴があろうと弁護士流の脅しは有効だ。菅山はちっと聞こえよがしに舌打ちし、廊下の向こうに消えて行った。

これで稲見と面会できる——そう思うと、ようやく懐旧の情が湧いてきた。

最後に顔を見たのはもう四半世紀以上も前になる。自分のせいで車椅子の身の上になったから責任を取れと言われた。償い続けろ、死んだ人間の分まで懸命に生きろと言われた。

あの時、胸に突き刺さった言葉が今の自分の行動規範になっている。それなのに御子柴ができた恩返しといえば、稲見が伯楽園に入所したことを知った際に匿名で一時金を送金したことくらいだ。今度の事件で稲見を救うことができたら、それこそが本来の恩返しになる。

気になるのは、新聞記事も菅山も稲見が全面的に容疑を認めていると言及していることだ。菅山にも言ったが、あの稲見がかっとしただけで人を殺すとは到底思えない。

疑念を持たせる根拠はもう一つある。稲見と被害者栃野の年齢だ。稲見が七十五歳、そして栃野が四十六歳。しかも稲見は車椅子の生活を余儀なくされている。下半身不随(ふずい)で七十五歳の老人が、四十六歳の介護士をどうやって殴殺したというのか。

駄目だ。現状では判断材料が少な過ぎる。とにかく本人から事情を訊かないことには何も始まらない。

やがて廊下の向こう側から菅山がやって来た。やれやれ、これで面会か——そう思って一歩踏み出した時、菅山の顔を見て不安に駆られた。

菅山は薄笑いを浮かべていたのだ。

「被疑者は先生との面会を拒否しています」

何だって。

「本当に取り次いでくれたのか」

「失礼ですね、先生。ちゃんと御子柴礼司先生の名前を出しましたよ。稲見ははっきりと言いました。『そいつと会う気はない』と」

まさか。

自分の名前を忘れてしまったのか。

「念のために〈死体配達人〉の別名も添えたんですけどね。先生のことは憶えているけど、会いたくないと言われました」

菅山の薄笑いが冷笑に変わった。

見れば分かる。恩人にまで背を向けられた哀れな弁護士とでも思っているのだろう。

「ああ、それからこれは言い忘れてたんですけどね。稲見にはもう弁護人がついてますよ」

言い忘れたのではない。わざと黙っていたのだ。

「被疑者の私選か。いったい誰だ」

「国選ですよ。第一東京の敦賀真樹夫弁護士」

第一東京の敦賀。会ったことはないが名前は知っている。

国選弁護士は各弁護士会の当番制になっている。言い換えれば義務として弁護を請け負うだけで、国から支給される費用も最低限だから熱心に活動しない弁護士もいる。それなら御子柴にも打つ手はある。

「それにしても逮捕は昨日だった。それなのに、もう国選弁護士が決まっているのか」

「稲見が願い出たら弁護士会が早々と手を回したようです。全く運がいいのか悪いのか」

これ以上、菅山の薄っぺらな正義感に付き合ってやる義理はない。御子柴はものも言わずに川口署を出た。

地方と異なり、東京には三つの弁護士会が存在する。これは東京に弁護士が集中しているからではなく、元を辿れば弁護士会の役員選挙を巡って対立があったからだ。まず東京弁護士会から若手の台頭を嫌う長老たちが脱退して第一東京弁護士会を設立した。そして両会の再統一を図り、調停役を目指してそれぞれから分離独立したのが第二東京弁護士会だ。

これは決して最近のことではなく、大正の時代まで遡る話だ。だが派閥と呼ばれるものの多くがそうであるように、現在に至ってもその対立構造に大きな変化はない。それどころか各会ともに分裂した際の性格を今に継承している。一例を挙げれば東京弁護士会は革新的な傾向が強く、逆に第一東京弁護士会は保守的、そして第二東京弁護士会はその中間といった風だ。加えて第一東京弁護士会の保守性は権力協調型で、元検事職だった弁護士が多く所属している。

敦賀真樹夫もご多分に漏れず元は検事を務めた、所謂ヤメ検の一人だった。御子柴とは所属する会派も違っていたので顔を合わせる機会はなかったが、評判は耳にしていた。

曰く融通の利かない理論派、弁論も依頼者の利益よりは法の解釈論を優先させる傾向という。言わば御子柴とは真逆のタイプということになる。

敦賀法律事務所は御茶ノ水、順天堂大学の近くにあった。この周辺は大学や予備校が集中しており、学生街の色合いが強い。そのために家賃も比較的割安感があり、そういった場所に事務所を構えているのは敦賀が看板の大きさに拘らない主義なのか、それとも御子柴同様経済的事情によるものなのか。

アポイントは取れている。敦賀が御子柴にどんな印象を抱いているにせよ、面会の約束を取り付けられたのは幸運だった。

雑居ビルの二階、ガラス張りのドアを開けると正面に女性事務員が受付嬢よろしく座っていた。

氏名と来意を告げると、事務員の目に怯えが走った。これも最近ではすっかりお馴染みの反応だ。弁護士事務所に勤めていながら、そんなに元殺人犯が珍しいのか。

事務員は必要以上に距離を取って応接室へ案内する。これだけ怯えられると、やはり自分が人としては異質な存在なのかと思う。

ほどなくして敦賀が姿を現した。齢は六十代後半、縁なし眼鏡の奥では猜疑心の塊のような目が光っている。なるほどヤメ検の素姓も納得できる。人を信じるよりは疑う方に適した目だ。もっとも御子柴の出自が出自なので、割り引いて考える必要もあるだろう。

「お待たせして申し訳ない。あなたが御子柴先生か。お噂はかねがね伺っていますよ」

「どうせ碌な噂ではないのでしょうね」

「いや、勝率九割を超える凄腕としてですよ。顧客の層が偏ってはいるが、それはこの際大きな問題ではない」

　二言三言話して分かった。この男は思っていることが顔に出過ぎる。事務員ほどではないにしろ、嫌悪感が眉の辺りで主張している。そしてそれ以前に人の誉め方を知らない。目の前に座った人間を誉める時には、嘘でもいいから笑うべきだろう。

　こういう手合いと長話をしても時間が無駄になるだけだ。御子柴は早速本題に入ることにした。

「敦賀先生は最近、稲見という被疑者の事件で弁護を担当されることになりましたよね」

「ええ、よくご存じですな」

「一つ質問を。あれは川口市で起きた事件ですが、それが何故第一東京の敦賀先生にお鉢が回ってきたんですか」

「ああ、それはわたしも疑問に思いましたが、何せ当番だから拒否する訳にはいかんでしょう。まあ川口支部の弁護士は二十数人とかで国選の担当者も少ないだろう……その事件がどうかしましたか」

「その弁護をわたしと交代していただきたい」

　敦賀は申し出の真意を測るように御子柴を見た。

「……仰っている内容を把握しかねますね。ご存じでしょうが国選ですよ。あなたにはあまり縁のない案件ではないですか」

「被疑者の稲見武雄の前職を？」

「確か医療少年院の指導教官をしていたと……ああ、そういうことでしたか」

敦賀はやっと合点がいった様子で頷いた。

「なるほどあなたと被疑者は知り合いだったんですね。知己が被疑者になっているので弁護したいと、つまりそういうことですかね」

「ええ。是非代わって欲しい。裁判どころか被疑者との打ち合わせもまだでしょう。もちろん、ただでとは言いません。今回の費用に相当する分はこちらで負担させていただきます」

その瞬間、敦賀の表情が嫌悪から敵視へと変わった。

「それは少々、わたしという人間を誤解されていますな」

敦賀は心持ち胸を反らした。

「わたしも弁護士の端くれです。一度引き受けた案件を何もしないまま、他人に丸投げするなどできる訳がない」

「そこを曲げてお願いする。謝礼なら……」

「ゼニカネの問題ではない。信義と職業倫理の問題だ」

　信義と職業倫理か。

　いかにも頑迷で、陽の当たる場所しか歩いて来なかった者の好きな言葉だ。

「職業倫理、ですか。耳の痛い言葉ですね。ではお訊きしますが、敦賀先生は稲見をどのように弁護するつもりですか」

「うん？　弁護方針はまだ決まっておらんよ。何せ事件の概要を聞いたばかりで、本人からの聴取もしていないし」

「川口署の話では容疑を全面的に認めている」

「わたしもそう聞いている」

「自白事件だから量刑を争うことになる」

「当然だろう」

「検察の求刑が妥当なのか、減刑の材料として情状酌量を挿し込める余地があるのか。または被害者に落ち度はなかったか」

「……まあ、そういうことだ」

「ところで弁護士法第一条について、どう思われますか。弁護士は基本的人権を擁護し社会正義を実現することを使命とする、という条文ですが」

「どう思うかだって？　決まっている。弁護士最大の誓約だろう」

「結果的に依頼人の利益を損なうことになっても、ですか」

「無論だ。法律は秩序のために存在している。依頼人の利益のために存在しているのではない」

敦賀は一瞬の躊躇もなく、依頼人の利益よりは社会正義の実現を選んだ。この辺りが元検事の信念であり、同時に弁護士としての限界なのだろう。

「非常に気高い理想だと思いますが、それで依頼人は納得しますかね」

「納得してもらわねばならないさ。弁護士は遵法精神の境界内で依頼人の利益を護る。至極当然のことだ。もっとも誰かのようにカネさえ積めば、境界線どころかはるか向こう側にまで足を踏み入れる弁護士もいるが」

話すうちに取り繕った仮面がぼろぼろと剝げ落ち、口調もぞんざいになってくる。本音や感情を隠しておくことがよほど苦手らしい。やはり弁護士には不向きな男だ。

「法律では救いきれない者もいますよ」

「それは元々救いようがなかったのだ。誰かのように法律で裁かれない者もいるではないか。それと一緒だ。どんなに網の目を細かくしても、人間の作ったものだから隙間からこぼれていく者がいる」

「そういう者に手を差し伸べようと思いませんか」

「くどい」

敦賀は傲然(ごうぜん)と言い放った。

「さっきから黙って聞いていれば、何かと鼻につく物言いをしているな。まるで自分なら、その稲見という被疑者を無罪にできるとでも言いたげな口ぶりだ」

「その通りです。わたしが弁護人になれば、おそらく彼を救うことができます」

「救うだと？　ふん、無罪にできるとは断言しないのかね」

「事件の詳細を知らない以上、軽はずみなことを言ってもお笑い草でしょう。だが無罪云々(うんぬん)は別として、わたしなら最高の弁護ができる」

「大した自信だな」

「それだけの実績はある」

「ただし君の前歴が明らかになる以前のことだろう。いくら医療少年院を出て更生したとしても、あんな過去があったのでは誰も論理性だけに耳を傾けるという訳にはいくまい。裁判官にも、そして被告人にも感情というものがある」

　敦賀は勝ち誇るように言う。

「失礼な言い方になるが、法廷に立った君を弁護士と認知する者が廷内に何人いるだろうかね。肩書と実績で抹消できるほど〈死体配達人〉の印象は薄くない。いくら弁舌鮮やかでも、裁判官と裁判員の心証は最悪じゃないのか」

裁判官ではない。敦賀の心証が最悪なだけだ。この男は視野狭窄に陥っている。自身の心証と価値基準が世間一般を代表していると信じて疑わない。

「お言葉だが、そんな来歴でなくともわたしに対する風評は最悪ですよ。同業者からも検察からも、裁判官からも嫌われている。今に始まったことじゃない。それでも裁判に勝ち続けてきた」

「だから勝てると？　被告人の権利を護れると？」

「わたしが法廷で過去を断罪されようが、醜態を晒そうが、そんなものは被告人には関係ない。被告人にとって重要なのは判決の内容だけです」

敦賀は値踏みをするように御子柴を見る。

「案件を譲れとの申し入れだったな」

「是非とも」

「断る」

今度は御子柴が敦賀を見る。

傲慢なのか偏狭なのか、いずれにしても表情に余裕が感じられない。相手を追及するか責め苛むことでしか条件を引き出せない、交渉下手の顔だった。

　では攻め方を変えるしかない。

「お察しの通り、被疑者はわたしのかつての指導教官でした。先ほど敦賀先生が仰ったように、わたしにしてもゼニカネの問題じゃない」

「恩師を救いたい、か。実に心温まる話だ」

「感動話はお嫌いですか」

「それが本当に感動話ならね」

　敦賀は皮肉っぽく言う。

「君には真逆の目的があるかも知れん」

「どういう意味ですか」

「弁舌に自信があるのなら、被告人に不利な弁論を展開させ、本来下げられる量刑を求刑通り、もしくはそれ以上にすることも可能じゃないのかね。裁判員裁判なら、まず大方の裁判員は元〈死体配達人〉に疑念を抱く。嫌悪もするだろう。弁護側が延いては被告人の心証を悪くするのに、これ以上の材料はない。君は恩師を救いたいと言うが、もし少年院時代、その指導教官に体罰なりイジメを受けていたとしたらどうだ。昔に味わった痛みと屈辱を倍にして返せる機会が巡ってきたんだ。ただ指を咥えて見ている法はない」

なるほどそういう見方もできるかと、少し感心した。

「いったん受任した弁護を放り出すのは論外として、第一に君を信用することができん。悪いがこの件はお断りする」

「どうあっても、ですか」

「その執拗さも噂通りだな。申し訳ないが君に対するわたしの心証も真っ黒だ。仮に他の弁護士に回すとしても、君以外の人間を選ぶ。あたら依頼人を不利な立場にはしたくないのでね。本人だって妙な肩書のついた弁護士に世話になるのは嫌だろう。さあ、もうお引き取り願おうか。そちらはともかく、わたしはそこそこ多忙な身でね」

そう言って敦賀は席を立つ。

ホストが席を立ったのならゲストもそれに従うべきだ、と言下に告げている。どうせこれ以上の交渉も無意味なので、御子柴もそれに倣って腰を上げた。

「まっ、本当に依頼人のことが気がかりなら黙って推移を見守ることだ。わたしだって依頼人のためには当然全力を尽くす」

「ただし、それは費用の範囲内でだろう」

「何だって」

「法律には救うことにも罰することにも限界があると言いましたね。それはあなたが法律しか知らないからだ。法律以外の指針、法律以外の掟が存在することを認めようとしないからだ」

「訳の分からないことを……」

あんたには訳が分からなくて当然だ。

御子柴は出口に向かいながら思う。

罪を犯し、逃れ、嘘を吐く咎人(とがにん)たちを見続けた者には到底理解できないに違いない。

救われないことがどんなに苛酷なのか。

裁かれないことがどんなに苛烈なのか。

4

御子柴が指定した待ち合わせの場所は昨日と同じレストランだった。事前に何を告げた訳でもないのに、目の前に座った山崎の顔には早くも期待の色が浮かんでいる。

「嬉しそうだな」

「そりゃあもう。昨日の話、ＯＫをいただけるんでしょ」

「まだ何も言っていない」

「顔を見れば分かりますよ」

そう言われて御子柴は鼻白む思いがした。日頃から感情を顔に出さないようにしている。法廷では必要な技術だからだ。そのお蔭でポーカーフェイスも堂に入ったものだと自負していたが、それをまだ付き合いの浅い山崎に見抜かれるとは予想もしなかった。

「ははあ、顔色を読まれたのが不思議だっていう様子ですね。大丈夫ですよ、先生はあたしが会った中でも一番表情の読めない人ですから」

「しかし、あなたは読んだのだろう」

「ええ、あたしは相手の顔を見ただけで何を考えてるか全部分かっちまうんです。でもあたしのは言ってみれば特技というか、たった一つの取り得なんですよ。こういう世界にいるのに腕と度胸はからっきしですからねえ。いきおい人の心を読んで先手を打たなきゃ生き残れない。ものの本で読んだことがあるんですが、キリンってのは首が短い種類ってのもいたらしいですな。それが高い木にある食い物に届く長い首をした種類だけが、生存競争に生き残ったと」

「つまり、あなたは首の長いキリンという訳か」

「生物学的には理に適っているんでしょうが、キリンっていうのは結構珍獣の類だと思います。あたしも一緒ですよ」

「違うな」

「はい？」

「あなたはわたしの顔を読んでなんかいない。簡単な推理だ。もし申し出を断るつもりなら電話一本で事足りる。それをわざわざこんな場所に呼びつけるのは承諾した証拠だと、あなたは睨んだ。それをわざわざ顔を読んで云々という話をするのは、あなたに特殊な能力があると相手に信じ込ませるのが目的だ。そんな能力があなたにあると知ったら、相手はもう嘘を吐こうなんて金輪際思わなくなるからな」

山崎は悪戯を見つけられた子供のような顔で頭を掻いた。

「やっぱり先生には通用しないか。大抵はこういう流れでハッタリ利かせられるんですけどね。でも、承諾してくれるんなら構わないや……承諾してくれますよね？」

「条件がある」

「ほうら、おいでなすった。こういう先生だから、条件つけない訳がないと思っていたんです。はいはい、分かってますよ。顧問料とは別に個別の成功報酬。ただし立ち会いや出廷していただくのは幹部連中が挙げられた場合に限定しますから」

「希望があるならチンピラだろうが何だろうが引き受ける。階級での線引きは必要ない」

「おやおや」

御子柴は人差し指を立ててみせた。

「一年だ。顧問契約は一年毎(ごと)に更新する」

「ふうむ。契約更新は当然としても、期間がえらく短いのはどういう理由ですか」

「お互い反社会的勢力だ。長くやっていけるかどうかは時の趨勢(すうせい)でころころ変わる。傭兵(ようへい)を雇う時だって契約期間は短いだろう」

「ご自分を傭兵と仰いますか。まあ、いいです。こちらに不利な話でもなし、承りますよ」

「それからもう一つ。これはあなたたちだから提示する条件だ」

「あたしたちだから。いったい何です」

「ある弁護士に揺さぶりをかけて欲しい」

「……詳しい話を」

「御茶ノ水に事務所を構える敦賀真樹夫という先生が、川口市で起きた事件を国選で引き受けている。その事件から手を引いてもらえると有難い」

「川口市の事件……ああ、老人ホームの入所者が介護士を殺しちまった事件でしたね。しかし、ありゃあゼニになる事件なんですか。ホームに入所してるような年寄りからそんなにカネは引き出せんでしょう。国選になったくらいだし」

「それ以上の話は守秘義務だ」

「分かりました。でもその弁護士に揺さぶりをかけるってのは、あたしたちの流儀で構いませんか」

「身体への暴力は控えてくれ。あくまで委任継続に嫌気が差してくれる程度でいい」

敦賀の態度を見る限り、自分の申し出を断ったのは元検事らしい偏見と矮小な自負からのものだ。決して正義感ゆえのものではない。その程度の意志ならヤクザ流の脅しで容易く瓦解できる。

「あたしたちにはその方が都合いいですね」

「暴力は専売特許じゃないのか」

「ヤクザなんてのは脅してなんぼ、怖れられてなんぼの世界ですからね。殊に最近は刃傷沙汰になると後始末が大変でして、同業者相手にすら気を遣ってる有様ですよ。ええ、承知しました。身体には傷一つつけさせません」

「ついでに言っておくが、相手はヤメ検だ」

「へえ、ヤメ検ですか。検事職は長かったんですか」

「定年退職後の転身」

「珍しいですな。大抵ヤメ検てのは任期途中の転身が多いと聞いてますが……ええっと、事務所は御茶ノ水でしたね。あまり高くない場所だな」

山崎は斜め上を向いて思案顔をする。

「……だったら見込みは薄いか」

「何の見込みだ」

「いや、御子柴先生には幹部連中のご担当をお願いする予定だったんで、幹部未満のヤツらの担当は別の先生を雇うつもりでした。ヤメ検なら現役の検察官とのパイプもありますしね」

元検事を組の顧問弁護士にヘッドハンティングするつもりだったか。

ヤメ検が暴力団の顧問弁護士になるのは珍しいことだが、前例がない訳ではない。宏龍会と双璧を成す広域暴力団山城組の顧問弁護士を務めたのもヤメ検ではなかったか。その利点は山崎が洩らした通りで、検察官とのパイプを持ち検察の捜査手法を知悉しているから、組織防衛にこれほど心強い味方もない。もっとも件の山城組顧問弁護士も結局は塀の中の住人になってしまったのだが。

「しかし話を聞く限りじゃ大したやり手じゃなさそうですねえ。あれでしょ。検事でも出世できなかったか、何かヘマでもして窓際に追いやられたんでしょ」

「食指は動かないか」

「窓際検事なんてパイプだって碌なもんじゃないでしょうし。元検事長とか特捜のエースとかじゃなきゃ旨味はありませんやね」

「手厳しいな」

「検事さんやらお巡りさんなんてのは、バックに絶大な権力があるから大きな顔をしていられる。実際、お付き合いしてても鼻持ちならない御仁は沢山いらっしゃいますからね。そういうのは権力の庇護から外された途端、腑抜けになる。まあ事務仕事ならともかく、あたしたちの世界で生きていくのは無理でしょうねえ」

　敦賀がこれを聞いたら何と思うことか。

「最後にもう一つ」

「まだあるんですか」

「宏龍会の情報網は膨大でかつ精緻だと聞いている」

「そいつはどうも」

「渉外委員長としての自己評価は？」

「先生には言わずもがなですけどね、交渉なんて下調べ、情報収集の段階で八割方仕事は終わってるんですよ。情報量と正確さで相手を圧倒しなけりゃ、こっちの首が危ない。そんな訳ですから、現時点での自己採点は八十点てとこでしょうか」

「自慢の情報網で調べて欲しいことがある。さっき言った川口市の事件だが、本来なら管轄である埼玉弁護士会本部の担当になるはずだ。それが何故か第一東京弁護士会にお鉢が回っている。その辺りの事情が知りたい」

「それは構いませんが、弁護士会内部の事情だったら、御子柴先生の方で調べた方がより正確じゃないんですか」

「敦賀先生とは所属が違うからな。それに、弁護士会はすっかり敷居が高くなってしまったものでね」

もちろん、これは体裁だ。山崎からの情報を鵜呑みにするつもりはなく、自分も弁護士会に探りを入れてみる。そして両方の情報を精査して正確さを期す。

川口支部の弁護士が少ないため、国選担当者が不足しているのは事実だ。だが、その不足は越谷や川越といった他の支部で補うことも不可能ではない。それが電光石火の早業で第一東京へ話がいったことに、ひどく違和感を覚える。

山崎はしばらく御子柴を観察している様子だったが、やがて心の裡を読み切れないとでも思ったのか肩を竦めてみせた。

「三つの条件、全て承りました。それじゃあ顧問になっていただく契約書は……」

「もう作ってある」

御子柴は持参したバッグの中から書類を取り出し、山崎の面前に置いた。今朝、洋子が不平たらたらの様子で作成したばかりの顧問契約書だった。山崎は書類の束をぱらぱら捲ってから小さく頷く。

「仕事が早いですねえ。それじゃあ、こっちも急がせますよ」

〈死体配達人〉の前歴が明らかになると、ただでさえ顔を出し辛かった谷崎の事務所から更に足が遠ざかっていた。

しかし今や四面楚歌となった御子柴にとって、谷崎は数少ない情報源の一つだった。しかも元東京弁護士会会長ともなれば情報の量と質は折り紙つきだろう。門前払いを食らう覚悟で赴く価値が充分にある。

谷崎の事務所を訪れると、意外にもすんなり通されたので御子柴自身も少し驚いた。あの老いたフクロウのような男は、いったい何を考えているのか。

応接室で待っていると、谷崎は「やあ」と気さくな態度でやって来た。

「何だ、案外元気そうだね」

「お蔭様で」

この男の前では自然に頭が下がる。度重なる懲戒請求をことごとく撥ね返してくれた恩もあるが、それ以上に清濁併せ呑む度量の巨きさと一筋縄ではいかなそうな佇まいに畏怖せざるを得ない。

「事務所を移転したそうじゃないか。確か小菅の辺りだと聞いたが、接見を効率的にするなら理想的な環境だな」

「都落ちみたいなものですよ。この度はご迷惑をおかけしました」

御子柴のかつての行状が報道されるや否や、抗議の矛先は所属する東京弁護士会にも向けられた。会員どころか一般市民からも懲戒請求の声が上がったらしい。だが、いくら元は殺人犯であっても〈弁護士にあるまじき過去〉という名目で懲戒処分することには無理があった。無理な理屈をつけて懲戒を押し進めてしまうと、更生した者の努力と権利を蔑ろにしたと外部から横槍が入らないとも限らない。

しかし谷崎は尖った目つきで御子柴を睨んだ。

「ああ、大変に迷惑だった。君の素姓が公になったものだから、会長選挙に君を推すことができなくなったではないか」

まだそんな世迷言（よまいごと）を考えていたのか、と御子柴は呆れる。

「孤高のはぐれ狼というだけならまだしも、あんな過去が明るみに出たのでは推薦した時点で弁護士会が空中分解しかねん。まあそれも一種、見ものではあるのだがな」

谷崎はにんまりと笑ってみせた。

「冗談ですよね」

「半分本気だ」

表情を読もうとしても読み切れない。その御子柴の困惑さえ、面白がられている気がする。

「ところで特養ホームの事件についてだったな。何故川口の案件を第一東京が担当したのか」

「ええ」

「単純な事情だよ。事件の舞台となった特養ホームだが、ああいう施設は大抵社会福祉法人の経営になっている。今回、その社会福祉法人の理事長が直接第一東京の幹事に根回ししたようだな。この二人の経歴を辿れば分かるが、大学の同窓だった。おそらくその頃からの知り合いだったのだろう。ちょうど川口支部の国選担当に空きがなかったし、施設の責任者から直接依頼されたということなら埼玉弁護士会も文句を言う筋合いではない」

「変ですね」

「ああ。見知らぬ弁護士に担当してもらうのを嫌がっているように見える程度には変だな」

谷崎は不愉快そうに言う。

「被疑者は容疑を全面的に認めている。しかも施設側の人間が被害者になっている。加えて国選ということになれば、弁護士が熱心に突ける部分も少ない」

その物言いで、谷崎が事件の概要に疑念を抱いていることが分かる。

用件を切り出すなら今だ。

「もし敦賀先生が辞任した場合、国選弁護を東京弁護士会の会員が引き継ぐことは可能でしょうか」

「第一東京も派閥争いの絶えないところで、幹部同士が反目しておる。会長はものの道理をよく弁えた男なのだが、実はこの会長が件の幹事をえらく嫌っていてな」

谷崎は意地悪そうに笑う。他の人間がやれば下品にしか映らないのに、この男がそういう顔をすると凄みが出てくるから不思議だ。

「そういう動きでもあるのかね」

「ことと次第によっては。もし案件がこちらに流れてきたら、わたしを当番に滑り込ませるのも可能ですか？」

「会員の皆が目の色変えてやりたがる仕事ではないからな。しかし、君が目の色を変える理由があるのか」

「被疑者はわたしが関東医療少年院にいた頃の指導教官でした」

ほう、と呟くなり谷崎の顔から笑みが消えた。

「恩返しのつもりかね」

「まさか」

御子柴は言下に否定してみせたが、谷崎にどこまで通用するかは疑問だった。

「一度カウンセリングを受けてみてはどうかね」

一瞬、御子柴は呆気に取られた。

「……いったい何のお話ですか」

「先の法廷といい、自殺願望とまでは言わんが、君には自傷癖があるように思える。

身体にではないがな」

「冗談のお好きな方だ」

　笑い飛ばすつもりだったが、上手く笑えなかった。

「鶴の恩返しの話は知っているだろうね」

「自分の羽根で機を織り続けたという昔話ですね。それが何か」

「時々思うのだよ。鶴の羽毛で織り上げた布は大層美しく、都で高く売れた。高く売れて老夫婦が喜ぶものだから鶴は布を織り続け、そしてどんどん疲弊し、哀れな姿に変わっていく。だが、もしその羽毛で織った布が人々から忌み嫌われたとしたらどうだったろう。あまりに生々しい色合いが忌避されて全く売れなかったとしたら？　鶴にできる奉仕が自らの羽毛を毟り取ることしかなかったのなら、それでも鶴は機を織り続けたのだろうか」

　有言実行は仕事における信頼の基本だ。その意味で山崎は格段に信頼の置ける商談相手だった。

　山崎に仕事を依頼した二日後、御子柴は敦賀から呼び出しを受けた。ひどく腹立たしげな口調で一方的に日時を通告してきたので、山崎の介入があったのをすぐに察することができた。

待ち合わせ場所はＪＲ御茶ノ水駅の近くにあるハンバーガーショップだった。平日の昼下がりで、二階の喫煙席には数えるほどの客しかいない。こういう場所を指定してきたところに敦賀の心情が仄見える。自分の事務所に招くのも汚らわしい、相手の事務所に乗り込むのも癪に障るといったところだろうか。

敦賀は奥の席で腕組みをしたまま待っていた。

「お待たせしました」

御子柴が対面に腰を据えると、敦賀は一枚の紙片をテーブルに叩きつけた。

「お望みの辞任通知の写しだ。原本はついさっき裁判所に提出した」

御子柴は紙片を一瞥し、内容に間違いがないことを確認する。

「あんたは全く見下げ果てた弁護士だな」

書類を確認し終えるのを待たず、敦賀はそう浴びせかけてきた。

「三つ子の魂百までとはよく言った。医療少年院での生活はその魂に悪知恵まで授けたらしい」

少年院で悪知恵を授けられたのは間違いではない。院仲間からの貴重な遺産でもある。

「具体的な指示もあんたが下したのか」

「指示？　さて、何のことやら」

「とぼけるなっ。自宅に事件から手を引けというＦＡＸが届いた。わたしの娘が通う大学に風体の怪しい男が出没した。家内が外出した際、人相の悪い男に話し掛けられた。全部あんたの差し金だろうっ」

なるほど、山崎はその手を使ってきたか。匿名のＦＡＸ、大学周辺をうろつくこと、話し掛ける程度では警察沙汰にもならない。

「元犯罪者とはいえ弁護士として最低限の良識はあると思っていたが、とんだ買い被りだった。まさかヤクザを使って脅しにかかるとはな」

「失礼ですが、何か根拠なり証拠があっての発言ですか」

抑揚のない声で告げると、敦賀は表情を凝固させた。

「確かにわたしは評判のよくない弁護士だが、確証もないのに反社会的勢力と結託しているような言われ方をしたのでは対抗手段を考えなくてはいけません」

不意に敦賀は黙り込む。これがこのヤメ検の限界値だ。こちらが弁護士流の脅しをかけているのだから同じ流儀で躱せばいいものを真正面から受け止めている。検事の頃は追及する一方で防御に回ることが少なかったのだろう。

「では最低限の良識を持っている証に誓え。二度とわたしと家族に妙な連中を近づけさせるな」

「元よりそんなことをした記憶はありませんが約束しますよ」

「じゃあ、これで用件は済んだ」

敦賀は腰を浮かせた。

「お待ちください」

「何だ」

「この案件はわたしが受け継ぐことになります。折角なのでこの場を借りて業務の引き継ぎをしたい」

「勝手にしろ」

「先ほど弁護士として最低限の良識云々と言われましたね。業務の引き継ぎも弁護士として最低限の良識ではありませんかね」

敦賀はもし許されるのならテーブルを引っ繰り返しかねないような勢いだった。

それでも大人げない振る舞いを堪える程度には常識を備えていたと見え、憤懣やる方ない様子で椅子に座り直した。

「逮捕から四日経過した。もう身柄は送致されたんでしょうね」

「ああ」

「勾留請求は」

「被疑者は既に自白し証拠も揃っている。当然、担当検事は請求した」

検察に被疑者の身柄が送致されると、担当検察官は必要書類を添えて裁判所に勾留請求を行う。ここで勾留が決定し十日間の勾留が認められることになる。更に勾留延長が認められれば最長二十三日間だ。

だが今回、本人が容疑を全面的に認めているために一連の手続きが怖ろしく早く進行している。現段階で弁護士のできる仕事は被疑者に対するアドバイスが精一杯で、法廷闘争が主戦場になる見込みが強い。

「担当検事は誰でしたか」

「さいたま地検の矢野検事だ」

矢野検事。名前は知っているが法廷で対峙したことはまだ一度もない。後で戦歴なりプロフィールを確認する必要がある。

「本人に接見できましたか」

「いや、まだだ。一昨日の勾留請求の後、被疑者は裁判官と面接をしている。こちらが本人と会う機会はなかった」

勾留請求が為されると裁判官は被疑者と面接し、疑いをかけられている犯罪事実を告げてこれに関する陳述を聞く。稲見は全面的に容疑を認めているので、おそらく勾留は呆気なく決定するだろう。いずれにしても勾留されている間に稲見と接見し、不利な供述をさせないようにしなければならない。供述調書の内容によっては情状面が左右されることもある。また事実が同じであったとしても、記述の表現の違いだけで主観的認識や殺意の存否などの評価が変わってくる。

稲見に接見できていないのなら、敦賀も事件の詳細を把握できるはずもない。担当の刑事から話を聞き出すという手もあるが、この男が国選弁護でそこまで熱心になるとも思えない。これで敦賀から聞くことは全て聞いた。

「じゃあ失礼します」

御子柴が席を立つと、今度は敦賀の方が声を掛けてきた。

「最後に教えてくれ。仮に昔の恩を返す目的だとしても、こんな犯罪紛いのやり方を果たして被疑者は望むのか」

「依頼者の利益優先でしてね」

「それはあくまであんたの考える利益だろう。本人の希望じゃない」

「多分、敦賀先生は社会正義の観点から物事を俯瞰(ふかん)されているのでしょう」

御子柴は辞任通知の写しをひらひらと振ってみせた。

「生憎、わたしにはその社会正義というのがどうにも胡散臭くてならない。何せ出自が出自ですからね」

捨て台詞を残して店から出た途端、携帯電話が着信を告げた。表示を見ると信頼の置ける商談相手からだった。

『やあ、先生。首尾の方は如何でしたか』

「たった今、辞任を確認したところだ。それにしても見事だったな」

『何がでしょうか』

「本人に直接ではなく、その家族に接触したことだ。相手の弱味を知り尽くしたやり口だよ」

『えっと、それはお誉めの言葉ですかね？』

「もちろん」

『あの程度なら誰だって考えつくことだと思いますがねえ。この間も言ったじゃないですか。組織に庇護されていた人間は、そこから外された途端腑抜けになるって。あの敦賀って先生はその典型でしたね。手前の家族を護る算段すら知らない』

「案件が第一東京にいった件はどうだった？」

感心したことに、山崎が語り始めた内容は谷崎のそれと寸分違わなかった。やはり宏龍会の情報網は信用に足ると思わせる。

『ついでと言っちゃあ何ですが、事件の概要、ていうか容疑者の供述内容も入手しましたよ』

「ニュースソースはどこだ」

『川口署です』

これには少なからず驚いた。警察の一部とヤクザがつるんでいるのは聞いているが、まさか取調室内の話まで筒抜けになるとは予想外だった。

「聞かせてくれ」

山崎が語った事件のあらましは次のようなものだった。

三月四日、午後一時を少し回った頃、介護士の栃野が入所者に配られたお膳を回収していた。伯楽園では各入所者の病状と健康状態に合わせた個別のメニューが作られているが、食事をする場所は食堂一ヵ所に定められている。因みにこの日の配膳当番は栃野の他にも一人いたが、この一人がトイレに用足しに行っている最中に事件が起きている。

そして稲見の膳を片付ける段になって栃野との間に口論が起きた。口論のきっかけは栃野の「食べ方が汚い」というひと言だったが、それを受けて稲見の方は「お前は介護士の癖に俺の扱い方がなってない。素人以下だ」と返した。栃野は介護士資格を取得して二十年のベテランであり、さすがに癇に障ったのか更に言い返し、そこから口論が本格的になった。

元々、栃野と稲見は普段からそりが合わなかった。日常の介護についても互いに不満を持ち、事ある毎に悪口を言い合っていたという。その積もり積もった鬱憤が、一気に放出されたのかも知れない。

口論が激しくなっても一方の稲見は車椅子の身の上であり、お互いが胸倉を摑み合うということはなかった。だが腹の虫が収まらない稲見が先に手を出した。目の前にあった膳を引っ繰り返したのだ。まだわずかに残っていた中身は床の上に散乱した。

「きったねえなあ、このクソジジイはよ」

その言葉が引き金になった。

散乱した残飯を処理しようと栃野が身を屈めると、その頭は車椅子に座った稲見の腰の辺りに位置していた。稲見はテーブルに置いてあったガラス製の花瓶を咄嗟に握り、その底で眼下にあった栃野の頭を数回に亘って殴打した。我に還ってみると、栃野は動かなくなっており頭から血を流している。慌てて揺さぶってみたが、ぴくりとも動かない。

やがてもう一人の配膳係が駆けつけて栃野が死亡していることを確認、警察に通報した——。

伯楽園に限らず、介護施設の増加に伴って職員と入所者間のトラブルは年々増えている。事例を列挙していけば、この事件もその中の一つに数えられるだろう。

だが稲見の人となりを知っている御子柴にはどうにも納得がいかない。それは事件のあらましを聞かされた今も変わらない。

いよいよ本人から直接話を聞かなければならない。そう考えていると、電話の向こうから山崎の声が聞こえてきた。

『もしもし、御子柴先生？』

「ああ。ちゃんと聞いてる。遅まきながら感心しているところだ」

『犯人の稲見って人は先生の院生時代の教官だったらしいですね』

「ああ」

『先生。ひょっとしてこの事件、情で動いてませんか』

山崎の口調が微妙に変わる。

『老婆心で言いますけど、もしそうだったら気をつけた方がいい』

「何故」

『先生は徹頭徹尾論理で仕事をするタイプだと思ってました。それこそ一切の道徳や感情を切り捨てて、ただ依頼人の利益のためだけに動く。あたしが見聞きした中で間違いなく最強の弁護士ですよ。そういう論理マシンみたいな人が感情に引っ張られると碌なことにならない』

言葉に真剣さがあった。人を観察し、弱点を探ることに心血を注いできた男の言葉には相応の説得力があった。

「ご忠告は有難く受け取っておこう。それでは」

会話を切り上げてから、御子柴は思わず失笑した。今の山崎の忠告は谷崎の言葉に重なる。

何と東京弁護士会の長老と広域暴力団のナンバー3が同じようなことを言い、同じような心配をしているのだ。

一般や法曹界の住人から嫌われている自分なのに、何故かあの二人は肩入れしてくれる。その点だけでも、二人は組織の枠から逸脱した人間だと思わざるを得なかった。

会長の座から退いたとはいえ、谷崎の威光は未だ厳然と生きていた。敦賀が辞任するのとほぼ同時に東京弁護士会を通じて国選弁護の依頼が入り、御子柴は難なく当番としてその任に就いたのだ。

選任届にはちゃんと稲見の自署が入っている。いったんは御子柴との面会を拒絶した稲見にどういう心境の変化があったのか。弁護には直接関係がないが、御子柴には無視のできないことだった。

5

選任届を受け取ると、早速御子柴は川口署に直行した。起訴前だからまだ稲見は留置場に勾留されている。

川口署に到着し総合案内の受付で来意を告げると、やって来たのは菅山だった。

「たったの三日でいきなり弁護人が交代。いったい、どんな手を使ったんですか」

御子柴が正式な弁護人として再訪したからか、先日の見下した態度は幾分後退していたが、疑り深そうな視線は相変わらずだった。

「どんな手もこんな手もない。正当な手続きで選ばれた弁護人だ。最低限の協力はしてもらう」

「仰せの通りに。御子柴先生を面会室までご案内申し上げます」

菅山は恭しく頭を下げる。慇懃無礼そのままの格好だった。

面会室に向かう途中で、菅山が話し掛けてきた。

「面会時間はあまり長くならないようにお願いします」

「弁護人の接見だ。時間など関係ないだろう」

「後がつかえてますので。その辺は指示に従っていただきます」

「菅山さんだったな。腕時計を見せてくれないか」

菅山は不審な顔をしながらも左腕の時計を突き出してみせる。

「国産の安物だな。そんなに時間に細かかったら、もっと上等な時計で計ってくれ」

菅山の顔色が変わったが、それも一瞬だった。

「生憎と薄給なものでしてね。今の世の中、真っ当に仕事してるモンの給料袋は薄くなるようにできてる」

「薄いのは給料袋だけじゃあるまい」

情報漏洩に対する皮肉のつもりだったが、菅山にどこまで通用するかは分からなかった。

「面会にはわたしが立ち会わせてもらいます」

「立ち会いは留置係の係員じゃないのか」

「それもウチのしきたりでしてね」

あからさまに妨害するつもりだとしたら、悪意は菅山単独のものではなく川口署全体のものということだ。喩(たと)えて言うなら、敵陣のど真ん中で捕虜と世間話をするようなものか。

「それにしても先生の執念深さには感服しましたよ。いや、これは皮肉でも何でもなく本心ですよ」

「あなたたちにはさぞかし嫌な相手なんだろうな。しつこい弁護士という生き物は」

「先生は特別ですよ。その執念の原動力は何なんですか」

どうせそれを言ったところで、この男には理解できまい。そう思って黙っていると、菅山は更に話し掛けてきた。

「わたしには不思議でならないんですけどね。四半世紀以上も憎しみを燻(くすぶ)らせ続けることなんて可能なんですか」

「どういう意味だ」

「中学時代の担任がいけ好かない野郎でしてね。よく殴られもしたし罵られもした。専門分野に詳しいだけの、ただの人格破綻者だった。それでも十何年経ってみると憎々しさは消えて、代わりに哀れさを覚えるようになった。きっと人を憎むのにも膨大なエネルギーが要るんでしょう」

「わたしが元教官を今でも憎んでいると?」

「そうでないことを願いますがね」

菅山の指摘は惜しいところを突いている。

確かに自分は四半世紀以上も或る思いを抱き続けている。そのために膨大なエネルギーを消費しているのもまた事実だ。

だが決してそれは憎しみではない。もっと別の、生きていくための何かだ。

やがて御子柴と菅山は面会室に到着した。中に入ると、中央に簡素な造りのスチール机が一脚と椅子が二脚置いてあるだけの殺風景この上ない部屋だった。窓に脱走防止用の格子が入っており、これでは取調室と寸分も変わらない。

「しばらくお待ちを」

御子柴を残して菅山はいったん退出する。

　一人きりで待たされていると、どうしてもこれから会う男の顔がちらついた。

　印象的な顔と声。あれから二十八年も経つというのに細部まで記憶が鮮明なのは、事ある毎に意識の底から甦ってくるからだ。

　御子柴はひどく驚いた。

　自分が人に会う前に緊張している。

　こんなことは久しくなかった。仕事とはいえ幾多の累犯囚や連続殺人鬼とも面談したが、会う前からこれほど心臓が高鳴ることはなかった。気がつけば両手はじっとりと汗を掻いている。

　御子柴の人格は途中で一度リセットされた。新たな人格形成に寄与したのは医療少年院の関係者と、そして音楽だった。特に稲見からは生きていく指針を教えられた。その意味で稲見の存在は、実の父親に比類するものではなかったか。

　ああ、そうか——御子柴は不意に合点した。

　自分は今、二十八年ぶりに父親と再会しようとしているのだ。

　やがて面会室のドアが開かれた。

　菅山が車椅子を押して入って来た。

　そして車椅子に座った老人を見るなり、御子柴は反射的に腰を浮かせた。

初めは人違いかと思った。

げっそりと削げ落ちた頬、頭頂部にわずかに残った白髪、そして子供のように縮んだ身体。

だが眉だけは変わっていなかった。太く、一直線で厳つい眉。

「よお」と、その老人は声を上げた。

多少しわがれていたが、紛れもなく記憶にある稲見の声だった。

「久しぶりだな、御子柴。いや、今は御子柴先生か」

相変わらずの口調に、室内の空気までが変わったような気がした。

「稲見教官」

「おい、教官ってのはやめろや。もう三十年近くも前の話だ」

「それ以外の呼び方を知らない」

「まあ、あれから会ってないから仕方ないか……じゃあ好きに呼んでくれ」

「えらくせっつかれているので、早速始めます」

萱山が対面の椅子を退かし、車椅子ごと稲見を机の中に押し入れる。御子柴が座るとちょうど目の高さが一致した。

「あっと、御子柴先生よ。本題に入る前にもう一ついいかい」

「何ですか」

「俺が伯楽園に入った時、結構な金額が俺宛てで園に送金されてきた。あれ、お前だったんだろ」

「……昔のことは憶えてない」

「つまり昔だったことは憶えてるんだな。何にせよ、あれでずいぶん助かった。特養ホームは入所一時金は必要ないが、あのカネのお蔭で楽になった。改めて礼を言っとく。どうもありがとう」

稲見はすっかり寂しくなった頭頂部が見えるほど頭(こうべ)を垂れた。

「そんな話はもういい」

「いい訳あるか。元院生であんなことまでしてくれたのはお前だけだ。礼くらいゆっくり言わせてくれ」

「時間がないですよ」

「いいさ。事件のことなんざどれだけ詳しく話したって五分で終わる」

「供述調書はまだ作成してないんですね」

「ああ、まだだ」

「だったら気をつけて欲しいことが何点かある。供述調書は法廷で重要な証拠として扱われる。表現一つで受ける印象がころころ変わるから、絶対に刑事の誘導に乗らないでくれ。供述を取る際に刑事が勝手に内容を喋り出すかも知れんが無視してくれ。それから可視化されているかも確認が必要だ。カメラの位置、録音マイクの場所を全て把握してくれ。ビデオ画像は三十分おきに自分に確認させるよう要求して欲しい」

「おいおい」

稲見はひらひらと手を振った。

「一遍にそんなに覚えられるもんか。七十五歳の後期高齢者なんだぞ」

「必要事項だ。ちゃんと聞いてくれ」

「ちゃんと聞いているよ」

「確認してくれ」

「ちゃんと確認もしているさ。御子柴礼司は立派な人間になったんだってな」

「教官」

「冗談でも何でもない。御子柴よ、俺は栃野を殴ってからずっと心が重かったんだ。それがお前に会えたことでいくぶん軽くなった」

途中で言葉を遮(さえぎ)ろうとしたが、稲見の目がそれを許さなかった。

「弁護士になんか憧れたってそうそうなれるもんじゃない。この国で一番難関の試験に合格したんだ。きっと寝る間も惜しんで勉強したんだろ？　いや、お前は元々頭がよかったから割とあっさり合格したのかもな。どちらにしても大したもんさ」

「それは、もういい」

「ふん。そうやって誉められ慣れてないのは昔のままか」

「もう、いい加減にしてくれ。わたしはあなたの弁護人なんだ。事件のことを聞かなきゃ仕事ができない」

「普段はどんな弁護をしてるのか知らんが、俺に関してはそんな必要はない。だって俺が栃野を殺したのは事実だからな」

ようやく稲見は事件の概要を話し始めた。概要自体は山崎からもたらされたものと何一つ相違がなく、ここでも山崎の情報収集能力の高さが証明される結果となった。

だが概要は概要だ。

真相はいつも細部に、あるいは隠れた部分に宿っている。

「日頃から栃野という介護士といがみ合っていたというのは本当なんですか」

「ああ。あの栃野ってヤツは本当にいけ好かない野郎でな。ほら、俺はこんな身体してるだろ。何かにつけてグズとかのろまとか蔑むんだ。それだけじゃない。介護施設は大抵の仕切りがバリアフリーになってるんだが、栃野はわざと段差のある場所を選んで車椅子を押すんだ。配膳をわざと遅らせたこともあったな」

「それしきのことでかっとなったのか？　あなたらしくない」

「それしきのことでも度重なると結構なストレスになるぞ。それに齢を食えば怒りっぽくもなる」

目の前で話す稲見は、とてもそんな風には見えなかった。さすがに老齢による衰えは隠せないが、それでも往年の磊落（らいらく）さは健在だ。足腰が立たない代わりに弁が立つ。

「教官。腕を見せてください」

「おう」

突き出された手は齢の割に二の腕が太かった。

最近は電動式の車椅子が増えたのでその傾向が減ったが、自走式の車椅子はハンドリムを自分で回すため結構な握力がつく。動かなくなった足に比べて腕の筋肉が落ちないのはそのせいだ。

御子柴はしばらく稲見の腕を観察する。残念だが、この腕なら花瓶を振り上げて他人を殴打する程度の力はあるだろう。

「花瓶には花が挿してありましたか」

「ああ。スミレが挿してあった。栃野を殴った弾みで中の水ごと床に散らばった」

当然、スミレの残骸もこぼれた水も鑑識が入って捜査記録に残っているだろう。稲見の指紋は言うに及ばない。捜査記録は裁判になった時点で取り寄せるとして、自分も事前に現場を確認した方がいい。

「付け加えておきますがね」

離れた場所に立っていた菅山が口を差し挟んだ。

「被疑者の着衣には返り血が付着していました。鑑識の結果、返り血は被害者のものと断定されました」

「ご親切にどうも」

御子柴は唇を噛む。

畜生、と口の中で呟く。

動機、チャンス、方法、そして自白と三拍子どころか四拍子も揃っている。とても公判で認否を争える案件ではない。唯一の逃げ道は例によって精神鑑定の申請をすることだが、こうして本人の言動を見ている限り刑法三十九条の適用は、太陽が西から昇るのを証明するより難しい。

「その様子を目撃していた者は？　もう一人の配膳担当者はその時、トイレに行っていたと聞きましたが」

「あの時、食堂には他に何人も入所者がいた。俺と栃野が争っているのは、その人たち全員が見てるよ」

入所者が老人ばかりといえど、稲見並みに頭がしっかりしている者もいる。彼らの目撃談を無効とするのも不可能に思える。

どれもこれも不利な材料ばかりだ。

「御子柴先生。今度は俺の方から質問しても構わないかね」

「どうぞ」

「国選弁護、どうやって交代した？」

稲見の目つきが変わった。

子供の悪さを見咎める目つきだった。

「前の先生と面談しようとしたら、すぐ辞任したいと伝えられた。同時にお前の名前が入った選任届を渡された。何か非合法な手を使ったな」

「当番が回ってきただけですよ」

「逮捕された時、刑事さんから弁護士を呼ぶかと訊かれた。その時、お前の顔が浮かばなかったと思うか？」

「じゃあ、どうして呼ばなかったんです」

「必ずそういう無茶をすると思ったからだ」

稲見は低い声で諭すように言った。

不意に時間を遡るような感覚に襲われる。

「こうと目的を決めたら、多少の決まりなんぞ無視してでも実行する。お前はそのやり方を院生から学んだ。もし俺が呼んだらまたそうすると思った。会えたのは嬉しいがな、正直言って弁護人になんてなって欲しくなかった」

「教官。俺はあなたを救いたいんだ」

「気負うのも結構だがな、俺は栃野が憎くて殺した。間違いなく動機があった。しかも完璧に正常な精神状態の下でだ。その事実は何があろうと覆せん」

あまりの潔さに眩暈さえ覚える。

実生活の中ではともかく、法廷闘争の上ではマイナス要因にしかならない。この男は闘う前から敵の弾に撃たれようと身構えている。

「どんな被疑者にも護られるべき権利がある」

「そしてどんな人間にも償う権利がある。そう教えたのを忘れたか？」

御子柴は思わず言葉に詰まる。

忘れるはずがないじゃないか。

「人に教えたからには自分でも実行する。俺はこの手で人を殺（あや）めた。だから罪の大きさに見合った罰を与えてくれればいい。俺は甘んじてそれを受ける」

稲見は決然とした口調で言い放つ。それを真正面で受け止めながら、御子柴はひどく当惑した。

全ての容疑を認め、罰してくれと望む依頼人。

今まで色んな案件を扱ってきたが、これは思いつく限り最悪の依頼人だった。

「もう話は済んだようですね。では、これで」

菅山が事務的な口調で宣言した。御子柴には目もくれず、車椅子を引いてドアに向かう。

稲見はちらとこちらを一瞥するだけだった。

ドアが閉まる。

後には御子柴一人が残された。

それから二日後、御子柴は早速稲見の造反を知ることになった。昨日、つまり接見した翌日に稲見は御子柴へ連絡しないまま供述調書を作成してしまったのだ。

供述調書

本籍　栃木県河内郡上三川町磯岡一三七四
住居　埼玉県川口市南鳩ヶ谷九丁目三十五―四〈伯楽園〉内
職業　無職
氏名　稲見武雄（いなみ　たけお）
　　昭和十二年四月七日生（七十五歳）

上記の者に対する殺人事件について平成二十五年三月九日、川口警察署において、本職はあらかじめ被疑者に対し、自己の意思に反して供述をする必要がない旨を告げて取り調べたところ、任意次の通り供述した。

一　わたしは本年三月四日午後一時ころ川口市特別養護老人ホーム伯楽園において介護士の栃野守さんを殴打し、それが原因で死亡させてしまったことで取り調べを受けているものです。本日は当時の状況等についてお話しします。

二　わたしは平成二十年の四月に伯楽園に入所しましたが、その時には既に栃野さんは介護士として働いていました。わたしの担当者ではなかったので直接の接点はなかったのですが、何となくウマが合わないというか、仲良くはできない人間だという認識がありました。これはわたしが教官時代から培った知恵のようなもので、ふた言み言、言葉を交わせば自分とそりが合うかどうかが分かってしまうのです。だからという訳ではありませんが、日頃からわたしと栃野さんは事ある毎に反目していました。

三　三月四日のことですが、その日の配膳係の一人が栃野さんでした。食べている最中は何事もなかったのですが、早く食べ終えた者の膳からそろそろ片付け始め、自分の膳を片付ける段になって、栃野さんと口論になりました。口論のきっかけとなったのは、栃野さんがわたしの食べ方が汚いと言ったことです。売り言葉に買い言葉でわたしの方も、お前は介護士の癖に俺の扱い方がなっていない、素人以下だと返しました。それから日頃の不満が募って言い争いになりました。

四　口論が激しくなっても自分は車椅子の身ですから、お互いが胸倉を摑み合うということはありませんでした。しかしわたしは腹の虫が収まらず先に手を出しました。自分の目の前にあった膳を引っ繰り返したんです。膳にわずかに残っていた中身は床に散乱してしまいました。その中身を処理しようとした栃野さんは、きったねえなあ、このクソジジイはよ、と言って身を屈めました。身を屈めた栃野さんの頭がわたしの腰の辺りにありました。かっとなったわたしはテーブルの上に置いてあったガラス製の花瓶を咄嗟に握り、栃野さんの頭目がけて振り下ろしました。周囲にいた入所者たちが止めに入りましたが、二回か三回は殴ったと思います。それから用を足しに行っていたもう一人の配膳係がやって来て、わたしから花瓶を取り上げ、栃野さんを介抱しましたが、もう栃野さんは少しも動きませんでした。

五　それから救急車が到着して栃野さんを運んでいきましたが、後から栃野さんは即死に近い状態だったと聞きました。わたし以外に栃野さんに暴行を加えた者はいませんから、わたしが栃野さんを殴り殺したのは事実です。

稲見武雄（署名）拇印

以上の通り録取し読み聞かせたうえで閲覧させたところ誤りのないことを申し立て署名指印した。

川口警察署
司法警察員

警部補　小池亮一　押印

調書をひと通り読み終えた御子柴は深く溜息を吐いた。

第二章　被害者の悪徳

1

翌日、御子柴は川口市の〈伯楽園〉を訪れていた。

築二十年は経っているだろうか。元は白かったであろう外壁はすっかり苔むし、窓ガラスも老人の目のように白濁している。不思議に花壇は荒れもせずスミレが咲き誇っているのは、入所者の誰かが手入れをしているお蔭なのか。

花壇の前では老婦人がテーブルに座り、小ぶりのCDラジカセから流れる音楽に身を委ねている。曲はピアノ曲らしいが音が小さくて何の曲かは分からない。老婦人は御子柴の姿を認めると、「こんにちは」と軽く頭を下げた。

御子柴がこの特養ホームに足を踏み入れるのは初めてだった。稲見の入所を知った際、急いで纏(まと)まった金額を送金したが、稲見に顔を合わせるのが躊躇(ためら)われて、今の今までここに来ようとは思わなかったのだ。かつての教官の衰弱した姿を見たくない気持ちもあったが、それ以上に今の自分を曝(さら)け出すのが怖かったのだろう。

建物の中に入った途端、腐葉土に似た臭いが仄かに鼻を衝いた。消毒薬でもなければ芳香剤でもない、枯れて腐った草の臭い――その正体は車椅子に乗った入所者と擦れ違う時に判明した。

それは老人臭だった。部屋の臭いが入所者に沁みついたのではなく、入所者の体臭が壁や床にこびりついているのだ。人間は死期が近づくと植物に近づいていくのかも知れない、と御子柴は思った。

事前に来意を告げていたので施設長室に向かう。目的はただ一つ、稲見と栃野の関わりを確認するためだった。

「お仕事ご苦労様です」

御子柴を迎え入れた角田寛志施設長は丁寧な物腰だったが、眉の辺りが迷惑だと言っていた。頭頂部がすっかり薄くなりタマゴ型の顔をしている。腰が低いようにも見えるが、目は注意深く御子柴を観察している。

「殺された栃野さんと稲見さんの件でしたな。しかし詳しい話は、もう警察にしたはずですが……」

「弁護士は検察とは反対の立場ですから。反対側から見れば、モノはずいぶんと違う形に映る場合があります」

「それはそうかも知れませんが……確か選任されたのは別の先生じゃなかったんですか」

どうやら弁護人が交代した件は知っているようだ。経営する社会福祉法人の理事長が裏から手を回して、敦賀に弁護を押しつけた事情も聞き知っているに違いない。

「先任の弁護士が下りてしまいましたからね。わたしでは力不足だとでも？」

「いや、決してそんなことは……ただ急な話だったものですから」

「栃野という人はどんな人でしたか」

「真面目な介護士でしたよ」

反論は許さないという口調だった。

「園にはもう八年ほど勤めていましたが、よく気のつく男でしてね。入所者からの評判も上々でしたよ」

「しかし日頃から被疑者とはそりが合わなかったようですね」

「ああ、あれは稲見さんが悪いんですよ。稲見さんはね、そりゃあ頑固だし口も悪いし。ちょっとでも気に入らないことがあると、すぐ職員に食ってかかる悪い癖がありました」

「しかし悪いのは口だけでしょう。車椅子の生活では暴れることも徘徊(はいかい)することもできない。こうした老人ホームには認知症を患っている老人も多いと聞きます。扱いとしてはそういう老人たちの方が難儀でしょう」

「いやいやいや、この園に入所されているお年寄りたちはみんなおとなしい人ばかりでしてね。もちろん中には認知症気味の方もいますが、概して扱いが容易なんです。そんな中でも稲見さんというのは特殊でしたね。何につけ栃野さんの介護ぶりに文句たらたらで、わたしが彼の立場だったらとっくの昔に音を上げてますよ」

これは川口署の取り調べた内容と同じだが、警察も角田から事情聴取しているだろうから、話が合致するのは当然だ。

「警察がここに来た時、誰が聴取を受けましたか」

「わたしと、それから栃野さんの同僚です」

「同僚全員ですか」

「いえ。現在、当園では三十名ほどの入所者がおりますがこれを五つのグループに分け、一グループにつき二人の介護士が担当しています」

つまり同じグループの中で栃野とペアを組んでいた介護士は一人ということになる。

「もう一人の介護士は前原くんといいましてね。まだ若いが、熱心さでは栃野さんにも引けを取らない職員ですよ」

「会って話を聞きたいんですが」

「彼と直接、ですか。うーん、今は勤務中ですからね。そうだ。あと三十分もすれば昼食が終わります。その後は少し時間に余裕ができますよ」

「ご協力感謝します。それまで園の中をうろついていてもよろしいですか」

「ええ。食事中の入所者に声を掛けさえしなければ結構です」

言い換えれば無闇に質問するなということだ。御子柴は頭も下げずに施設長室を出る。どうせ最初から歓迎されるとは思っていない。歓迎されていないのであれば、交わす礼儀も最低限で済む。

廊下をしばらく歩く。なるほど稲見が言った通り、仕切りはバリアフリーになっており大きな段差はない。そう言えば玄関も上がり框はスロープ状になっていた。壁には腰の高さにバーが設えられて、摑まって歩くにはちょうどいい。ハードウェアとしては高齢者に親切な設計と言えるだろう。

おそらく入所者の手になるものだろう、壁には水彩画や習字が掲示されているが、どれもが素人芸の域を出ない。中には明らかにリハビリ代わりに手を動かしたような代物も交ざっている。

天井から吊られたプレートで食堂の位置はすぐに分かった。保全のためか床はカーペットになっているので、注意深く歩けば音は立たない。御子柴は足音を殺して食堂に向かう。角田との約束は入所者に話し掛けないという一点だけだ。様子を覗くのは違反でも何でもない。

これも保全のためか施設の中は引き戸がほとんどで、食堂もその例外ではない。御子柴は辺りに人目がないのを確認してから、ドアを細目に開ける。

食堂内は結構な広さがあり、そこに三十人ほどの老人と二人の介護服を着た男たちがいた。中は高いパーティションで五つの区画に仕切られており、グループ単位でのプライバシーが護られる造りになっている。

老人たちは椅子に座る者、車椅子に乗った者。自分の手でスプーンを持つ者、介護士に口へ運んでもらう者と様々だが、共通点もある。

老人たちは誰一人として笑っていなかった。

どの顔も緊張に顔を強張（こわば）らせ、料理を楽しんでいる様子は露ほども感じられない。同年配で同様の境遇に置かれているにも拘わらず、会話もなければ笑い声もない。これなら医療少年院の昼食時の方がはるかに賑（にぎ）やかで和気藹々（わきあいあい）としている。まるで囚人のようだと思った。欧米の刑務所内を思い浮かべると、絵柄がぴたりと当て嵌まる。見えない鎖で繫がれ、見えない銃で脅されて咀嚼している間も安穏としていられない。

「おいおい、後藤の爺さん」

眼鏡の奥で陰険そうな目をした介護士が、小太りの老人を叱責していた。

「どうしてスプーン使っているのに飯こぼすんだよ！　もっと大きく口を開けろって」

叱責された老人は電気ショックを受けたように上半身をびくつかせ、精一杯大きな口を開けようとする。それでも顎が思うように動かないのか、目に涙を溜めている。無理強いされているのは明白なのに、誰もそれを止めようとしない。

老人の足元には結構な量の飯粒が散乱していた。介護士はこれ以上はできないほど迷惑そうな顔で老人を横に押し退けると、壁際に立て掛けてあった柄の長いモップで飯粒を掻き集め始めた。

介護にも色々な形があるものだな――御子柴は表情を殺して、その光景を観察していた。

昼食が終わると、施設長から栃野の担当グループを紹介してもらうことになった。

栃野とペアを組んでいた前原譲（ゆずる）というのは、昼食時に老人を叱責していた若い介護士だった。面長（おもなが）のひょろりとした男で、御子柴が弁護士と知ると警戒心を覗かせた。

栃野がいなくなったため、急遽割り振られた介護士が漆沢健郎（うるしざわたけお）で、こちらは威風堂々とした体格で介護士というよりはレスラーのような風貌だった。生来が無口なのかそれとも必要以上に喋るなと命じられているのか、話をするのはもっぱら前原の方だった。

「稲見さんの弁護をされるんですか？　本人が罪を認めてるんだから、今更調べる必要なんてないじゃないですか」

「被疑者の弁護について違和感がありますか？　元よりここの入所者ではなかったんですか」

「いや、それはそうですけど、やっぱり職場の先輩が殺されたとなると、被害者と加害者を同じように扱うのは無理ですよ。ただでさえ栃野さんは尊敬できる先輩だったし、逆に稲見さんは面倒な入所者でしたから」

「そんなに面倒をかける人間だったんですか」

「ええ。下半身不随だから下の世話をしなきゃいけないのは当然なんですが、上半身、特に口が元気過ぎて参ってたんです。こっちが誠心誠意やっていても、車椅子の押し方が乱暴だとか接し方が雑だとか、とにかく声が大きいので、うるさいったらない。言うなれば車椅子に乗ったクレーマーでしたよ。俺だって介護していて時々いらっとしましたからね」

「栃野さんについてはどうですか」

「栃野さんはもう、介護の先輩として本当に尊敬できる人間でしたよ。よく気がつくし介護される側の気持ちになって細やかな心配りのできる人でした。だから自分としてはどうしても栃野さんの方に肩入れしちゃいますね。弁護士の先生を前にしてこう言うのも何ですけど、稲見の爺さんにはきちっと罪を償って欲しいです」

断定的な物言いが鼻についた。横に立つ漆沢は無言で頷いているだけだ。

「日頃から栃野さんと稲見さんはいがみ合っていたんですか。お互いの感情が爆発する寸前まで」

「いや、それほど栃野さんは稲見の爺さんに付き添っていた訳じゃなくって……どちらかっていうと俺の方が看ていました。栃野さんは他の入所者を担当していましたから」

「同じグループでも分担があった訳ですか」

「介護記録を作成するに当たって、そういう担当分けというのはありましたよ。一グループ六人だから三人ずつ主担当、後の三人については副担当という形で」

「すると栃野さんと稲見さんの接点はそれほどなかったことになる。それなのに事件当日には壮絶な口論になって暴力沙汰になったということですか」

「普段の接点が少なかったからそうなったんですよ」

前原は訳知り顔で言う。

「俺みたいに普段からあの毒舌に慣れていたら、ああいつものヤツが始まったくらいで終わったんでしょうけど、あの時は運悪く俺がトイレに立って不在だったもので」

あの日、栃野と前原が配膳係となり、前原が席を外した数分間に撲殺（ぼくさつ）事件が起きた。それ自体は稲見が川口署で供述した通りだ。

しかし日常の介護について互いに不満を持ち、事ある毎に悪口を言い合っていたという内容は、今の前原の証言と齟齬（そご）を生じる。前原によれば栃野は稲見の主担当ではないから接点は少なかったのだ。

御子柴は漆沢に向き直る。

「今の話に間違いありませんか」

急に尋ねられた漆沢は一瞬口ごもり、やがて「俺、あんまり栃野さんのやり方は知らないんで……」と歯切れ悪く答えた。

次に稲見と同じグループにいた入所者たちを紹介してもらうことにした。

「食後の自由時間でみんなばらばらになっているので紹介しますよ」

頼みもしないのに前原が案内を買って出る。正直邪魔だとは思ったが、入所者の中には意思疎通さえ怪しい老人もいるので、敢えて申し出は拒まなかった。

「最初は普通に話のできる人がいいでしょう」

御子柴が他人を尊敬することは滅多にない。医療少年院での生活で、ヒトという生き物を語る際には性善説よりも性悪説に立った方が容易であることを思い知ったからだ。

それでも大抵の人間は自分の愚(おろ)かさや酷薄(こくはく)さという本性を隠そうとしているからまだ可愛げがある。ところがこの前原という介護士は、障害のある入所者に対する侮蔑が言葉の端々に感じられる。本人は隠している気でいるかも知れないが、全く功を奏していないところがこの男の浅薄さを物語っている。介護という仕事が患者の杖(つえ)となることなら、これほど持主の意思に逆らう杖もないだろう。

前原に連れていかれたのは〈談話室〉というプレートの掛かった部屋だった。小学校の図書室ほどの広さはあるだろうか。部屋の中央に六脚のテーブル、隅には長椅子が設えられており、老人たちがめいめいの場所で会話をしている。無論、全員という訳ではなく、目が虚ろであったり表情が奇妙に歪んだりしている老人は会話に加わることもなく、一人でじっとしている。そして、そういう老人の傍らには決まって介護士が付き添っている。

「久仁村さん、この人が話を聞きたいんだってさ」

前原が声を掛けると、隣と話し込んでいた老人がこちらを向いた。丸顔で頰肉がかなりだぶついている。厚い唇と狭い額がひどく凶暴そうな男だった。唇の左端の腫れも禍々しい容貌に寄与している。斜視気味の目は猜疑心に凝り固まっており、太陽が東から昇ると説明してもすぐには信用しなそうに思える。

「こちら、稲見さんの裁判で弁護を買って出た御子柴先生。こちらが久仁村兵吾さん」

「御子柴です」

久仁村は上目遣いにじろりと睨めつけるだけで、挨拶を返そうとはしない。

「弁護士の先生かい。ありゃ稲見さんが自分でやったと自白してるんだろ。今更どんな弁護をするってんだよ」

「それは皆さんの話を聞いた上で考えることです」

「俺たちの話如何で無罪にでもなるっていうのかい」

「無罪はともかく、情状酌量というのはあるかも知れません。何せわたしの依頼人はいい齢なのでね。温情溢れる裁判官に当たれば、あるいは減刑の余地がある」

久仁村は依然として御子柴の目を覗き込んでいる。紛うことなく、眼前の人間を品定めしている目だった。

「昔な、親父からよく言われたもんだ。サムライの〈士〉がつく商売は嘘吐きが多いから信用するなってよ」

なるほど言い得て妙だと御子柴は思う。こういう人間は空疎な理想論よりも実利で説得した方が早い。

「嘘も方便とも言います。あなたは正直さだけで世の中の不正や理不尽が糺せると思いますか」

久仁村はおや、というように片方の眉を上げてから不敵に笑う。

「どうやら賢いだけの弁護士先生じゃなさそうだな。いったい何を聞きたい？」

「事件の起きた時、久仁村さんは現場に居合わせましたよね」

「ああ、昼飯時だったからな。寝たきりでもない限り、入所者は食堂に集まるようになってる」

「稲見さんと栃野さんが争った時の様子を教えてください」

「栃野と……栃野先生と稲見さんが急に口論し始めたんだよ。食べ方が汚い。いや、それ以前にお前の方はどうなんだってよ。いきなり稲見さんが怒り出して膳を引っ繰り返した。まだ食事中だったから、ほとんど手つかずの中身が床に散らばった。それで栃野……栃野先生がぶつくさ言いながら中身を片付け始めたら、稲見さんが花瓶で相手の頭を殴りつけたんだ」

「栃野さんは稲見さんの主担当ではなかったんですよね。どうして、いきなりそんな口論に発展したんですか」

「そりゃあ、あんた。お互いウマが合わない者同士だったら、二言三言交わしただけで大喧嘩（おおげんか）になることだってあるだろ。あの二人がちょうどそんな感じだな。言ってみりゃ突発事故みたいなもんだ」

「普段から反目し合っていたのだと？」

「いや、それはな。担当が違っていても、同じグループにいる訳だからお互いの所作はどうしたって目に入る。そうしたら、あいつは気に食わん、あいつは目に余るとか思うところは出てくるだろうさ。だが、そんなのは殺意とか何とかいう段階じゃないだろう」

「不可抗力みたいなものだと考えるんですか」

「そうそう、それよそれ。憎いと思ったが、殺してやりたいとまでは思っていなかった。花瓶で殴ったのは弾みで、不幸にも打ち所が悪かった。今度のことはそういうことなんだよ」

次に紹介されたのは先刻食堂で前原に叱責されていた小太りの老人だった。名前は後藤清次。車椅子の世話にはなっていないものの、足腰がひどく弱っており、御子柴が近づいた時も壁のバーに身体を預けていた。笑えばさぞ福々しい顔になるのだろうが、生憎顰め面をしているので気難しいようにしか見えない。

「骨粗鬆症なんですよ」と、前原は説明を加えた。

「足腰がこれ以上弱ってもいけないので、歩行訓練のために敢えて車椅子には乗せてないんです」

御子柴は手近の椅子を引き寄せて後藤老人を座らせる。

「わたしは稲見さんの弁護士で御子柴という者です」

そう名乗っても、後藤は怯えたように視線を逸らしている。

「ちょっとばかり認知症なんですよ。ま、日常生活に支障はないんですが」

前原が本人の目の前で耳打ちをする。もっとも声は丸聞こえなので耳打ちの意味がない。

「稲見さんの事件を調べています。協力してください」

後藤はあうあうと言葉にならない声を発する。その響きから、少なくとも拒絶されたのではないことだけは分かる。

「稲見さんと栃野さんが争いになった時、あなたも近くにいましたか」

後藤はしばらく考え込んでいる風だったが、やがて納得したように一度頷く。

「ああ……わしはそこにいた」

「二人の争うところを見ていたんですね」

「……見た」

「どんな風にしてそれは始まったんですか」

「言い争って……言い争って……二人が摑み合いになって」

「どちらから先に手を出したんですか」

「い、稲見さんが先生の胸倉を摑んで、殴って、殴って、……殴って」

「殴る前のことは憶えていませんか。二人でどんな罵り合いをしたとか」

「お、憶えてない」

「二人は普段から仲が悪かったんですか」

「知らない、知らないっ」

質問を重ねると後藤は途端に怯え出す。

「ダメですよ、先生。少し認知症が入っているって言ったじゃないですか。軽度の認知症というのは、自分の記憶が薄れていくのが怖くてしょうがないんです。それ以上、答えられない質問を繰り返すと、どうにかなっちゃいますよ」

それは素人である御子柴の目にも明らかだった。情緒不安定になった後藤に質問しても、まともな回答は期待できそうにない。

「次は、と。ああ、そうだ。臼田さんならいいかな」

前原は窓際で車椅子に座る老人に近づく。臼田泰助というその老人は顔中の肉が削げ落ち、皮膚の上から骨の形が分かるほどだった。老人斑がほぼ全面を覆い、目は深く落ち窪んでいる。

「何かの病気を患っているんですか」

「色々併発していますが……要は老衰ということです」

前原の説明は事務的だが簡明だ。死刑判決を読み上げるには一番適した口調だろう。

「こちらの発する言葉は理解できますか」

「さあ。理解してるとは思いますが、いちいち確認していませんからね。元々、口数の少ない人だし」

　そんな状態で介護が可能なのか——素朴な疑問が湧いたが、ただ飯を詰め込み、定期的に下の世話をするだけなら意思の疎通も会話も必要ない。介護が生活の面倒を見るという単純な意味に限定されるのなら、前原の態度も間違いとは言えない。

　御子柴は臼田の目を覗き込む。奥に引っ込んだ瞳に知性の光は見出せない。

「わたしは稲見さんの弁護を引き受けた御子柴という者です。分かりますか」

　臼田の表情に変化はない。聞こえないかと思い、もう一度同じ言葉を繰り返そうとすると、不意にその唇が開いた。

「稲見さんは、いい、人じゃった」

　嗄(か)れて文節も割れているが、意思の感じられる声だった。ただし、視線は虚空(こくう)の一点を睨んでおり、御子柴の方をまるで見ていない。

「あなたはよく稲見さんと話をしたんですか」

　返事なし。

「あなたは稲見さんと栃野さんが争う場面を……」

「稲見さんは悪くない」

　臼田は一方的に喋り出した。

「悪いのは先生だ。最初に先生が小突いたものだから、稲見さんも怒った」

「二人は普段から仲が悪かったんですか」

「稲見さんは紳士だから、誰の悪口も言わなかった。あの人は気骨のある人だった」

「それはわたしも知っています。では、喧嘩のきっかけは栃野さんが原因なんですね」

「稲見さんは本当に立派な人なんだ」

「よく聞いてください、臼田さん。稲見さんは殺害の意思を持って栃野さんに殴りかかったのだとお思いですか」

不意の沈黙。臼田は突然喋るのをやめてしまった。

「臼田さん？」

二度三度と問い掛けてみるが、臼田は電源の切れた電化製品のようにうんともすんとも言わない。

「あなたの感じたことを教えてください。わたしの依頼人に殺意があったかどうか。その点がこの裁判ではとても重要なのです」

「無駄ですよ、先生。臼田さんはこんな風に黙り込んじゃうと、なかなか次の言葉が出てこないんです」

御子柴はしばらく臼田の反応を窺っていたが、確かにその強張った表情が揺らぐことも口を開く様子も見られないので、諦めるより他になかった。

「えーっと。じゃあ次は庭までご足労いただきましょうか」

前原は極めて事務的に御子柴を誘う。その手際は施設の見学者を扱うようだった。

「ウチの園では一番真っ当なお年寄りですよ。オツムも健在だし、これといった持病もなし」

「そんな人がどうして特養ホームに？」

「もう足腰が弱くなってるんですよ。それで資産と呼べるものを処分してウチに入所したという人なんです。終活としても抜かりないですよ」

庭に出た前原が向かった先は花壇のある場所だった。その前のテーブルには先刻と同様、老婦人がちょこんと椅子に座ってCDラジカセの音楽を聴いている。老婦人は御子柴の姿を認めるとおや、という顔をした。

「小笠原栄（おがさわらさかえ）さんです。栄さん、こちらは稲見さんの弁護士で御子柴先生」

「あら、弁護士さんだったんですね。はじめまして、小笠原と申します」

齢を取ると概して人は縮むものだが、小笠原夫人はその傾向がより顕著（けんちょ）だった。曲がった背を伸ばしても小学生程度の丈しかないのではないだろうか。老人にしては皺（しわ）

も少ないが、目鼻立ちが小さく、これも子供のような印象を見る者に与える。

ただし御子柴を捉えた目は紛れもなく年を経た大人の目だった。叡智の光を放ち、穏やかな中に相応の理性を感じさせる。

「足腰が弱っているものですから、座ったままで勘弁してくださいな」

「先ほどお会いしましたね、御子柴です。わたしが来ることをご存じだったのですか」

「いいえ。あの施設長さんはそういうことを全然教えてくれませんのよ。ただあなたが普通の人には見えなかったものだから」

確かに自分は普通の人間ではない──御子柴はそのひと言に引っ掛かった。

「わたしは普通には見えませんか」

「ええ、とても賢そうに見えます。ちょっと怖いくらいに。だから弁護士の先生と聞いて納得しました。それにしても弁護士というのは、みんなあなたのように現地までやって来るのかしら」

「さあ。わたしは書面を見るだけでは満足しないものですからね」

「何だか刑事さんみたい」

「方向性は違えど似たようなものです。しかしあまりに矍鑠とされているので驚きました。こういう施設に入られている方は、もっと判断力が衰えた人たちばかりと思い込んでいましたので」

するると小笠原夫人は軽やかに笑い出した。

「正直な人。わたし、そういう歯に衣着せぬ人って好きよ。最近はね、もちろんおカネや体調の問題もあるけれど孤独死が怖くて老人ホームに入る人も多いんですって。わたしは夫と子供たちに先立たれたこともあって、ここに移ってきたんです。それでお話というのは？」

「伺いたいのは事件当時のことです。稲見さんがあの事件を起こした時、小笠原さんは現場にいましたか」

「はい。ちょうどお食事の時間でしたから」

「その時の様子を教えてください」

「食事も終わりかけていて、栃野先生が稲見さんの食器を片付けようとしていました。行儀が悪いという栃野先生の言葉に、稲見さんが『お前だって言葉が汚いし振る舞いが見苦しい』と返して、それでどんどん口論が激しくなって……」

言い難そうだったが、御子柴は敢えて先を促す。

「稲見さんがテーブルの上にあった花瓶で栃野先生の頭を殴りました。栃野先生が床に倒れてからも何度か。わたしたちは怖くて誰も二人に近寄れず、遠巻きに見ていました。やっと前原先生がトイレから戻って来た時には、もう栃野先生はぴくりとも動きませんでした」

「二人は以前からよくいがみ合いをしていたのですか」

「いいえ。栃野先生は稲見さんの副担当だから、相手をするのはもっぱらこの前原先生。でも同じグループだから、お互いの立ち居振る舞いは見ていますからね。きっと内心では苦々しく思っていたんでしょうね。逆にお互いのことをよく知らないからちょっとした言葉のやり取りで摑み合いになってしまう。あの事件はそういうことだったのだと思うんですよ」

「つまり過失致死という解釈ですね」

「法律用語というのは得てしてわたしどもにはチンプンカンプンにしか聞こえないのですけれど、不思議にその単語だけはしっくりきますね。そうです、栃野先生は過失で死んでしまったのです」

小笠原夫人は小さく手招きをする。御子柴は誘われるように、自分も対面に座る。

「御子柴先生は、とてもとても有能そうですね」

「まだ初対面ですよ」

「齢を取っても、いえ、齢を取ったからこそ人を見る目には自信があります。きっとあなたなら稲見さんを救ってくれそうな気がする」

テーブルの上に出ていた御子柴の手が不意に握られる。小笠原夫人の手は小さいが温かだった。

「罪も罰も、それに相応しい人に相応しい形で与えられるべきです。そうは思いませんか？」

しばらくの間、御子柴は珍しく返事に窮した。

二人が沈黙する中、ＣＤラジカセからは音楽が鳴り続けている。何フレーズ目かで、やっと曲がモーツァルトの〈レクイエム〉であることが分かった。

次の瞬間、御子柴の脳裏に関東医療少年院の日々が甦った。稲見教官にも心を閉ざし続けていたこと、教官と院生の確執を面白がって傍観していたこと、そしてある少女の奏でるピアノで心を掻き毟られたこと——。

救ってくれそう、ではない。

救わなければならない。

それでも口をついて出たのは至極ありきたりな言葉だった。

「弁護士として、できる限りのことをします」

お願いしますね、と微笑みかける小笠原夫人を残し、御子柴と前原はまた園舎の中に入って行く。

「最後の一人は難物ですよ」

前原はにやにやと御子柴を見下すように嗤う。弁護士というエリート職を蔑む機会にはそうそう恵まれないのが普通なので、前原の愉快さは御子柴にも理解できた。そもそも御子柴自身、同業者を嗤うことが半ば習慣となっている。

最後の一人は籾山すみという車椅子の老婆だった。

年齢は九十を超え、顔立ちから辛うじて女性と分かるものの、艶っぽさは完全に消滅している。皺は指が滑り込みそうなほど深く、髪は赤く褪色している。未だ矍鑠としている小笠原夫人とは齢が五つしか離れていないと聞き、少なからず驚いた。

昼食が終わると、彼女はすぐ医務室に直行したため後回しになったのだと前原は説明した。

「重度の認知症です。ここ二年の間に急に症状が悪化して、職員とも碌に会話していませんね」

御子柴は腰を屈めて籾山すみの目を見る。奥に引っ込んだ目は白濁しており、感情がまるで見えない。

「意思表示ができないから確認しようもありませんが、視力も相当落ちていると思いますよ」

前原は老婆の眼前で手の平を上下させてみせた。御子柴は無言でその手を払い除け、彼女に顔を近づけた。

「籾山さん、稲見さんと栃野さんが争った時、あなたはその現場にいましたか」

老婆は何も答えず、何も反応しない。どうやら自発的に話をさせることは諦めた方がよさそうだ。しかし、それだけが意思確認の方法ではない。

「籾山さんもいることはいましたけどね。ただ口の中に運ばれたものを咀嚼するだけで、周囲の状況を判断するなんて高度なことはできやしませんよ」

「あなたは黙っててください。よく聞いてください、籾山さん。今からわたしが当時の状況を順序立てて話します。もし事実と違う箇所があれば、首を振るとかして合図してください」

返事なし。それでも御子柴は川口署が作成したという稲見の供述調書を基に、事件当日の経緯を説明し始める。

「三月四日、午後一時を少し回った頃です。昼食が終わり、その日の配膳当番だった栃野さんは、稲見さんの膳を片付けようとしました……」

御子柴の説明は続く。稲見と栃野がふとしたことから口論になり、稲見の引っ繰り返した残飯を処理しようと栃野が身を屈める。そこに花瓶を握った稲見の手が振り下ろされる――。

御子柴は噛んで含めるようにゆっくりと説明を進めた。しかし栃野が殴打に倒れ、前原が駆けつけるまでを話しても、彼女の首が動くことは一切なかった。

「だから言ったじゃないですか。この人に状況判断なんてできっこないって」

前原の嘲りを無視して御子柴は立ち上がる。籾山すみの反応を確認して、〈伯楽園〉における今日の調査はいったん終了だ。

相手の多くが認知症を患っているので、得られた情報はさほど多くない。調査に大きな進展があったと言えば嘘になる。それでも明確になったことが一つだけあった。

この特養ホームに入所している老人たちは、多かれ少なかれ共通の衣を身に纏っている。かつて御子柴は同じ色をした衣を医療少年院で見ていたので憶えていたのだ。

それは恐怖という名の衣だった。

2

しばらく来客の応対はするな――。

事務所に戻った御子柴は、つい洋子に告げそうになってやめた。以前ならともかく、今の御子柴法律事務所は閑古鳥（かんこどり）が鳴いている。来客の心配は当分しなくて済む。そこで御子柴は何の気兼ねもなく〈伯楽園〉入所者から得た証言を検討する作業に入った。証言内容は持参したＩＣレコーダーに細大漏らさず収録してある。検討作業というのは、各々の証言内容を照合して相違点を抽出することだった。

証言を再生して要点を書き連ねていく。事件の発生時刻、事件のきっかけとなった出来事、稲見と栃野のやり取り、最初に手を出したのはどちらか、凶器は何だったのか、そして稲見はどれだけの回数攻撃を加えたのか。

何かを照合する際には照合元が必要になる。御子柴はそれを稲見の供述調書に拠（よ）った。

一時間余で作業は終了した。御子柴が即席で作成した一覧表には、各証言の内容が要点ごとに分類されている。

一覧表を眺めているると興味深い事実が浮き彫りになった。各人とも少しずつ稲見の供述内容から乖離(かいり)しているのだ。

久仁村兵吾の証言
『いきなり稲見さんが怒り出して膳を引っ繰り返した。まだ食事中だったから、ほとんど手つかずの中身が床に散らばった』
稲見武雄の供述
『自分の膳を片付ける段になって、栃野さんと口論になりました……（中略）膳にわずかに残っていた中身は床に散乱してしまいました』
後藤清次の証言
『い、稲見さんが（先に）先生の胸倉を摑んで、殴って、殴って、……殴って』
稲見武雄の供述
『口論が激しくなっても自分は車椅子の身ですから、お互いが胸倉を摑み合うということはありませんでした』

臼田泰助の証言

『悪いのは(栃野)先生だ。最初に先生が小突いたものだから、稲見さんも怒った』

稲見武雄の供述

『お互いが胸倉を摑み合うということはありませんでした。しかしわたしは腹の虫が収まらず先に手を出しました。自分の目の前にあった膳を引っ繰り返したんです。膳にわずかに残っていた中身は床に散乱してしまいました。その中身を処理しようとした栃野さんは、きったねえなあ、このクソジジイはよ、と言って身を屈めました。身を屈めた栃野さんの頭がわたしの腰の辺りにありました。かっとなったわたしはテーブルの上に置いてあったガラス製の花瓶を咄嗟に握り……』

小笠原栄の証言

『行儀が悪いという栃野先生の言葉に、稲見さんが「お前だって言葉が汚いし振る舞いが見苦しい」と返して、それでどんどん口論が激しくなって……』

稲見武雄の供述

『口論のきっかけとなったのは、栃野さんがわたしの食べ方が汚いと言ったことです。売り言葉に買い言葉でわたしの方も、お前は介護士の癖に俺の扱い方がなっていない、素人以下だと返しました』

籾山すみの証言

＊詳細を聴取できず。

これはいったいどうなっているのか。御子柴は一覧表を目の前に考え込む。

衆人環視の中で事故なり事件なりが起きた際、目撃者の証言が細部において食い違いを見せることは決して珍しくない。突発事を体験した衝撃で正確な記憶ができない、あるいは記憶したはずの情報を正確に取り出せないことから証言内容に矛盾(むじゅん)が生じるのだ。この場合は各証言者の位置関係も重要になってくる。つまり対象物に近ければ近いほど、より正確な情報になり易(やす)いからだ。これには更に各人の記憶力の差異が作用してくる。

では今回の場合はどうか。

食堂内では各グループに分かれ、それぞれがパーティションで区切られていた。言わば限定された空間の中で事件は起きた。後から現場に駆けつけた前原を除外すれば、現場にいたのは稲見と栃野、そして五人の証人。全員が手を伸ばせば届くような距離にいて、どうしてこんなにも食い違いが生じるのだろうか？

もちろん高齢者ゆえの記憶の不確かさが考えられる。しかも五人のうち三人は認知症を患ってもいる。信用性に不安があると指摘されるのは否めない。

だが御子柴はこの食い違い方に違和感を覚える。

誰もが全体としては正しい証言をしているのに、一部分だけ稲見の供述と違っている。しかも違っている部分が皆ばらばら——そこに何らかの作為を感じずにはいられないのだ。そして作為というのは虚偽の別名でもある。

御子柴は園の入所者たちが身に纏っていた衣の色を思い出す。

恐怖。

恐怖こそは生物の本能だ。その本能があるからこそ、人は危険を回避しようとし、自身を鍛錬しようとし、退路を確保しようとし、そして嘘を考える。

御子柴の体験に照らし合わせてもそうだった。教官の叱責や追及を免れるため、大抵の院生は見てきたような嘘を吐く。悪意からではなく、自己防衛の手段として必死に嘘を考えるのだ。

あの時、園の入所者たちと院生たちの姿が不思議に重なった。院生が自己防衛のために嘘を吐いたのと同様、入所者たちも嘘を吐いたのではなかったのか？　そして口裏を合わせる段階で、各人の記憶にずれが生じたのではないか？　そう仮定すると証言内容が食い違っているのも納得できる。

では、何故嘘を吐く必要があったのか？

簡単だ。真実を隠そうとしているからに決まっている。その動機は当然恐怖に起因しているはずだ。

御子柴の考察はここでいったん停止する。入所者たちに恐怖を与えている原因。いくつか仮説は思いつくものの、実証するには再度彼らに会わなくてはならない。だが今日の訪問で施設長以下介護士たちはもちろん、入所者たちの悪意も透けて見えてきた。あの悪意を取り込んでしまう手立てはないものか。

稲見は〈伯楽園〉の中では、いったいどんな存在だったのだろう。介護士たちから憎まれ、疎まれていたのか。そう言えば医療少年院時代も、稲見は組織の論理よりは個人の信条を優先させるような男だった。そういう存在は硬直した組織からは必ず疎んじられる。同僚殺しとなれば尚更だ。

さて、何かいい切り口はないものか——そんなことを考えていると、洋子が声を掛けてきた。

「先生、お電話です」

「今、取り込み中だと言ってくれないか」

「それが……埼玉県警の渡瀬(わたせ)という人からなんですが」

埼玉県警の渡瀬。

すぐに顔が浮かんだ。凶悪な顔つきそのままに、これはと狙った獲物を決して逃さない猟犬のような男。彼とは、以前狭山(さやま)市で発生した事件で敵味方に分かれた経緯がある。御子柴の過去もその際に知られている。

「出よう」

外線を繋ぐと、聞きたくもないあの濁声(だみごえ)が受話器から洩れてきた。

『よう、先生。久しぶりだな』

「しょっちゅう会いたくなる相手じゃないから、久しぶりなのは当たり前だ。あんただって同じだろう」

『あんな大怪我をしたっていうのに、憎まれ口は相変わらずだな』

電話の向こう側でせせら嗤う顔が浮かんだ。

「用がないなら切る」

『〈伯楽園〉の事件を担当するんだってな』

叩き切ろうとした受話器を途中で止める。

「どこからそんな話を仕入れた」

『地元で起きた事件だぞ。聞き耳立ててりゃ、黙っていても向こうからニュースが飛び込んでくる。稲見元教官とは知らない間柄でもないしな』

「既に起訴された案件だろう。今更、埼玉県警が何の口出しをするつもりだ」

『殺された栃野の過去を知っているか』

不意を衝かれた。

「何だって」

『先生の立場だったら簡単に検索できるはずだ。十年前の裁判記録を漁ってみろ。面白いネタが発掘できるかも知れんぞ』

「……どうして、それをわたしに？」

『ただの野次馬根性からに決まっているだろ』

それきり電話は一方的に切られた。

忌々(いまいま)しさとともに懐疑を抱く。これは渡瀬の気紛れか、それとも何かの罠(わな)か。

考えているうちに思い出した。狭山市の事件に際して渡瀬の身辺状況を調べた際、洩れ聞こえたのはあの男が検挙率ナンバーワンを誇りながら、県警本部内からは疎まれているという事実だった。狩猟能力に長けているが、決して従順な犬ではないということらしい。要は組織のはぐれ者だ。

何だ、それなら東京弁護士会の谷崎や宏龍会の山崎と同じ種類の人間ではないか。よほど自分はそうした連中と縁があるらしい。

渡瀬の思惑はさておき、御子柴は卓上のパソコンで早速判決データベースを呼び出した。データベースには判決年月日や原処分庁の入力欄もあるが、特定語句の入力だけでも検索は可能だ。

特定語句に〈栃野守〉と入れてみると、数秒も経たないうちに一件の判決文が表示された。それを一瞥した刹那、御子柴は己の記憶力のなさに怒りすら覚えた。

事件の概要はこうだ。

平成十五年八月六日、釜山〜下関間において韓国籍ブルーオーシャン号が転覆、死者二百五十一人、行方不明者五十七人を出す大惨事となった。ところがその大惨事のさ中、甲板で日本人同士の争いが起きていたのを、同乗していた乗客が携帯端末で録画していた。船尾近くで男が女を殴打し、女が装着していた救命胴衣を力ずくで奪ったのだ。

鮮明な画像であったため、すぐに被害女性の家族が名乗り出た。被害女性は日浦佳織二十歳。単独で観光旅行の帰路、事故に遭遇したのだ。画像は広くマスコミにも流れ、甲板上の殴打事件は俄に世間の耳目を集めることとなる。

警察は男を暴行の容疑で逮捕、直ちに送検したが、逮捕劇はこの事件においてほんの前奏でしかなかった。

裁判が始まると、男の弁護側は何と刑法第三十七条〈緊急避難〉による無罪を主張してきたのだ。

御子柴の脳裏に当時の騒動がまざまざと甦る。日本の裁判で〈緊急避難〉が争点になるのは非常に稀な事例だったので、法曹界の住人として御子柴も興味深く裁判の推移を見守っていた。記憶にあったのはそのせいだ。

検察側は仮に緊急避難の場合であったとしても、女性を死に至らしめてまで救命胴衣を奪取したのは過剰避難に相当すると真っ向から反論した。だが結局、裁判は弁護側の主張を認め、男に無罪判決を下した。暴行の証拠は録画映像しかなく、新証拠がない限り上級審で争っても勝ち目がないため、検察側は控訴を断念、男の無罪判決が確定した。

この男こそが栃野守だった。

海難事故とそれに纏(まつ)わる〈緊急避難〉事例。事件自体は記憶にあったものの、被告人の名前までは憶えていなかったのが悔やまれる。しかもそれを指摘したのが県警の警部となると、自身の至らなさに腹が立つ。それでも貴重な情報をもたらしてくれたことには違いないので、とりあえず感謝はしておこう。

それにしても皮肉なものだ、と御子柴は思う。

この世には人を殺しても罪に問われないことがある。戦争、死刑、少年犯罪、刑法第三十九条、そして緊急避難だ。自分は少年法に護られて刑を免れたので、その点については栃野と同類ということになる。だが罪を裁くのが法律だけとは限らない。法律で裁かれない者も、結局は別の何かに裁かれてゴルゴタの丘を歩かされる。そして御子柴は犯罪者の弁護を担(にな)わされる立場となり、一方の栃野は元教官から殺される羽目となった。

きっと、どちらも罰を与えられたのだろう。片方は永遠に続く贖い、そしてもう片方は一瞬で終わる贖い。

そしてまた栃野のその後も皮肉としか言いようがない。栃野が介護士の資格を取得したのは海難事故の起こるずっと以前だ。人を介護する仕事に就いていた者が自分の命惜しさに他人の救命胴衣を奪い、無罪判決を勝ち取った以後も同じ仕事を続けたことになる。他人の命を蔑ろにしたり丁重に扱ったりと忙しい男だ。

もし、この事実を施設長や職員、そして入所者が知っていたとしたらどうか。

裁判で無罪になったとはいえ、生き残るために獣の本性を曝け出した男だ。そんな男が身近にいるだけで恐怖の対象になるのではないか。更に、それこそが入所者たちに纏わりついていた恐怖を補強するものではなかったのか。

御子柴は更に考える。恐怖に怯える者の口を開かせるにはどうしたらいいのか。安心させる、というのはあまりに安易で実効性に乏しい。それは長年の経験で学習している。

恐怖に打ち克つものは、より大きな恐怖だ。入所者が怯えている以上の恐怖を与えてやれば、堅い口も呆気なく開くに違いない――。

「先生」

考えている最中、横から洋子の邪魔が入った。

「何だ」

「今、悪いことを考えていませんでしたか？　その、弁護士として相応しくない何かを」

結構勘が鋭いな、と感心した。

「弁護士として相応しくない、とは？」

「違法行為もしくはそれに準じる行為です」

「どうしてそう思う」

「何だか悪そうな顔をしていました」

「顔を見ただけでそう決めつけるのか。まるで超能力者だな」

「わたしは先生が過去に何をされたかは気にしません。でも、今と今後については気にします。くれぐれも被告席に立つような真似はやめてください」

まるで母親のような口ぶりだと呆れた。

「以前にも言ったが、心配しなくてもいい。この事務所が機能しなくなっても、いざとなれば谷崎さんが君を引き取ってくれる」

「だから、そういうことを話しているんじゃありませんっ」

滅多に怒ったことのない洋子が語尾を撥ね上げた。

「特攻隊やヤクザの鉄砲玉じゃあるまいし、どうしてそう自殺行為みたいな方向に走ろうとするんですか」

「虎穴（こけつ）に入らずんば虎児（こじ）を得ず、と言うぞ」

「君子危うきに近寄らずとも言います」

「生憎、君子というには程遠い」

「先生は賢明な方のはずです。少なくとも法廷ではそうでしたよね。だったら法廷の外でも賢明な方法を採ってください。お願いしますから」

半ば自棄のようにそう言い放つと、洋子はさっさと自分の席に戻って行った。

そう言えば、洋子は御子柴が弁論に立っている現場を見たことがなかった。賢明な法廷闘争というのはおそらく伝聞の類だろう。

もし法廷で目撃していたら、決して今のような絵空事を口にすることもなかったはずだ。

3

翌日、御子柴が再び〈伯楽園〉を訪れた際、既にその徴候はあった。来意を告げに施設長室に入ると、角田の顔が目に見えて緊張していたからだ。

「今日は、何の御用でしょうか……？」

その目の色に見覚えがあった。自分の過去が知れた直後の法廷で、傍聴人たちの向ける目が同じ色をしていた。

恐怖と忌避の目だった。

何者かが自分の少年時代の犯罪を吹聴したとしか思えない。だが、御子柴はすぐにそれを利用しようと考えた。

「昨日だけでは訊き足りないことがあったもので。今日は職員さんの案内は不要です。勝手に歩き回らせてもらいますよ」

相手に怖れられているのなら、歩き回らせてもらえませんかと尋ねるのではなく、歩き回らせてもらうと宣言する。選択する権限はこちらにあるのだと相手に認識させるためだ。

「……どうぞ」

角田は俯いたままで答える。まるで慄いて尻尾を丸めた犬のようだった。

「施設長、一つ質問があります。あなたは殺された栃野さんが、以前裁判の被告人だったという事実をご存じでしたか」

「ええっ？」

角田は心底驚いた様子だった。

「そ、それはどういうことですか」

「今から十年前、栃野さんは旅行中に乗っていた船が転覆し、その騒乱の中で一人の女性を死に至らしめました。裁判の結果、罪には問われなかったのですが……本当にご存じありませんか」

角田は瘧にかかったようにふるふると首を振る。自然な仕草であり、とても演技をしているようには見えない。

栃野の事件は、栃野自身が海難事故の被害者という事情も相俟って匿名報道された。実名飛び交う法曹界に縁のある者以外は、その名前から十年前の事件を想起することはできなくて当然だ。

「栃野先生が人を殺していたなんて……」

「そういう人物が別の人間に殺されたというのも因果応報かも知れませんね。案外、罪に問われなかった殺人者はその辺を闊歩しているのですよ」

角田はまたもや御子柴の視線から逃れるように俯く。

施設長室を出た途端、前原と鉢合わせした。前原の反応が傑作で、御子柴と顔を合わせるなり三歩ほど飛び退いた。表情は角田よりも大袈裟で、凶器を持った殺人鬼に出くわしたように怯えている。

昨日の不遜さとは打って変わった豹変ぶりに、つい悪戯心が湧く。来歴ごときでこれほど態度を変えるような人間は、からかっても罪にはなるまい。

「どうかしましたか、前原さん」

「いえ。別に……」

「何だか敬遠されているみたいですね。誰か、わたしの噂話でもしましたか」

前原は碌に返事もせず、くるりと踵を返すと廊下の向こう側へと走り去ってしまった。これまた喧嘩に負けた犬の後ろ姿にそっくりだった。

この分では職員のみならず、入所者全員に自分の過去が知られていると思って間違いない——そう自覚した途端、ふっと肩の力が抜けた。

昨日の洋子ではないが、違法な恐喝行為をしてでも証言を迫る必要はなくなった。自分が近づいただけで怯えてくれるのなら、御子柴の方に犯罪要件は成立しない。勝手に怯える相手が悪いのだ。かくして御子柴は労せずしてアドバンテージを得たことになる。

〈死体配達人〉という名前で指弾されるのにも、怖れられるのにも慣れた。元より人間が、自分の理解の及ばないものを理解できず、忌み嫌い、排除しようとする生き物なのは骨の髄まで知っている。今はかつての二つ名が稲見の弁護に役立つのなら、それに越したことはないとさえ思える。

談話室に行くと、久仁村はすぐに見つかった。

ちょうど他の老人と話している最中だったが、御子柴の姿を認めた久仁村は露骨に顔を顰めてみせた。穢れた者を見る目から察するに、彼も間違いなく御子柴の過去を教えられたに違いない。

「また、あんたか」

「稲見さんの弁護人はわたししかいないものでね」

「稲見さんに弁護士を雇うような余裕はない。つくなら国選だろうから、こんなところまでやって来るあんたの熱心さが腑に落ちなかったんだが、やっと分かった。ずいぶん前、稲見さんから元少年院の教官だと聞いたことがあったが、あんたとはそういう関係だったんだな」

なかなか正確な情報だったので少し感心した。

「誰からその話を聞きましたか」

「前科をバラされた報復でもするのかい」

「まさか。単なる興味です」

「職員の一人とでも言っておこうか」

「ネットの情報でも見たんですかね」

「大方そんなところじゃねえのか。昨夜から鬼の首を取ったように吹聴して回っていたからな」

すぐに前原の顔が浮かんだ。昨日の訪問後、御子柴のプロフィールを調べようと名前を検索したところ、即座に〈死体配達人〉の話題がヒットした。それで角田へ注進に及び、余勢で園内に触れ回ったということか。あの男ならやりそうなことだ。

「久仁村さんはわたしが怖くありませんか」

「この齢になってくると、怖いものがめっきり少なくなってきてな。お迎えだって大して怖かあない。怖いのは……」

久仁村は途中まで言いかけて、やめる。

「怖いのは、何です？」

「……何でもない。俺に怖いものなんてあるかよ。地獄に行ったって、三途の川で鬼と相撲を取ってやろうと思ってるんだからよ」

懐メロの歌詞を持ち出して粋がっているものの、御子柴の目には虚勢を張っているようにしか見えない。

「それはそうと、あなたは栃野さんが昔、暴行容疑で被告人になった過去があるのをご存じですか」

「何だって」

「十年も昔、釜山から下関へ向かうフェリーが転覆した事故を覚えていますか」

「ああ……ずいぶん乗客が死んだ事故だったな。確か日本人同士が救命具を取り合ったとかで、別の事件にまで発展したよな」

「その時、女性を殴って救命胴衣を奪ったのが栃野さんでした」

久仁村は口を半開きにした。

「あいつが、そうだったのか」

心底驚いたように目を剝く。これが演技ならアカデミー賞ものだと思った。

「時に久仁村さん。その唇の腫れは結構新しい怪我のようですが、それはどこかにぶつけたんですか。それとも誰かに殴られでもしましたか」

久仁村は咄嗟に口を覆い隠したが、今更遅いことに気づいたのか不承不承に手を離す。

「これは転んでぶつけたんだよ」

「ほう、転んで。この、カーペットが敷き詰められている床に転んで、どうやってそんな怪我をするんですか？」

「年寄りってのは身体中どこもかしこも脆くなってるんだよ！」

御子柴は久仁村に詰め寄る。不意を衝かれて久仁村はわずかに後退る。

「あなたはいったい何を隠しているんですか」

「何も隠してなんかねえ」

「ほう、そうですか」

御子柴は薄く笑ってみせる。どんな風に笑えば一番不気味に見えるかは、日頃の経験で嫌になるくらい知っている。

「齢を取れば脆くなるのは身体だけじゃない。心だってそうだ。あなたは三途の川で鬼と相撲を取ると言ったが、では悪魔が相手となったらどうかな」

「悪魔だと」

「〈死体配達人〉の名前が遍く膾炙されたが、実は別の名前をつけられたこともある。〈十四歳の悪魔〉というニックネームだ。こちらの方はネーミングセンスが凡庸だったせいですぐに廃れたが、個人的には気に入っていた。鬼なら和気藹々とがっぷり四つに組んでくれるかも知れないが、悪魔はそんなことはしない。背後から忍び寄って一番苦しむ方法で息の根を止める」

久仁村の目に怯えが走る。しかしこの程度、この言葉の使いようならまだ恐喝と認定されるには程遠い。

「付け加えれば、悪魔というのはこの上なく賢く、そして執念深い。あなたが隠していることなどあっという間に暴き出す。その次に待っているのは、あなたが指摘した通りの報復だ。わたしの依頼人を陥れようとする人間に、何の憐憫も必要ない。持ち得る限りの権力、考え得る限りの謀略を駆使してそいつを地獄に引き摺り込んでやる」

「そんな脅しに、誰が……」

「脅しじゃない。忠告だ」

御子柴は更に顔を近づける。

「実際に手を下すような愚かな真似はしない。しかし狡猾な悪魔は様々な手管を知っている。くれぐれも見くびらないことだよ、久仁村さん。後悔する前に、溜め込んでいることは全部吐き出した方がいい」

どうやら効果覿面だったらしく、久仁村はすっかり顔色を失くしていた。これ以上の脅し文句は許容範囲を超える。

「あなたはきっと悪魔がお嫌いだろう。しかし悪魔だからこそできることもある。稲見さんを救うには、その邪悪な力が必要になる」

久仁村の目は逡巡に揺れている。何かを隠し通すのか、それとも打ち明けるのかをまだ迷っているようだった。

「写真を一枚、失礼します」

言うが早いか、御子柴は用意していたデジタルカメラで久仁村の顔を撮る。不意を衝かれて、久仁村は顔を隠す間もなかった。

「今すぐでなくてもいい。気が変わったらいつでもわたしを呼んでください」

そう言って久仁村の肩を軽く叩き、御子柴は次の相手を捜し始めた。

後藤は壁際のバーに摑まりながら廊下を歩いている最中だった。自分の足元を注視するのに神経を集中しており、御子柴から声を掛けられた瞬間、慌ててバーで身体を支えた。

「リハビリの途中に申し訳ありません」

「あ、あ、あ」

御子柴を怖れる顔は角田や前原と同様かそれ以上だった。最初から怯えている相手をこの段階で追い詰めるべきではない。御子柴は三メートルほどの距離を保つことにした。

「その様子では、あなたもわたしの旧悪をお聞きになったようですね」

「い、行って。あっちに、行って」

「少し話を伺ったらすぐに消えてあげますよ。後藤さん、あなたは栃野さんがずっと以前に人を殺していたことをご存じですか」

後藤の表情は動かない。御子柴の姿を認めた時に乱れた顔を、今はただ必死に逸らそうとしている。

そうか。

「あなたは知っていたんですね。ひょっとしたら栃野さん本人から聞いたんじゃないですか」

「あう、あう」

「しかも自分の罪を懺悔(ざんげ)しようなんてつもりじゃなく、あなたを威嚇(いかく)するために。自分の命令に従わせるために」

反論はない。

後藤の頭が次第に下がっていく。

一度も面識のない栃野の行状が、鮮明な映像となって脳裏に再生される。骨粗鬆症で足元の覚束(おぼつか)ない足取りを嘲り、後藤の仕出かした粗相を詰(なじ)り、そして——。

御子柴は足音もなく近寄ると、後藤が着ていたシャツの裾を掴み、一気に引き上げた。

「あああっ」

後藤が弱々しく悲鳴を上げるが知ったことではない。だが、その上半身を見た御子柴は眉を顰めた。

その上半身は胸と言わず腹と言わず、青痣と擦過傷で一杯だった。御子柴は先刻のデジタルカメラを取り出して、その無残な痕を近接撮影する。

ゆっくりシャツを下ろすと、後藤は恥ずかしそうにまた顔を背けた。

「失礼しました」

御子柴は頭を下げる。こちらの意思が通じるかどうかはともかく、ここは詫びておく場面だろう。

「不意打ちのようで申し訳ありません。ですが、これも稲見さんを弁護するためにしたことだと考えてください。あなたを徒に貶めるつもりは毛頭ない」

見れば後藤は涙目をしていた。だが生憎、御子柴は老人の涙で揺らぐような神経を持ち合わせていない。さっさとその場を立ち去り、次の証人を捜し始めた。

三人目の証人、臼田は食堂にいた。大きな窓から眩い光が射し込んでいるというのに、その車椅子の老人は直射日光を避けて壁際に身を潜めていた。

「臼田さん」

呼んでみたが臼田の反応はない。それでも構わず御子柴は近づいて行く。

真正面に立つと臼田はようやくこちらに顔を向けた。相変わらず焦点の定まらない目で、意思の疎通ができるかどうか不安になる。ただし、この老人の意思が明確であることだけは確かだった。

「あなたは、栃野さんが人を殺していたことを知っていましたか」

臼田は彫像のように動きを止めた。これで片腕を顎に持って来ればロダンの〈考える人〉になる。御子柴は、その彫像が動き出すのを辛抱強く待った。

「先生は、人を殺した」

やっと口からこぼれ出た言葉は、ひどく罅割れて聞こえた。

「栃野さんが自分で言ったんですね」

「先生は、人を殺した。海の上で、女の人を殺したあっ」

喉も裂けよと臼田は声を張り上げる。傍から見れば認知症の老人が訳の分からないことを叫んでいるようにしか見えないだろう。

だが、これは真実の叫びだった。意思表示も不確かな臼田が、十年前の海難事故の概要をこれほど克明に語るには、身近に情報を伝える者がいなければ不可能だろう。加えてその情報を伝えられた者は栃野しかいない。

「臼田さん、失礼しますよ」

御子柴は腫れ物に触るようにして臼田のパジャマに手を掛け、そろそろと裾を捲っていく。臼田は何の抵抗も示さない。

やがて露出した上半身には痣と擦過傷が残っていた。最近できたものは少なかったが、それでも高齢者ゆえの新陳代謝の衰えで傷の平癒(へいゆ)が遅いのだろう。

ここでも御子柴は写真を撮り、パジャマを元に戻した。

「申し訳ありませんでした」

一礼してから改めて食堂の中を見渡してみる。

テーブルを囲むように区切られた場所。パーティションが壁になって、隣のグループからは仔細が分からない。まだ食事前ということもあってテーブルの上には何もなく、パーティションさえ低ければさながら図書館のような佇まいだ。

さて、と御子柴は踵を返す。次の相手は十中八九あの場所にいるだろう。

花壇の近くには案の定、小笠原夫人の姿があった。今日もCDラジカセからはモーツァルトの調べが密やかに流れている。

「モーツァルトがお好きなようですね」

小笠原夫人はすぐ御子柴の声に反応した。

「御子柴先生もモーツァルトをお聴きになるの？」

「いや、わたしはもっぱらベートーヴェン派でしてね。モーツァルトを聴くと眠気を誘われることがあります」

「モーツァルトの音楽はアルファ波をもたらすのでリラックスするには最適……確かそんな理屈でブームになったことがありましたからね」

「ブームに否定的なように聞こえますが」

「世評やら浮ついたブームで自分の嗜好を決めるような人間が尊敬できないだけです。あなたもそうでしょう？」

「同席してもよろしいですか」

「ご自由に」

真正面に座ると、小笠原夫人の身体は尚更小さく見える。

「もう、わたしの過去をどなたかに聞かれましたよね」

「聞いたというよりは無理やり聞かされました。あんな大きな声で話していれば、こんなお婆さんにだって聞こえますよ」

「わたしが怖くありませんか」

「ちっとも」

「何故ですか」

「わたしの世代は戦場で人を殺した人を多く見ていますからね。ごく普通の人間が人を殺める理不尽さをよく知っています」

「戦場で人を殺すのと、興味本位で殺すのとでは訳が違う」

「いいえ、違いません。条件や時代が変わった程度でものの是非が変わるなんて変でしょ？　ああ、もちろんこれは普通のお婆ちゃんの感覚。弁護士の先生からすれば噴飯ものなんでしょうけど」

「弁護士だからといって人間の本質を知っているとは限りません。それにわたしは人体を切り刻みもした人間ですが、未だにヒトという生き物がどういうものであるのかを知りません。自分自身が何者であるのかさえもです」

「それが分かるまで、人を刻み続けるとでも言うの」

「依頼人の弁護をしていると本人の中身が垣間見られる一瞬があります。それが代償行為になっているのかも知れません」

「じゃあ安心ね」

「どうしてですか」

「御子柴先生は優秀だから仕事が途切れることはないでしょう。それなら代償行為がずっと続く訳だもの」

御子柴は首を振る。どうもこの老婦人は苦手だ。

「ところで今日は何の御用ですか。まさかお年寄りに合わせて昔話でもしようかと思ったのですか」

「昔話というのは当たっていますね。小笠原さんは、栃野さんが以前に裁判の被告人になったことをご存じですか」

「……交通事故か何かかしら」

「暴行容疑ですよ。転覆寸前の船上で、女性客を殴って救命胴衣を奪いました」

御子柴が事件の顚末（てんまつ）を語り始めると、小笠原夫人は次第に表情を曇らせた。

「結局その判決はどうだったのですか」

「一審は無罪。控訴するにしても新しい証拠がなければ逆転は見込めません。検察は控訴を断念し、栃野さんの無罪が確定しました」

「とても不快な話ですね」

小笠原夫人はぼそりと呟く。

「これも普通の人間が人を殺し、罪には問われない話ですよ」

「そうでしょうか。人を殺めること、傷つけることに抵抗がなくなったら、もう普通の人間ではありません」

やはり、そうだったのか。

「小笠原さん。失礼ですが、腕を拝見できませんか」

虚を衝かれたように小笠原夫人は御子柴を見る。

「おそらくわたしの確認したいことが何なのか、見当はついているのでしょう？」

「……どうしてそのことに？」

「同じグループの皆さんが同様の体験をしているものですから」

しばらく二人の睨み合いが続く。

先に動いたのは小笠原夫人の方だった。俯き加減になってシャツの右袖を捲り上げる。

露出した肌には数ヵ所の青痣が浮かんでいた。

「写真を撮ります」

彼女が拒む気配もないので、御子柴はその腕を撮影する。

礼を告げると、小笠原夫人はそそくさと右袖をおろす。よほど恥ずかしいのを堪えていたのだろうと御子柴は思った。

「どうして声を上げなかったのですか？」

返事はない。

「最初に園を訪問した時から違和感が付き纏っていました。入所されている人たちは、皆さん何かに怯えているようです。介護士たちを先生と呼ぶのも気になった」

「……やっぱり、そういうことなんですね」

小笠原夫人は口元だけで笑った。

「人というのはどんなに異常な環境に置かれても、それに慣れてしまうと異常には思えなくなるんです」

「虐待、なんですね」

「御子柴先生、ここには監視カメラがあるんですよ。仕掛けた者に都合の悪い場面だけを録画して、再生する器用なカメラが」

きっと前原たちのことを指しているのだろう。

「都合の悪い話をした者にはお仕置きが待っています。だから誰も喋りたがりません。でも先生が勝手に写真を撮るのは、わたしたちのせいではありません」

「訴えるつもりはないのですか」

「わたしたちは籠の鳥のようなものですからね。ここを出されたら、もう行く場所がないんです。そんな気力も体力もありません」

小笠原夫人の言葉には先刻までの張りが失せていた。

御子柴は静かに席を立つ。

「お邪魔しました。しかし、またお伺いすることになると思います」

「くれぐれも気をつけて」

声が湿っていた。こんな自分でも心配してくれるのかと、少し意外だった。

「それなら大丈夫ですよ。所詮、病人や高齢者しか虐待できない連中です」

虐待までの範囲で留まっている者と、境界線を越えてしまった者の差は大きい――喉まで出かかった言葉は奥に引っ込めた。

最後の相手は談話室にいた。

籾山すみは車椅子の上でじっと動かずにいた。何を見るでも何を聞くでもない。ただそこに座り、まるで施設の備品のようにしていた。

その横には漆沢が付き添っていた。付き添いといっても、彼女に話し掛ける訳でも世話をする訳でもない。少し離れた場所に突っ立って、携帯端末を操っているだけだった。

御子柴が声を掛けると、漆沢はあっと短く叫んで危うく携帯端末を落としそうになった。どうやらレスラー紛いの体格を備えた介護士にも、〈死体配達人〉の悪名は轟いている様子だ。

「入所者を放置する訳にはいかない」

今の今まで放置同然の扱いだったではないか——そう思ったが、口には出さない。

「ほんの二、三分彼女に質問するだけです」

「質問？　この患者にどんな質問があるっていうんだ。どうやって返事を引き出すつもりだ」

「介護士には介護士流の、弁護士には弁護士流のテクニックというものがある」

「でも……」

「角田施設長からは自由に行動してもいいとお墨付きをもらっている。何なら自分で確認してみるかね」

角田の名前を聞くと、漆沢は舌打ちを一つしてから談話室を出て行った。

だが、あまり余裕はなさそうだった。

御子柴は辺りに介護士の姿が見えないのを見計らってから、籾山すみのパジャマの裾に手を掛けた。そのまま捲っていくと脇腹に三ヵ所、背中に二ヵ所の打撲痕があった。今までと同様に近接撮影して、大急ぎでシャツを元に戻す。今回は彼女が押し黙っているのが幸いした。

これで訊くことは訊き、見るものは見た。後は事務所に帰ってから検討するだけだ。

角田への挨拶は不要と考え、そのまま玄関を出ると、門の前に数人の男たちが立っていた。全員介護士で、中には前原と漆沢の姿も見える。

それぞれの顔つきを見るまでもなく、どうやら穏便には帰してくれそうにない。

最初に口を開いたのは前原だった。

「先生。何やら施設の中どころか、爺さんや婆さんのヌード写真を撮ってたみたいですね」

「ああ。みんな惚れ惚れするような身体をしていたな。フォトブックにして市の福祉部か埼玉県警にでも配布すれば、飛ぶように売れるかも知れん」

「高齢者揃いですからね。しょっちゅう転んだり、備品にぶつかったりで生傷が絶えないんですよ」

「ほう。それにしては痣の形や傷の形状がどれも似たり寄ったりだった。共通の何かで殴打されたとしか思えない。分析してみれば使用された武器も判明するだろうな」

「先生、何か勘違いを……」

「介護士による施設内虐待。単純な話だ」

その時、前原たちは明確に敵意を示した。

「単なる介護福祉士のあんたたちを先生と呼ばせ、日常的に虐待を加える。しかも服の上からでは分からない場所を殴打する。逆らったら食事を抜くというのもいいな。公的機関の聞き取り調査が入れば、もっと色んな話が出てくるだろう」

「あんたは介護の現場ってのを知らないんだ」

弁解の言葉に切実さが滲(にじ)んでいた。

「認知症を患ったジジイやババアと一日中過ごしたことがあるか？　折角配った食事を後から後から床にこぼす。ところ構わず大小便を垂れ流す。その後始末をしなきゃならない惨(みじ)めさが分かるか？　治療を受けさせようとするとケモノみたいになって反抗する。モノを投げてくる。殴りかかる。噛みついてくる。そういう患者と闘いながら介護をする恐怖を知っているか？　夜くたくたになって寝ようとしても、叫び出したりそこら中を徘徊したりするヤツらがいる。朝から夜まで気の休まる時がない、そういう辛さを味わったことがあるか？　相手はまともな判断能力がないんだ。少しくらい強引に接しないと、こっちの仕事ができないんだよ」

「それをわたしに言うのはお門違いだな」

御子柴はとりあう気もなかった。

必要悪として本来は許されないことをする。社会福祉法人の形態を取っていても実態が個人経営であれば、内部牽制(けんせい)が利かず異常が日常になる。職業倫理がどれだけ歪曲されようが、理念自体が崩壊しているので修復させる力がない。閉鎖的な組織や施設には決まって起こる現象だ。

「これだけ人数が揃っているところを見ると、介護士有志だけじゃなく、角田施設長の意向が反映されているようだな」

「デジカメをこっちに寄越せ」

前原は一歩前に出る。

「カメラを渡して、今日ここで見たことを忘れろ。そうすりゃ手荒なことはしない」

こいつらは掛け値なしの馬鹿だと思った。いつも暴力で物事を解決しているから、交渉事も暴力で解決しようとする。思考停止の極みであり、これなら宏龍会の山崎の方が数段まともだ。

「退け」

あまり会話を長引かせるつもりはない。

「わたしは忙しいんだ」

すると男たちは肚を決めたようだった。凶暴さを隠そうともせず、御子柴ににじり寄って来る。

「あんまりいい気になるなよ。こっちは日頃からやんちゃな患者たちを相手に鍛えられてるんだ」

「あんただろう、わたしの過去を皆に吹聴したのは」

「それがどうした」

「日頃から暴力を行使するのには慣れているらしい。だが、人を殺したことはあるか？」

その途端、男たちは足を止めた。

ふん、こちらが少しばかり凄んだらその有様か。

「ナイフの切っ先が人間の体内に沈んでいく感触を知っているか？　力一杯絞めた首の呼吸が止まる気配を知っているか？　相手の目が段々ガラス玉に変化していくのを見たことがあるのか？」

「あ、あんなもん、昔の話だろうが」

「囚人の再犯率五割という数字はどう思う？　経験者だから教えてやる。一人殺してしまえば二人目は躊躇いもなくなる。他人の命を奪うのに何の痛痒も感じなくなる。それは日常的に年寄りたちを虐待しているあんたたちにも理解できる理屈だろう」

「あんたの立場で、そんなことできる訳が……」

「多勢に無勢だからな。何人か殺したとしても正当防衛が成立する。第一、弁護士だぞ？　自分の身を護る方法はいくらでも知っている」

御子柴が前に出ると、前原たちは逆に後退る。

「人を殺すスキルも刑罰から逃れる手段も持ち合わせている。そういう人間の行く手を遮ろうとするな」

つかつかと歩み寄って、前原の眼前に顔を突き出す。前原は恐怖に目を見開いた。

「死にたいのか」

ひぃと女のような声を上げて、前原は腰を落とした。

恐怖で他人を縛ろうとする人間が一番恐怖に弱い。介護士たちは道を譲るようにして、御子柴から離れ始めた。

こうして御子柴は大手を振って〈伯楽園〉を出た。

気分は最悪だった。

4

起訴された後、稲見の身柄はさいたま拘置支所に移されていた。

面会室で待つこと五分、稲見は刑務官に車椅子を押されて姿を現した。

「何か摑んできたって顔をしてるな」

開口一番そう言われた。

「そう不思議そうにするな。人の顔色を見ることにかけちゃ、まだまだ人後に落ちん。で、いったい何を摑んだ?」

御子柴は無言のまま、懐から数枚の写真を取り出してアクリル板に押しつける。それらは全て〈伯楽園〉の入所者が肌に残していた虐待の痕だった。

アクリル板に顔を近づけて写真を眺めていた稲見は、やがて気落ちしたように短い溜息を吐く。

「〈伯楽園〉には何度行った?」

「昨日が二度目でした」

「二度目で、もうそれだけの証拠を咥えてきたのか。大した弁護士だ。角田施設長や前原がよく見逃したものだな」

見逃した訳ではなく、取り逃がしただけだ。

だがそれを言い始めると話が長くなりそうなのでやめた。

「……よく、あんな施設に五年もいましたね」

「他に行く当てもなかったからな。あそこを最初に選んだのは運が悪かったとしか言いようがない」

「抵抗しなかったんですか」

「したさ」

稲見は事もなげに言う。

「腰から下はともかく、腕力にはまだ自信があるからな。よくしたもので、そういう元気な年寄りにはあいつらも手を出し辛い。それでも車椅子から放り出されると、身体の自由が利かない分、不利だったな」

稲見の話で合点した。入所者への加虐は抵抗できる者、言い換えれば意思表示のできる者ほど軽微で、そうでない者には苛烈な傾向が見てとれる。声の大きい者には手加減し、声の小さな者には徹底的に暴力を加えるという構図だ。

「栃野は十年前にある事件の被告人になっていました」

「そうらしいな」

「知っていたんですか」

「栃野が後藤さんに向かって凄んでいるのを聞いたことがある」

「他の入所者には洩らさなかったんですか」

「知らせたって徒に怖がらせるだけだからな」

「栃野は自分の行状も脅しに利用していたフシがあります。口応えのできない者、抵抗のできない者に限って自分の罪状を教え、脅かしていたようです。お前も逆らえば、あの女と同じように殺してやる、と」

「介護士の連中からも話は訊いたのかい」

「介護の現場はお前たちが考えているほど楽じゃない。凶暴な患者から身を護るためには強制力が必要なんだと。まあ、そういった抗弁でしたね」

「その話を聞いて思い出さなかったか」

「それよりずっと前に思い出してましたよ。あの特養ホームは関東医療少年院と一緒だ」

今にして思えば当初から既視感があった。閉鎖的な空気、抑圧された怨念、不穏な視線。全てが医療少年院に蔓延していたものの再現だった。

「教官の柿里を憶えているか」

忘れるはずもない。陰険極まりない教育担当で、これはと目をつけた院生を日常的にいたぶっていた。当時、御子柴の話し相手だった院生を自死に追い込んだ教官でもある。

「あの柿里が教官室でよく愚痴っていたものさ。世間のヤツらは少年院の現場を知らない。犯罪予備軍のガキを大量に抱えて、俺たちは絶えず危険に晒されている。それなのに世間では、少年犯罪者の健全なる更生を信じて疑わない。あんなクソガキたちから身を護りながら、真っ当な人間に戻すなんてできっこない。教官一人にかかる責任が桁外れだ。これで薄給なんてやってられるか、とな」

いかにもあの教官なら言いそうなことだと思った。そしてその物言いが、前原の言葉にぴたりと重なる。

「どうやら気づいたみたいだな。柿里も前原も同じ穴のムジナだ。自分ではそれが正しい、もしくは正しくないかも知れないが現場ではこうする以外にないと思い込んでいる。よくある話だ」

「でも、あなたは違った」

「だから鼻つまみ者だったんだ。医療少年院でも、そして〈伯楽園〉でも」

稲見は白けたように笑ってみせる。

「実際、特養ホームに入所した時、管理する側からされる側に逆転しただろ。その時、はっきり見えたんだよ。少年院に入って来る子供たちも特養ホームにやって来る年寄りたちも、世間から爪弾きにされてる点では一緒だ。そして、そいつらの面倒を見る教官も介護士も似たようなもんだってな。自分とは毛色の違う集団、何をしでかすか分からん連中をコントロールするには、恐怖で支配するのが一番なんだ」

「稲見教官、あなたも栃野から暴力を受けたんですね」

「ああ、何回かはな」

「今でもその痕は残っていますか」

稲見はくるりと後ろを向いたかと思うと、着ているシャツを豪快に捲り上げた。

その背中には大きく交差する形で長い痣が浮いていた。

「車椅子から放り出された後、モップの柄でしこたま叩かれた。齢くってからの傷痕ってのは、なかなか消えねえもんだな」

シャツを戻し、こちらに向けた顔は不思議に穏やかだった。

「さっきお前に見せてもらった写真よりはずっと軽傷だろ。その分、あいつらが俺を怖れていた証拠って訳だ」

稲見はまるで子供のように得意がる。

つられて笑う気にはなれなかった。

「それが本当の動機だったのか？」

問い詰めているつもりだが、稲見の方は穏やかな表情を崩さない。

「日常的に繰り返される虐待。それが自分だけではなく、何の抵抗もできない更にひ弱な老人にも向けられる。あなたはそれが我慢できなかった。だから栃野を殺した。そうじゃないのか」

「まあ、大筋は間違っちゃいないな。最初にも言ったが、俺は栃野が憎くて殺した。憎い理由には自分が殴られた腹いせもあるし、あいつが他の年寄りをいいようにいたぶり続けるのが目障りだったってのもある」

「どうして最初に教えてくれなかったんですか」

「あの特養ホームで一番暴力を振るっていたのは栃野だった。あいつが反感を買って俺に殺されたというのは、おそらく関係者全員が薄々気づいている。だから前原や漆沢辺りも、今じゃあ目立ったことはしていないはずだ。俺が栃野を殺したのは、ちょうどいい冷や水になった。だから施設内での虐待はもうなくなる」

「栃野やその他の職員を訴えようとは思わなかったんですか」

「訴えるのは簡単さ。優秀な刑事が担当すれば施設長以下何人もの職員を暴行罪やら何やらで引っ張れるだろうな。だが、その結果どうなると思う？〈伯楽園〉は角田の一族が個人で経営している福祉法人だ。角田や職員が逮捕されたら、もう閉鎖するしかない。そうしたら入所している年寄りたちは誰が引き取ってくれるっていうんだ。ふん。誰も引き取っちゃくれねえよ。善意がどうこうの話じゃない。単純に受け入れ先がないんだ」

だからこれ以上、〈伯楽園〉を窮地に立たせるような真似はできないということか。

「稲見教官、これは突破口になり得る」

「突破口だと？」

「あなたの供述調書を読んだ」

「ほう。で、感想は」

「最低の出来だ。栃野を殺害した動機から犯行の模様まで、ほぼ過不足なく供述してある。あの調書さえあれば、検察側の勝訴はまず間違いない」

供述調書だけではなかった。凶器に使用された花瓶は、栃野の致命傷となった頭部の傷と完全に形状が一致した上、稲見の指紋がくっきりと浮き出ていた。

　事件発生時は昼食中であったために、稲見が栃野を殴打する場面はグループの全員が目撃している。現場検証の際にも、会話不能の籾山すみを除き、久仁村・後藤・小笠原夫人・臼田がそれを証言している。

　動機、チャンス、方法、そして自白調書。検察側にしてみれば完璧に揃った材料だ。弁護側からすれば過失致死傷罪は免れない。できることといえば、稲見の年齢と法務教官としての実績を訴え、情状酌量を引き出すことくらいだろう。

　だが被害者の悪徳を攻撃材料にすれば勝機がないでもない。

「あなたが傷を負っていてよかった」

「おいおい、何を言い出す」

「入所者たちは常日頃から栃野の暴力に怯えていた。中には栃野自身から過去の犯罪を告げられ、脅迫紛いのことをされた者までいる。そんな人間から威嚇されたら誰だって身の危険を感じる。過去に暴力を受けた者は尚更だ。そして、その文脈なら正当防衛を主張できる余地が充分にある」

「正当防衛ねえ。しかし俺は花瓶を握っていた。対して栃野は丸腰だ。これは過剰防衛じゃないのか」

「あなたが健常者なら過剰防衛だろう。だがあなたは半身不随だ。それを反論の材料にでき……」

「いいや、違う」

稲見は御子柴の言葉を遮る。

「あれは正当防衛なんかじゃなかった」

「教官！」

「だからその言い方はやめろって。いいか御子柴。理由はどうあれ、俺が人を殺したことは厳然たる事実だ。お前がどんなに優秀な弁護士であったとしてもこの事実だけは曲げようがない。それなのにあれこれ理由をつけて罪を逃れようとは思わん」

「馬鹿なことを言うな。だったら俺は何のためにいるというんだ」

「お前がどんな弁護をしてくれようが、俺は裁判長に向かって正当な罰を与えてくれと言うつもりだ」

「まるで自殺行為じゃないか」

「やったことの償いをしなきゃ、俺の今までの生き方を否定することになる」

今まで多くの少年犯罪者を指導し、その行く末を見続けてきた稲見らしい言葉だと思った。

だが感情がそれを受け付けなかった。

「教官、いい加減にしてくれ」

「まあ、聞け。俺は今年でもう七十六になる。平均寿命まで生きたとしてもあと四年しかない。これがどういう意味か分かるな？　仮に傷害致死の判決が下されたとしても、無事に刑期を終えるのが早いか、それともお迎えの来るのが早いか。俺の齢を考えたら、まずお迎えの方が早いだろう」

稲見は他人事のように淡々と続ける。

「一方、お前が剛腕を発揮して減刑を勝ち取ってくれて何年の減刑になるかな？　執行猶予がついたとしてもお迎えが来るのなら同じだ。死ぬのが刑務所の中か、〈伯楽園〉の馴染んだ部屋の中か、さもなきゃ病院のベッドの上か。要は場所の違いだけだ」

「俺に仕事をするなと言うのか」

「そうじゃない。お前はお前の仕事をすればいい。ただ、俺の気持ちはそれと別だってことだ。罪びとと弁護士が一致団結するのは冤罪と闘う時、そして量刑が著しく重い時、それだけで充分じゃないのか」

聞きながら御子柴はまた眩暈を起こしそうになる。

被告人は自身の人生を無駄にしないために闘う。そして弁護士は依頼人のために闘う。両者の思惑は一致し、だからこそ二人三脚で法廷闘争を続けていける。

ところがこの老いた被告人は弁護士の救けは不要と言い放つ。弁護士とは同じ方向を目指していないと宣言する。

まるで自分の全存在を否定されたような気分だった。その相手が稲見であることが尚更重く伸し掛かる。

「もういいだろう。長く話してたら疲れた」

稲見の合図で刑務官が近寄ってきた。

「じゃあな」

稲見は右手を振りながら面会室から出て行った。


事務所にいた洋子は、戻って来た御子柴を見るなり不思議そうに尋ねてきた。

「先生、どうかしたんですか」

「何がだ」

「いえ……別に……」

顔に何かついているのかと思い、外の暗くなった窓ガラスに映った自分を見る。

それで合点した。全財産を競馬で散財したような顔の男がそこに立っていた。

「お疲れみたいですね」

「何か伝言は？」

「特にはありません」

「今日だけは、それが有難いな」

御子柴は事務机に座り、早速稲見事件の捜査記録を開く。

お前はお前の仕事をしろだと？

刑の満期と天寿のどちらが早いかだと？

御子柴の胸の裡に怒りが込み上げてくる。今までの依頼人の多くは臆病でずる賢く、自分本位で執着心が強く、諦めが悪くて見苦しかった。だから、そういう人間たちを勝訴に導くことが少なからず快感でもあった。

ところが稲見はどうだ。度胸があって真摯で、生への執着心もなく、まるで敬虔な信者のように自らを罰して欲しいと祈っている。

ふざけるな。これではヤクザを使ってまで弁護人の名乗りを上げた自分の立場はどうなる。ただの道化師ではないか。

老い先短いなどと勝手に決めやがって。もし長生きしたらどうするというんだ。十年、いやそれ以上も刑務所の中で過ごすつもりか。

　そうはさせない。

　必ず稲見が憎まれ口を叩けるうちに釈放させてやる。

　眺める限り、捜査記録に瑕疵(かし)は見当たらなかった。

　浦和医大法医学教室作成の司法解剖の鑑定書。執刀医の光崎藤次郎(みつざきとうじろう)教授は斯界(しかい)でも指折りの解剖医だ。鑑定書の内容は仔細を極め、鈍器を用いた殴打による脳挫傷という所見にはいささかの揺るぎもない。凶器となった花瓶の底部と創口(きずぐち)の比較写真も添付されており、これも首肯(しゅこう)せざるを得ない。

　現場写真は、殺害現場が狭い範囲であることも手伝って数は多くない。しかし床に倒れた栃野の死体、血の流れ出た床、テーブルと椅子の位置、凶器の花瓶と撮影対象に遺漏(いろう)はない。花瓶は一輪挿(いちりんざ)しといっても通用しそうなほど細く、なるほど稲見の手なら握ってなお指が余るくらいだろう。ご丁寧に付着した指紋と稲見のそれが比較対照できるように、それぞれの拡大写真が並んでいる。

　供述調書も完璧だった。稲見本人に憤った通り、動機から殺害までの流れに一切不自然な要素は見当たらない。おそらく裁判官が一番重要視する証拠は、この供述調書になるだろう。

御子柴に勝機があるとすれば、この調書の中には語られていない栃野の悪行を晒すことしかない。栃野が海難事故に遭遇した際、女性客を殴ってまで救命胴衣を奪って生還したこと。そして特養ホームにおいて日常的に虐待を繰り返し、鬼神（きじん）のように怖れられていたこと。栃野への心証が悪くなればなるほど稲見への同情が増す。虐待への恐怖から本能的に手が出たと裁判官を納得させることができれば、正当防衛の目も見えてくる。

それには〈伯楽園〉の入所者仲間の証言が是非とも必要になる。証人は多いほどいい。そしてまたなるべく哀れである方がいい。弱者を選んで加虐したとなれば、被害者栃野への同情は相殺される。彼らの今後を慮（おもんぱか）る稲見は決していい顔をしないだろうが、勝訴を得るためにはやむを得ない。栃野をはじめとした介護士に虐待された恨みがあるから、説得次第で彼らは証言台に立ってくれるはずだ。

弁護方針の概要は決まった。後は稲見の正当防衛を立証する材料が他にないかを探さなければならない。如何に他の入所者から怖れられていたとしても、稲見本人が栃野を恐怖の対象として捉えていなければ説得力がない。

では入所者たちに証言を誇張するよう仕向けてみるか。日頃からどれだけ稲見が栃野を怖れていたか、皆で口裏を合わせる。口論の末とはいえ、あの温和な稲見が咄嗟に凶器を握ったのだ。潜在的に栃野を怖れていなければ、そんな行動に出るとは到底考えられない。従って、稲見が栃野を怖れていたと証言するのは偽証には当たらない——。

そこまで策を練ってから、御子柴はいったん思考を止めた。

違和感が頭の隅に引っ掛かっていた。その違和感がちらちらと見え隠れして思考の邪魔をする。

何かが閃く前兆だった。

御子柴は捜査記録を最初のページに戻す。異物は記録を読み進める途中で発生した。それなら読み返すうちに、違和感の正体にぶつかるはずだ。

鑑定書。

死体写真。

現場写真。

凶器。

供述調書——。

次いで、〈伯楽園〉の様子を脳裏に再現してみる。正面玄関、施設長室、食堂、談話室、廊下、そして花壇。

不意に閃光が走った。

指が一枚の写真に伸びる。

写真を眺めているうちに、疑念が黒雲のように湧き起こった。

どうして、こんな物がここにある？　理屈に合わないじゃないか——。

御子柴はその写真を穴の開くほど凝視し続けた。

第三章　証人の怯懦（きょうだ）

1

三月十八日、介護士殴殺事件第一回公判、さいたま地裁四〇三号法廷。

御子柴が入廷すると、法廷の空気が俄に張り詰めたようだった。弁護人席へ向かう途中も満員の傍聴席から刺すような視線を浴びる。

「あいつだよ、〈死体配達人〉の園部信一郎」

「名前変えて別人になったつもりかね」

「座る場所、間違えてんじゃねえのか」

稲見の事件は報道されているが、傍聴席が埋まっているのは弁護を引き受けるのが元殺人犯の弁護士という触れ込みが拡がったせいに違いない。最近は趣味で裁判を傍聴する物好きが増えているという。罵倒めいた呟きも、おそらくはそういった輩の口から出たものだろう。前任者敦賀弁護士の予想は大当たりだった。

趣味は裁判の傍聴と公言して憚らない人間というのも、なかなかに興味深い。自身では個性的な趣味とでも思っているかも知れないが、覗き見と野次馬根性は卑俗な人間の共通項目だ。法廷での被告人の立ち居振る舞い、検察側と弁護側の丁々発止のやり取りを見物したいと、下賤な好奇心を露呈させるのがそんなに誇らしいのか。傍聴人はまあいいだろう、無視しても構わない。問題は裁判官席に座る三人の裁判官と六人の裁判員に与える心証だ。

普通、裁判官は先入観を捨てて法廷に臨むことを教えられている。被告人や弁護人の思想・宗教・来歴に判断を左右されないよう教育を受けている。

だが裁判員たちは違う。もちろん事前に、そうした偏見を捨てるように釘を刺されるが、司法のプロと彼らとでは基礎が異なる。〈死体配達人　園部信一郎〉として御子柴を見るのは避けようもない。つまり最初から心証を悪くしている訳で、よほど冷静に、そして真摯に振る舞わない限り、彼ら六人の判断を揺るがすことはできない。

いつも御子柴が採っている方法は外連味を放ち、証人の発言を胡乱なものと認識させて裁判を引っ繰り返すようなものが多かった。それで勝訴を捥ぎ取った案件も少なくなく、淡々と事実の積み上げに終始する検察側にとっては奇襲攻撃にも思えただろう。

だが今回、その手法は仇になる惧れがある。先入観を捨てきれない裁判員が御子柴の弁護方法に嫌悪感を抱いたら、それだけで不利になる。

こうなれば、最初は正攻法を採るより他になさそうだ。どこまで通用するかはともかく、検察側の主張の矛盾点を細かに突いていくしかない。

次に入廷してきたのは、その検察側の人間だった。

矢野幹泰検事。名前は知っているが顔を合わせるのは法廷の外でも中でもこれが初となる。昨年の戦歴は負けなし、三十九歳の割には若作りで二十代でも通りそうだ。端整な面立ちで髪にはびっしりと櫛が入っている。三つ揃いのスーツには皺一つなく、検察官というよりはやり手のビジネスマンといったところか。

矢野は検察側の席につくなり御子柴を一瞥した。その視線に体温は感じられない。少年犯罪の前歴者に対する嫌悪感も、広域暴力団お抱えの弁護士に対する侮蔑もなく、感情のない爬虫類の目をしている。それが生来のものなのか、それとも検事生活の中で培われたものかは分からないが、いずれにしてもやり難い相手であるのは確かだ。

最後に車椅子の稲見が戒護員とともに入って来た。元より歩行がままならないのに腰縄を巻いているのは、如何にも融通の利かない裁判所らしい対応だった。

御子柴を見る稲見の態度は接見の時と寸分も違わない。旧い友人に会ったかのように目礼を交わして御子柴の前に移動する。

「御子柴先生、顔色がよくないな。ちゃんと三度三度の飯は食っているのか」

「まあ、適当に」

あまり親しそうにしないでくれ、と念じる。直接の関係者ではないから、こうして稲見の弁護に立てるが、必要以上に元教官と元院生の関係を印象付けるとマイナス要因になりかねない。

廷吏が立ち上がる。

「裁判所からの連絡事項です。審理の妨げになりますので携帯電話の使用はできません。ご了承ください。また撮影・録音も禁止となっております」

傍聴席の何人かが携帯電話を取り出し、電源を切りにかかる。

「傍聴券は閉廷後に回収します。途中退廷は券を返すよう願います」

傍聴席から一切の声が消えると裁判官席の背後から微かな足音が聞こえ、やがて三人の裁判官と六人の裁判員が姿を現した。

法廷内にいた全員が起立し、彼らに向かって一礼する。

裁判官席中央に座るのが遠山春樹裁判長、右陪審は平沼郁子裁判官、左陪審は春日野哲也裁判官。

遠山の前で弁論を行うのはこれが四度目になるか。五十代半ば、ぎょろりと剝き出し気味の目は、罪を憎むと同時に人を憎むような印象を与える。事実今までの判決を見る限り、やや検察寄りの裁定を下している案件が多い。

御子柴の前歴は当然、遠山の耳にも入っているだろう。裁判長の立場上、その前歴を以って量刑を決めるようなことはないだろうが、やはり一抹の不安は残る。彼が判決を下した裁判では、自分が連勝している事実もいささか気になる。

宏龍会絡みの案件ではさほど気にならなかったマイナス要因が、ここに来て俄に大きな不安材料となるのは、やはり弁護する相手が稲見だからなのだろう。

「では開廷。これより平成二十五年（わ）第一二五四号の審理に入ります。被告人は前に出てください」

稲見が手を挙げる。

「恐れ入ります、裁判長」

「何でしょうか」

「直立したいのはやまやまなのですが、生憎こういう不便な身体をしております。車椅子に座ったままでよろしいでしょうか」

「構いません。それではこのまま人定質問を行います。被告人は氏名、生年月日、本籍、住所、職業を述べてください」

「稲見武雄、生年月日は昭和十二年四月七日、本籍は栃木県河内郡上三川町磯岡一三七四、住所は埼玉県川口市南鳩ヶ谷九丁目三十五―四〈伯楽園〉内、職業は無職であります」

　しわがれていても実直さを窺わせる声色（こわいろ）だった。

「検察官、起訴状の公訴事実を述べてください」

　遠山の指名で矢野が起立する。裁判官席に向かう形に立ち、御子柴の方には見向きもしない。

「本年三月四日の午後一時頃、被告人の居住する特別養護老人ホーム〈伯楽園〉において、被害者である介護士の栃野守が昼食に配られていた膳を回収していたところ、予（かね）て確執のあった被告人と口論になった。被告人はテーブルにあったガラス製の花瓶で被害者の頭部を殴打、周囲の入所者がこれを制止しようとしたが殴打は止まらず、別の職員が駆けつけた時には、既に被害者は死亡していた。罪名、殺人罪。刑法第一九九条」

「弁護人、ただ今検察官が述べた公訴事実について釈明を必要としますか」

「いいえ」

御子柴の返事によって、事案の訴因が特定された。言わば、これが開戦の狼煙だ。

「これより罪状認否を行います。被告人。今からあなたが法廷で話したことは全て証拠となります。ですから自分の不利になると思うことについては黙秘する権利があります。よろしいですね」

「はい」

「それでは最初に質問します。今、検察官の読み上げた起訴状の内容は事実なのですか」

「はい、事実です」

稲見は澱みなく答える。栃野を殺したことは事実だから、これは争点になり得ない。争うとしたら起訴状で言及されていないことだ。

「弁護人、何か意見はありますか」

「あります」

開戦の狼煙の後の、これが宣戦布告になる。

「弁護人は被告人の殺意の不在を理由に無罪を主張します」

その途端、法廷内がざわめいた。宣戦布告としての威力は充分だったようだ。

打ち合わせをしていた稲見はどこ吹く風といった体で法廷内を眺めている。矢野は御子柴の主張を予測していたのか、動揺している様子は微塵(みじん)も感じられない。ただし遠山をはじめとした裁判官たちと六人の裁判員は、誰もが意外そうな顔をしている。

御子柴は言葉を継ぐ。

「被告人が被害者を殺害してしまったのは起訴状にある通りです。しかしそれが口論の上であったとしても被告人に殺意はなく、その行為は検察官の主張する刑法第一九九条には該当しないと考えます」

これだけ言い切ってから御子柴は着席する。手の内を全て明かした訳ではないが、これで冒頭手続きは完了したことになる。本来は依頼人である稲見と作戦を練りたいところだが、この依頼人は接見の時点で、正常な精神状態の下での殺意を肯定している。こんな危険な依頼人には、たとえ弁護人といえども手札を全て明かす訳にはいかない。

改めて厄介な依頼人だと思う。今までには隠し事をする者もいたが、無罪も減刑も望まず、自分から罰を与えて欲しいと訴えてきた依頼人は初めてだった。

御子柴はふと不安に襲われる。

下手をすればこの裁判での敵は、遠山裁判長でもなければ矢野検事でもなく、稲見本人になるかも知れない。

遠山は憮然とした面持ちで御子柴を睨むが、すぐに視線を稲見に戻す。

「結構です。被告人は元の位置に戻ってください」

裁判に不慣れな裁判員たちがちらちらと御子柴を盗み見る。被告人が公訴事実を全面的に認諾している中、まさか弁護人が無罪を主張してくるとは想像もしていなかったのだろう。

今更ながら裁判官席に素人が座っている光景は噴飯ものだ。市民感覚を反映させるという号令で施行された裁判員制度だったが、いざ蓋を開けてみれば溢れ出たのは市民感覚ならぬ市民感情だった。

二〇〇九年五月から二〇一二年までの間、全国六十の地裁と支部で言い渡された判決は約五千件、うち求刑を超える判決は約五十件。これは裁判員制度以前に比較してほぼ三倍の数字となる。

元々検察側は被告人に有利な事情が考慮されて減刑される可能性を想定して求刑を重めに設定している。ところが素人裁判員の義憤がこの設定を上回ってしまったのだ。

裁判所が目標として掲げているのは、過去の判例に基づいた適正な量刑判断だった。よって裁判員制度が施行されると、裁判所は過去の類似事件の量刑を網羅した

〈量刑検索システム〉まで導入したが、これもさほど功を奏さなかった。求刑を超える判決では、量刑の軽重について根拠不明瞭な事案が散見されたからだ。検証せずとも分かる。被害者への同情が被告人への復讐心を掻き立て、法的根拠に優先してしまったのだ。

判決にこうした不確定要素が介在するようになったのは、御子柴にとって歓迎すべき事態だった。法曹界の住人ではない素人相手なら、心証や判断材料を変える方法などいくらでも思いつける。要は低俗な庶民感覚や子供じみた感情に訴えるような弁論を繰り広げれば、自ずと勝機が訪れるのだから、これほど楽なことはない。

困惑気味の裁判員をよそに裁判は続行される。ここから証拠調べ手続きに移行し、検察側からの冒頭陳述が始まる。矢野はすっくと席を立ち、机上の捜査資料に目を落とす。

「被告人稲見武雄は一九六〇年より法務省に入省、同年から矯正局に奉職しその後法務教官の任に就いた。そして一九八五年、公務中の事故を理由に退官、その後は自宅療養に専念していたが、二〇〇八年四月、現在の〈伯楽園〉に入所した」

ちくり、と御子柴の胸に刺さる。公務中の事故というのは、御子柴の暴行によるものだったからだ。大腿四頭筋の断裂。それが稲見を下半身不随にした原因だった。

「法務教官時代の被告人は特筆すべき処罰もなく、順当に任務を遂行しております。前科・前歴はありません。しかし〈伯楽園〉に入所してからは気が短くなり、中でも担当介護士であった被害者とは介護方法を巡って幾度も言い争いをしておりました。そして三月四日当日、蓄積していた被告人の鬱憤は些細な口論をきっかけに爆発します。ここから先は最前読み上げた起訴状の内容と同一なので省略します」

矢野はここでひと息吐く。次に続くのは犯行後の状況と事件発覚に至る経緯だ。

「まず凶器に使用されたガラス製花瓶ですが、被害者の致命傷となった頭部の殴打痕と完全に一致しており、被告人の指紋が花瓶を握った形で付着しています。犯行現場はパーティションによって区切られていますが、同じテーブルを囲んでいた入所者は被告人が数回に亘って被害者を殴打している場面を目撃しています。同様に、以前から両者が事あるごとに衝突していたことも証言によって明らかです。尚、職員の通報後、川口署の署員によって現場は厳重に保存され、関係者以外の立ち入り、並びに証拠物件の移動は発生しておりません。検察はその事実の立証として、乙一号証から五十四を、甲一号証から二十四までを既に提出済みです」

矢野が陳述を終えると、遠山は御子柴に視線を移す。

「弁護人、今の冒頭陳述について、既に提出された乙号証・甲号証を証拠とすることに同意しますか」

「弁護人は乙八号証について同意しません」

そこで法廷内の空気がわずかにざわめき出す。

通常、自白事件の場合は検察側から提出された証拠については、そのほとんどが同意される。だからこそ御子柴の示した部分不同意は奇異に映る。

乙八号証とは、稲見が取り調べにおいて署名指印した供述調書のことだった。その内容は矢野が冒頭陳述で述べた通りだが、断固として否定しなければならない箇所が存在する。

「乙八号証として提出された被告人の供述調書は、作成者である検察官の誘導尋問によって形成されたと思わしき部分が散見されます。それは被害者栃野氏に対する被告人の動機ともなる心情を供述した部分ですが、この捏造された箇所こそが、実際には殺意の不在を示すものなのです」

「裁判長」

すかさず矢野が声を上げた。

「今の弁護人の発言は検察の捜査手法を根拠なく愚弄するものです。直ちに撤回を求めます」

「弁護人。供述調書が検察の捏造であるという証拠は提示できますか」

「失礼しました、裁判長。検察側の捏造である旨はともかく、弁護人は該当する箇所について、次回公判で論証する予定です」

「分かりました。弁護人は次回期日までに弁護側の証拠として、それを裁判所に提出してください」

弁護側が不同意を示した書証については、検察官による証人尋問が為される。矢野が稲見をどのように尋問するのか、想定問答集を用意しておくべきかも知れない。

「それでは弁護人の方から嘆願書、反省文などの書証を弁号証として取調請求しますか」

「先ほど申しました通り、弁護人は殺意の存在について争う所存ですので、今のところ嘆願書の類は取調請求しない考えです」

「そうですか」

「ただし」

尚も弁論を継ごうとする御子柴を見て、遠山は片方の眉を上げる。

「反論のために証人を法廷に呼びます」

「分かりました。では証人申請をしておいてください」

粛々（しゅくしゅく）と手続きを進める遠山の顔には、しかし微かな苛立（いらだ）ちが見てとれる。以前であれば鼻持ちならない弁護士の奇襲戦法と片付けられたことが、今は犯罪を熟知した前歴者の奸計（かんけい）くらいには思われているのかも知れない。

一方、矢野の方は依然として無表情を決め込んでいる。このポーカーフェイスが生来のものなのか、それとも訓練の賜物（たまもの）なのかはさておき、不気味であることに変わりはない。

「では検察官、論告をどうぞ」

「検察は被告人に対し懲役十五年を求刑します」

状況は傷害致死に近いのに、十五年は長い。ここ数年の間に下された判決と照らし合わせれば、懲役五年から八年が相当の事案のはずだ。それにも拘わらず十年超の求刑をしてきたのは、何度も殴打を繰り返した行為で残虐性（ざんぎゃくせい）を加点したということか。

「弁護人はいかがですか」

「弁護人は被告人の無罪を主張します」

「今すぐ被告人質問を行いますか」

「いえ」

「それでは次回公判で立証を行ってください」

矢野と御子柴はほぼ同時に着席する。

遠山は言外に次回公判で最終陳述まで進めろと伝えている。裁判所は常時案件過多となっている。自白事件に何度も法廷を開くつもりはないという意思表示だ。

これで次回の流れは定まった。矢野は供述調書の正当性を立証するために〈伯楽園〉の職員や入所者を証人尋問する腹積もりだろう。対してこちらは、その尋問を逆手に取って供述の胡乱さを露呈させる。

さて、あの口の堅い老人たちをどう籠絡（ろうらく）するか——そんな風に考えていると、何の前触れもなく稲見が片手を挙げた。

「裁判長、お願いがあります」

不意を衝かれて御子柴の思考はいったん停止する。

こんなことは打ち合わせにはなかった。いったい何を言うつもりだ。

「被告人、言いたいことがあるのなら最終陳述の時まで待ちませんか」

「申し訳ありません。最初にどうしてもこれだけは言っておきたいのです」

束の間（つかのま）、遠山は逡巡している様子だったが、やがて納得したように頷いた。

「では、簡潔にお願いします」

ところが稲見は予想外の言葉を口にした。

「裁判長。わたしに正当な罰を与えていただきたい」

御子柴は思わず腰を浮かせた。

何てことを――。

「被告人。それはどういう意味ですか」

「わたしは正常な精神状態の下、明確な殺意を持って栃野さんを殺害しました。わたしが罰を受けるのは当然です」

「裁判長！」

制止させようと声を上げたが、稲見は御子柴の慌てぶりなど一向に気にする様子もなく喋り続ける。

「本来、人を殺すのなら自分も死ぬ覚悟がなきゃいけません。だから死刑でもいいくらいだ」

「裁判長、被告人は動顚していま す。今の発言は記録から削除してください」

すると稲見が首だけを後ろに回して御子柴を見た。

「先生。悪いが俺は毛先ほども動顚しちゃあいない。まるで明鏡止水の気分だ」

そしてまた遠山の方に向き直る。

「裁判長。わたしは法務教官時代、院生たちに犯した罪は必ず償えと教えてきました。それなのに、教えた本人が罰を逃れていいはずがない。是非ともわたしを罰してください。お願いします」

稲見は深々と頭を下げる。

法廷は水を打ったように静まり返る。

まるで罪びとの懺悔を聴く教会の中だった。

やがて遠山は小さく咳払いをした。

「あなたに対する判決は最終弁論を待ってからでも遅くはないでしょう。それでは次回期日は四月二日とします。閉廷」

裁判官たちがドアの向こう側へ消えて行くと、御子柴は稲見に食ってかかった。

「いったい何をしてくれた、稲見教官」

「そんなに目くじら立てなさんな、御子柴先生」

稲見は御子柴の抗議を風のように受け流す。

「ちゃんと打ち合わせていたじゃないか。この裁判では殺意の否認を主軸にすると。立証に時間が必要だから、わざわざ次回期日まで延ばした。それが最後に、被告人本人が肯定してどうする。どこの世界に弁護人の足を引っ張る被告人がいる」

「悪いことをしたな。しかし、これは俺の信条なんでな。それに逆らってまで裁判を受けたいとは思わん」

「いい加減にしてくれっ」

思わず声が荒くなった。これには稲見ばかりか御子柴本人も驚いた。

「……弁護士は依頼人の利益を護るのが仕事だ。これじゃあどうしようもない」

「依頼人の利益って言うんなら、俺の好きなようにさせてくれるのも利益じゃないのか」

「自殺行為の幇助(ほうじょ)は利益には含まれない。教官、あなたには死んで悲しむ者がいないのか」

するとと一瞬、稲見は驚いたように御子柴を凝視した。弁護を引き受けてから初めて見る顔だった。

「どうかしましたか」

「いや……お前の口からそういう言葉が出るとはな。俺が教えたことも満更(まんざら)じゃなかったと思ったら嬉しくなってよ。なるほどな。そんな幇助は犯罪行為だからなあ。危ない危ない、またお前に同じ轍(てつ)を踏ませるところだったか」

御子柴は改めて稲見を見る。

怖れていた通りだ。この裁判で一番の障壁になるのは依頼人本人なのだ。

「稲見、行くぞ」

戒護員がまた車椅子を押して行く。

「御子柴先生、俺に愛想が尽きたらいつでも言ってくれ。すぐお役御免にしてやるから」

「……わたしがそういう性格でないことを一番知っているのは教官だろう」

「難儀な先生だな」

「その台詞、そのままお返しする」

稲見は法廷から出て行った。

傍聴人も三々五々散って行く中、矢野もカバンを携えて御子柴の前を通り過ぎる。依頼人にも裏切られた弁護人をひと言くらいは嘲るのかと思ったが、矢野はまるで御子柴を無視してドアに向かう。徹底的にこちらとの接触を避けてキャラクターを摑ませないつもりか。

結局、最後まで残されたのは御子柴一人だった。まるで孤立無援を具現化したような光景に、唇が皮肉に歪む。

まあいい。今までにも同様の状況下で闘ってきた。依頼人が自ら厳罰を望んでいるのは厄介だが、この程度で折れるような繊細な心は持ち合わせていない。

それに別れ際に稲見と交わしたひと言で、別の切り口も見つけた。

稲見が死んで悲しむ者は必ずいるはずだ。

そう、たとえば家族とか。

何故今まで思いつかなかったのか。稲見が暴走しようとしたら、家族に手綱を締めてもらうという方法もあるではないか。それに、まだ御子柴には稲見にも明かしていない切り札がある。今日のところは検察側に大きく水をあけられたが、まだ一ラウンド目だ。逆転の機会はこの先いくらでも転がっている。

御子柴は薄く笑いながら法廷を後にした。

2

第一回公判の翌日、御子柴は三度〈伯楽園〉を訪れた。施設長室で来意を告げると、角田は露骨に拒絶反応を示した。

「あの後、職員からあなたの行動を聞きました。いくら弁護活動とは言え、ウチの職員と揉め事を起こしてもらっては困る」

どうせ入所者の写真を撮っていたことを伝え聞いたのだろう。

「おや、わたしは施設長から自由に行動して構わないとお墨付きをもらった気がするのですが」

「それだって程度問題でしょう」

「施設長はあの方たちの身体に殴打の痕や擦り傷があったのが、お気に召さないようですね」

折角なので披露してやろうと思った。カバンの中から持参した十枚以上に及ぶ写真を取り出し、角田の目の前に並べ始めた。

久仁村の腫れ上がった唇、後藤の上半身、臼田の上半身、小笠原夫人の右腕、籾山すみの脇腹と背中、赤黒く、または青痣となった変色部分が大写しになっている。

「これを見ると内出血や擦過傷と種類は様々ですが、目立つような大きな傷跡はどれも形状が似ています。まるで棒で殴られた痕のように見えます」

更にとっておきの一枚を差し出した。漆沢を背後から捉えたショットだが、御子柴はその一部にピントを合わせていた。

漆沢が腰に備えつけていた長さ三十センチほどの棒——角田の両目がその一点に注

がれる。

「こちらに勤めている職員さんは皆さん、この警棒のような物をお持ちですよね。聞けば、錯乱した患者から自分を護るための護身棒と呼ばれているらしい」

「まさかウチの職員たちが彼らに暴力を働いたとでも言うつもりですか。だとすれば言いがかりも甚だしい」

「言いがかりかどうかは、この写真を警察の科捜研にでも提出すれば明らかになるでしょうな。最新の画像解析技術をもってすれば、この傷痕の形状が護身棒と一致することが証明できる。ご承知でしょうが高齢者虐待防止法に抵触した場合、こうした老人ホームの存続は甚だしく困難になります」

角田の表情がみるみるうちに険しくなってくる。

「御子柴先生、あなたはこの写真をどうするつもりなんですか」

「現在係争中の事件について証拠物件として提出するのは止むを得ませんが、施設内虐待が公になればさぞかしマスコミの耳目を集めるでしょう。ただわたしの仕事は依頼人の利益を護ることであって、施設内虐待を訴えることではない。それでわたしの懐が潤う訳じゃありませんしね。まあ、入所者の皆さんがわたしを代理人とした訴訟を起こすとかなら、話は別ですが」

ないとか」

「わたしが引き続き、自由に調査できるよう環境を整備していただければ、それで結構ですよ。一つ例を挙げれば、わたしが行くところには必要以上に職員さんを近づけないとか」

「……何がお望みですか」

おそらく角田は施設内虐待を承知していたはずだ。そしてそれを放置していた。もし警察沙汰になれば、自らが虐待に加担していようといまいと、責任は免れない。

そういう事情であれば逆に利用してやるだけだ。

「施設長も大変ですね。経営に加えて園内業務にまで目を光らせなければならない。きっと職員の暴力を察知する余裕もなかったのでしょうね」

「もちろんですとも」

角田がぱっと顔を輝かせるのを見て御子柴はほくそ笑む。最初の見立て通り、この男は悪人ではあっても豪胆ではない。垂らしてやった蜘蛛の糸に、必死に縋りつこうとしている哀れな小悪党だ。

「では早速お願いするとしましょう。園内には何台か監視カメラを設置されていますよね」

前回、小笠原夫人は「仕掛けた者に都合の悪い場面だけを録画する監視カメラ」について言及した。あの時は暗に前原たちのことを指していると考えたのだが、その後園内を見回してみると確かに何ヵ所かにカメラが設置されているのを見掛けた。

「ええ。介護士のいないところで入所者に異変があっては大変ですので」

「その記録をハードディスクごと拝見したい」

「えっ。いや、現場となった食堂にはカメラは設置されていませんよ。それは警察の方にも説明してあります」

「警察と同じものだけを調べていたのでは、この仕事は成り立たないのですよ。それに、施設長にはあまり選択の余地がないんじゃありませんか」

御子柴がじっと見据えていると、次第に角田は頭を垂れ始める。所詮、小悪党だ。自分より悪辣（あくらつ）な者の前では尻尾を巻くしかないのを、ちゃんと心得ている。

「ありがとうございます。では、そのレコーダーを見せてください」

角田は渋々といった体で立ち上がると、施設長室の隣にある事務室へと移動する。後に続いて驚いた。何の変哲もない部屋に二台の大型のモニターが設えられており、そこには四つに分割された画面が映し出されている。つまり、つごう八台のカメラが園内を二十四時間監視しているということだ。

モニター下に設置されているレコーダーはハードディスクのユニットが脱着式にな

っているタイプだ。ラベルの定格を確認すると500GBとある。フレーム数にもよるが、画質を欲張らなければ五千時間は録画できる容量だ。それだけの容量があれば、事件発生前後も網羅されているだろう。万が一消去されていたとしても、デジタル記録である限りは復原できる。また脱着式だから、該当するハードディスクを丸ごと持ち帰ることもできる。

御子柴は角田の了解も待たずにユニットを取り外した。

前回と同じく、久仁村は談話室にいた。こういう場所で暮らしていると、囚人でもないのに、自分の居場所は固定化されてしまうものらしい。

「あんたもしつこいな。その熱心さは刑事以上じゃないのか」

「だから、あまり負けたことがない」

「へっ、そりゃあ大したもんだ」

「当然、ここの介護士さんたちにも負けませんよ。彼らがあの護身棒とやらをどれだけ振り回してもね」

途端に久仁村の顔つきが変わった。不安そうに辺りを見回し、何者かの姿を探す。

「そんなに怯えなくても介護士は来やしませんよ」

「え？」

「さっき施設長と話しましてね。わたしには近寄らないよう、職員さんに指示してくれるそうです。ああ、ついでに今の時間、監視カメラも作動していませんよ」

御子柴はカバンの中から、先刻取り外したばかりのハードディスク・ユニットを摘み出す。

「新しいユニットを取り付けるまでは映像も出ませんからね。それはちゃんと確認しました」

「……あの施設長をどうやって丸め込んだ」

「丸め込んだのではなく、突き倒したのですよ。何かと後ろ暗い相手には、強気に出た方がいい」

「そういう知恵を、いったいどこで習得するんだい。少年院の中か」

「少年院の中で学べることのほとんどは、外の世界でも学べますよ」

本音だった。社会と途絶していた数年間だったが、医療少年院の中には確執があり、抗争があり、進歩があり、退化があり、衝撃があり、安穏があった。つまり世間にあるものは大抵揃っていたのだ。だが御子柴がしばしば使う駆け引きや操縦術は、法廷闘争で培われたものだ。

悪党は収容施設の中で生まれるのではない。世間の中で生まれ、成長していく。

「それで、今日はいったい何を訊きに来たんだい」

「あの日、本当は何が起こったのか」

「何が起こったのかって……それは食堂にいた全員が証言している。稲見さんが栃野を花瓶で殴り殺した。それは当の稲見さんも白状しているじゃないか」

「法廷内でなくとも偽証は罪になりますよ」

「何だと」

「偽証すれば、罪のない人間が罰を受けることになる。真犯人も偽証した者も、罪の大きさは一緒だ」

久仁村は得体の知れないものを見るように眉を顰める。

「そんな法律があるのかい」

「六法全書に書かれている条文ではなく、皆さんがここに抱えている法律ですよ」

御子柴は自分の胸に手を置いてみせた。

「けっ、何を言い出すかと思ったら。前科持ちかと思えば刑事、刑事かと思えば今度は神父さんもどきか」

「わたしが神父めいたことを言うのは、彼らと同様に悪というものの本質を知っているからですよ」

「ふん」

「しかしそういう道徳観はわたしのような人間よりも、久仁村さんの世代に色濃く残っているんじゃないんですか。あなたの証言一つで無実の人間が絞首台に送られるとなれば、あなたの良心はどんな悲鳴を上げるかな」

「おい、よせやい」

久仁村はぶるりと肩を震わせる。

「あの日、食堂にいたあなた方は真実を目撃していたはずだ。だが何らかの事情によって、口裏を合わせて偽証せざるを得なかった」

「そんなこたぁ、ねえよ」

「そうかな。たとえば交通事故やら通り魔事件やら、目の前で大事件が起きた際、その場にいた者たちの目撃証言にはある程度のブレが生じる。しかしその全員が少しずつ細部を異にするというケースはあまりない。ところが示し合わせて全員が同じ証言をした場合には、また違う結果が出てくる。実際には起こり得なかった虚構を説明しようとする時、個人の記憶力や構成力の差異が反映するからだ。失礼ながら高齢者のあなた方には、その傾向がより顕著になる。あなた方の証言と稲見さんの供述を比較してみると、その相違は一目瞭然だ」

御子柴は自作の一覧表を久仁村の眼前に翳す。

「そんなもんはだな。機械じゃないから正確なところまでは憶えていないんだ」

「わたしはあなたよりも稲見さんとの付き合いが長い。だから分かる。あの人が偽ろうとするのは、多くの場合、他人を庇う時だ」

「ほう、そうかい。だったら稲見さんが嘘を吐いている証拠でもあるって言うのか」

「職員の通報で警察が到着した際、何枚もの現場写真が撮られました。これはその中の一枚です」

検察側が提出した資料の中に写真の現物が含まれていた。御子柴はその一枚を久仁村に見せる。

それは凶器となった花瓶を大写しにしたものだった。

「こいつがどうしたっていうんだ。この花瓶には栃野の血や稲見さんの指紋がくっきりついていたんだろ」

「ええ、見事なくらいに。普通の一輪挿しじゃないか」

「どこが妙なんだ。しかし、これは妙な写真なのですよ」

「だから、その形自体が置き場所にそぐわない。稲見さんでなくても、握れば指が余ってしまうような長細い形状、当然底面も小さい。触れれば簡単に倒れてしまう。そんな代物を、稲見さんは『テーブルの上に置いてあったガラス製の花瓶を咄嗟に握り』と供述している。皆さんの中には後藤さんや籾山さんのように手先の動きもままならない人がいる。椀を摑めない、箸を握れない、手を真直ぐ伸ばせない。そんな人たちが集まるテーブルにこんな不安定な物を立てておくのは、あまりにも不自然です」

　俯き加減になった久仁村に、御子柴はぐいと顔を近づける。酷薄な印象を与える顔はこういう時に便利だ。

「それだって何の証拠もないだろ」

　久仁村は追い詰められたように視線を逸らす。

「あります」

　顔色一つ変えずに告げてやると、久仁村はますます萎縮したようだった。

「ここに来る前、食堂に立ち寄りました。失礼ですが食堂に限らず、施設内はそれほど掃除が行き届いていない。吐瀉物や排泄物が頻繁な施設は往々にしてそういう傾向があるのですが、床が綺麗な割に窓枠や椅子の脚とかは放ったらかしになる。きっと、しょっちゅう床拭きさせられるため細かい場所まで注意がいかないのでしょう。

それが幸いした。食堂の南側には出窓がありますよね。あなた方の座っていたテーブルからは三メートルほど離れていましたか。その出窓部分に水のこぼれた跡を見つけました」

「……水？」

「一輪挿しというのは存外に扱いが厄介で、慣れない者が水を換えるとどうしても外に溢れたり、表面が濡れたりします。溢れた水は下に落ちて設置面に跡を残す。花瓶の底と同じ形になるのです。そしてあの窓には、凶器となった花瓶の底面と同じ形の跡が残っていました。つまり花瓶は元々、出窓に置かれていたんです。そうなのでしょう？　久仁村さん」

久仁村は答えようとしない。だが沈黙は肯定の消極的な表明だ。

「では、何故出窓に置いてあった花瓶がいつの間にかテーブルまで移動したのか。可能性は色々ありますが、花瓶に残っていた指紋が稲見さんのものだけという事実から、これは稲見さんが窓から持って来たと考えるのが一番自然でしょう。稲見さんの腕力ならテーブルから出窓まで車椅子を押し、戻って来るのにさほど時間を要さない。それではその間、稲見さんと口論し、床に落ちた残飯を片付けていた栃野さんは何をしていたのか。常日頃から敵対関係にあり、足腰は不自由ながらなかなかに元気な相手と口論の真っ最中だというのに、すぐ警戒を解くような真似をするとも考え難い。ここでも、床の残飯に気を取られていた栃野さんが殴られるままになっていたという証言の不自然さが浮かび上がる」

御子柴は久仁村を覗き込む。唇を真一文字に締め、必死に何かを堪えている様子だ。

もうひと押しか。

「この〈伯楽園〉内で、日常的に介護士たちによる虐待があったのは知っている。それに稲見さんが一人抵抗していたこともだ。話の持って行き方次第では、稲見さんの行為を相殺させることも不可能じゃない。だから教えて欲しい。あの日、食堂ではいったい何が起きていたんだ」

御子柴は返事を待つ。

しばらく沈黙が流れる。久仁村は逡巡しているように見える。いや逡巡ではなく、怯懦なのか。自分が口を開くことで、護り続けたものが崩壊するとでも信じているのだろうか。

「久仁村さん」

「約束なんだ」

腹の底から絞り出すような声だった。

「約束？　誰との約束なんですか」

「それも含めて言えねえ」

「人一人の有罪がかかっていてもですか」

「この齢になるとな、先生よ。実利より大事なものが増えてくる。カネやら財産やらに未練はないが、信頼や矜持(きょうじ)だけは護りたいと思うようになってくる」

法廷では、あまり役に立たない理屈だった。そしてそれ以上に、稲見を救う手立てにはならない。

「施設内の虐待が明らかになれば早晩〈伯楽園〉は閉鎖。自分たちが施設を出る羽目になるのが、そんなに怖いのですか」

重ねて言うと、ふっと久仁村の表情が緩んだ。

「何だ。海千山千かと思ってたが、案外人間ってヤツを知らんらしい。先生よ、齢を食うとなあ、優先順位は変わってくるんだ。自分の命なんざ、どうでもよくなってくるのさ」

意表を衝かれて、御子柴は少し慌てる。

優先順位。

確かに〈伯楽園〉の入所者と話していると、自分との間に齟齬を感じることがあったが、原因はそれだったのか。

何を欲し、何を護ろうとするのか。それは信条であり、価値観であり、そして行動原理だ。犯罪の動機を考える時、御子柴の考察する基盤もそこにある。その基盤が違うのであれば、動機から心理を探ろうとしても正解に辿り着けるはずがない。

「……わたしにはよく分かりませんが」

「俺らと同じ齢になれば、嫌でも分かってくるさ」

それから御子柴がしばらく粘ってみても、久仁村は意外な自制心を発揮して何も答えようとしなかった。

次に向かったのは花壇だった。設えられたテーブルでは、相も変わらず小笠原夫人がCDラジカセの音楽に身を委ねている。

目を閉じて俯き加減にしているので、まるで眠っているようにも見える。

「また来ました」

そう告げると、小笠原夫人はうっすらと目蓋(まぶた)を上げた。どうやら寝ていた訳ではないらしい。

「いらっしゃい。本当に仕事熱心な人ね」

「執拗という言い方をする者もいます」

「どちらにせよ、わたしは嫌いではありませんよ。最近は人も物事も変に諦めがよくって、面白くないわ」

「今は、しつこい行為は何かと嫌がられますからね」

「ここの施設長さんや介護士さんにも嫌がられたんですか」

「ええ。前回までは蛇蝎の如く忌み嫌われていましたね」

「じゃあ今はいいのね」

「少なくとも施設長は理解してくれましたよ。わたしの仕事は稲見さんの弁護をすることであって、施設長の管理責任を問うものではないと」

「あら。あの施設長がよく納得したものですね」

「損得勘定できる人間は説得が簡単ですから。あなたたちとは大違いだ」

「わたしたちは損得勘定ができない訳でもないんですよ。それより優先したいことが他にあるというだけで」

「先ほど、久仁村さんも似たようなことを仰っていましたよ。何でも、齢を食うと優先順位が変わってくるのだとか」

「久仁村さんにしてはいいこと言うのね」

「世代間での価値観の違い。なかなかに興味深い話ですが、わたしの関心はそこではありません」

御子柴は小笠原夫人を正面から見据える。

「あの日、食堂で何が起きたのですか？」

そして久仁村の時と同様に写真を提示し、凶器となった花瓶が元は出窓に置かれていたことを説明した。

小笠原夫人はひどく興味深げに聞き入り、時折相槌（あいづち）を打つ。ただし多分に芝居がかってもおり、どこまで本気なのかは窺い知れない。

「以上がわたしの考えたことです。何か異論はありますか」

すると小笠原夫人は目を細めて微笑んだ。

「よく花瓶の置いてあった跡に気づきましたね。わたし、すっかり見逃していました」

「花瓶の移動については認めるんですね」

「ええ、わたしはこういうことには素人ですが満点を差し上げてもいいわ。それにしても、どうしてあなたの気づいたことに警察は目もくれなかったのかしらね」

「目的が違うからでしょう。彼らは犯人を逮捕する。わたしは犯人を弁護する。そして、そのための証言を集める。さあ、教えてください。あの日、食堂で起こった出来事を」

促すと、彼女は微笑むのをやめた。

「困ったわねえ。わたしたち以外に訊くことはできませんか」

言われるまでもなく御子柴も考えたことだった。事件発生時、食堂には他に四組の入所者がいたから彼らから事情を訊けると思ったのだ。

しかし稲見たちのグループは食べ終えるのが遅くなり、その上稲見と栃野の口論が始まった時には、他のグループは退席した後だったのだ。

「あの時、現場にいたのはあなた方だけでしたからね」

「でも久仁村さんが黙っていたことを、わたしが話す訳にはいきません」

「約束、ということですか」

「そうです」

「誰との約束なんですか。稲見さんですか」

「それも含めての約束」

「稲見さんの無罪判決と引き換えにする価値があるものなのですか」

「稲見さん自身、あまり余命というものを気にしていないでしょ」

御子柴は内心で毒づく。

どんな人間にとっても命とカネは優先順位の最高位だと思ってきた。だからこそ御子柴の仕事も成立している。限りある寿命を大事にしたいから減刑を望む、相手から一円でも多くカネが欲しいから勝訴したい。その前提があるから御子柴は人の心理を読み、陥穽(かんせい)を見つけることができる。

ところがその前提が通用しないとなると、御子柴は丸腰同然となる。従来の論理が通用しない。従来の武器が使用できない。

では古色蒼然とした価値観に訴えるしかないだろう。

「あなたたちの世代には命や金銭よりも大事なものがある」

「そうでなければ誰も戦地には赴かないし、女も夫や息子を送り出しはしないでしょう」

「冤罪事件というものをご存じですか」

「多いわね。そういうニュースを見聞きする度に、国というものを信じられなくなる」

「再審請求をしている事案には、既に死刑囚が獄死しているケースもあります。本人は死んでいるのだから、仮に裁判がやり直されて判決が逆転したとしても意味はない。それでも遺族や弁護人は再審の扉を叩き続ける。それは何故だと思いますか。本人が死者となった後でも名誉を回復させたいからです」

　小笠原夫人の表情は微動だにしない。だが、その目はしっかりと御子柴の唇に固定されている。

「ここに入所されている皆さんの話を聞くうちに思い出しました。稲見教官、いや稲見武雄という人は実利や損得で動く人間ではありませんでした。いや、それどころかわたしには喋ることさえ禁じたことがあります。償いの言葉など口にするな、行動で示せと」

「稲見さんらしい言い方ね」

「口だけの謝罪など決して許してくれませんでした。信用する材料のレベルがおそろしく高かった。そしてそういう人間だから、捻(ひね)くれ者のわたしも彼の言葉を信用することができた。そういう人間が些細なトラブルで介護士を殺めるなんて、到底受け容れることはできません。それでは稲見さんを卑俗に貶めることになる。あの人を侮蔑し、石を擲(なげう)つことになる。小笠原さんたちの証言はそれを助長しているんです」

　小笠原夫人は目を伏せた。

御子柴が返事を待っていると、やがてその面がゆっくりと上がった。

「申し訳ないけど、やっぱり約束を破ることはできないわ。でもその代わりに別の話をします」

「別の話？」

「前に来た時、わたしの腕を写真に撮りましたよね。他の人の写真も撮ったんでしょ」

「ええ、撮りました」

「誰が一番酷かった？」

「わたしが見たところでは後藤さんでしたね」

「わたし、ずっと後藤さんのことが気がかりだったの」

小笠原夫人の目が俄に熱を帯びる。

「臼田さんや籾山さんみたいに重い認知症を患っている訳じゃない。稲見さんや久仁村さんみたいに口が達者な訳じゃない。わたしみたいに妙に聞き分けがいい訳でもない。その癖、身体が言うことを聞かず、よく食べ物をこぼし粗相をする。自分を怖れさせることで人を支配しようとした栃野先生にしてみれば、一番標的になり易い人でした」

これには御子柴も同感だった。自分に恭順して反抗心など持たない人間――栃野のような人間には、そうした獲物を嗅ぎ分ける天賦（てんぷ）の才能がある。

「傍（はた）から見ていても栃野先生の振る舞いは度が過ぎていました。まるで正気の沙汰ではありませんでした。このまま放っておけば、いつか大変なことになると思ったんです。でも、わたしは女ですし、とても栃野先生を止める勇気も力もありません。それで稲見さんに相談したんです。稲見さんは足こそ不自由だけど、あの齢にしては頑健そうだし言うこともはっきりしているし」

続く言葉を待ったが、小笠原夫人はそれ以上を話そうとしない。ただ訴えるような目をするだけだった。

ヒントはやる。後は自分で考えてくれ――そういう目をしていた。ある人物との約束を守った上で稲見を救おうとすれば、こうする以外にないのだろう。

語るべきを語らず。

それでも御子柴はよしとした。彼女が打ち明けてくれたお蔭で、話の輪郭は把握できたからだ。

「ありがとうございました」

礼を告げて席を立つ。小笠原夫人は申し訳なさそうに頭を垂れた。

「これだけしか話せないけれど……お願いします。どうか稲見さんを助けてやってください」

言われるまでもない。だが折角なので取引を思いついた。

「条件があります」

「何でしょう」

「法廷に立って証言していただけますか」

「……少し考えさせてください」

「よろしくお願いします」

立ち去る御子柴の足はいくぶん軽かった。

後藤の姿を見つけたのは四人部屋の前だった。どうやら休憩がてらひと眠りするつもりだったらしい。

前回、無理に写真を撮られたのを思い出してか、後藤は御子柴を見るなり部屋の中に逃げ込もうとした。しかし歩行困難が災いしてすぐに行く手を遮られる。

御子柴は後藤のシャツの裾を軽く摑む。それだけでも後藤は恐慌をきたしたらしい。

「申し訳ない、後藤さん」

「ご、ごめんなさい。は、放して」

「前のようなことはしない。今日は話だけ聞いてくればいい」

「放して、放して。怖い」

「あの日も、そんな風にして稲見さんに助けを求めたんですか」

そのひと言で後藤の動きが一瞬止まった。

御子柴は警戒心を解くために、後藤の両肩に自分の手を置く。

「栃野はあなたを一番の標的にして虐待してきた。あの日もそうだった。食事中、何らかの理由で栃野はあなたを殴るか蹴るかした。もちろん稲見さんは止めようとしたのだろうが、車椅子の身の上では栃野の動きを封じるのは無理だ。そのうち栃野の暴力はエスカレートし、いよいよあなたの身が危険になった時、稲見さんは出窓にあった花瓶を握り、栃野の頭に振り下ろした……そういうことじゃないんですか」

すると後藤の顔が矢庭に歪んだ。

「ふわあ」

まるで子供が泣きじゃくる寸前の顔だった。

「あの人は悪くない。稲見さんは悪くない。た、た、助けてくれたんだあ」

「わたしの言う通りだったんですね」

「助けてくれたんだ、助けてくれたんだあっ」

後藤は目を剝き出して御子柴を突き放す。

勢いに押されて御子柴が床に倒れると、後藤はその脇をすり抜けて部屋によたよたと駆け込む。そして自分のベッドに辿り着くと、そのまま頭から布団を被ってしまった。

「帰って、帰って、帰ってえっ」

布団の中からくぐもった声が洩れる。この様子では、質問を続けるのは困難だろう。

布団の上から、後藤が丸まって震えているのが分かる。こんな有様では、首に縄をかけて証言台に立たせたとしても有効な証言として扱ってはもらえまい。

事実は見えてきた。しかし証明する手立てが見えてこない。

御子柴は忌々しげに四人部屋のドアを閉める。

入所者の面々を思い浮かべるが、証言台に立てそうなのは久仁村と小笠原夫人くらいのものだろう。二人のうち、どちらかでも証言してくれれば公判の趨勢も大きく変わるのだが、あの様子ではとても楽観視できない。

御子柴は改めて手札の少なさを実感した。

3

事務所に戻った御子柴は、早速角田施設長から拝借したハードディスクをパソコンに接続した。

洋子が机越しにモニターを覗き込む。

「先生。今回の資料は書証ではなくてビデオ映像なんですね」

「興味があるのか」

「いえ、映像記録は証拠物件として認められないと以前仰っていたから、珍しいと思って」

御子柴にも心当たりがあった。

現在の映像記録は利便性からほとんどがデジタル方式に移行している。画質の劣化が少なく、長時間録画が可能というメリットがアナログ方式を駆逐したからだ。

しかし他方デジタル方式は改竄され易いというデメリットも内包している。そのため法廷ではなかなか証拠物件として採用されなかった経緯がある。

だが最近になっていささか事情が違ってきた。デジタル技術の更なる向上が改竄検出機能を生んだためだ。いったん素材を検出機能でチェックし、真正なものであるなら証拠物件に採用しようという気運が徐々に高まった。実際に車載のドライブレコーダーが交通事故の裁判において証拠として認識される事案も増えつつある。

「世の中は日進月歩なのに、裁判の様式がそれに追いついていない。どちらにしても利用できるものは、とことん利用する」

監視カメラの設置された場所は各四人部屋と八人部屋、談話室、内庭、廊下の都合八ヵ所。職員不在の場所で入所者の異状を察知するという角田の説明は本当で、食堂は常に介護士が同行しているからか監視場所には入っていない。

ところが再生を始めて間もなく、モニターは〈伯楽園〉での尋常ならざる実態を映し出した。

内庭で老人が覚束ない手つきで車椅子を操作していると、背後についていた介護士がいきなり車輪部分を足蹴にした。老人を乗せた車椅子は横転、老人は地に伏して苦悶の表情を浮かべているが、介護士は平気な顔でそれを見下ろしている。

談話室の隅で久仁村が別の老人と談笑している。そこに前原が現れ、何事か文句を言う。そして久仁村が言い返した瞬間、前原は拳を相手の顔面に突き出す。久仁村は口元を押さえたまま床に倒れ、もう一人の老人はあたふたとその場を立ち去る。

廊下を歩いているのは後藤のようだ。どうやら談話室の方へ行こうとしているが、それを前原が四人部屋の方へ誘導している。後藤の顔を見る限り、四人部屋に行くのをひどく嫌がっているように見える。二人は互いに引っ張り合いをしていたが、やがて前原が痺れを切らした。腰の護身棒を引き抜くと後藤の腹に一撃を見舞ったのだ。後藤は堪らず膝(ひざ)を折り、前原に引き摺られて画面から消える。

画面は四分割されているが、音声は全く収録されていない。しかし悲鳴や罵声が上がっているのは画面を見ても明らかであり、音のない映像が却(かえ)っておぞましさを増幅している。

「……何、これ……」

洋子は自分の肩を抱いて呟く。寒そうにしているのは決して室温のせいではない。四人部屋の中を捉えた映像は更に暴力が満ち溢れていた。

部屋の中が急に明るくなる。四台並んだうち、手前のベッドが大きくうねっている。毛布の中で誰かが暴れているのだ。そこに漆沢が現れた。何事かベッドに向かって怒鳴っている。それでも毛布の動きは止まらない。漆沢は堪忍袋の緒が切れたとでもいうように、一気に毛布を剝がす。

ベッドの上でのたうち回っていたのは籾山すみだ。

漆沢は尚も怒鳴り続ける。しかしそれも長くは続かない。護身棒を彼女の腹部に振り下ろす。

一回。

二回。

三回。

ようやく彼女はおとなしくなった。漆沢はその顔を覗き込み、やがて納得顔で頷くと毛布を元通りに掛けて画面の外へ消える。

そしてまた部屋の電気も消える。

「先生……こんなことって本当に……」

「実際に起きたことだから、こうして残っている。いちいち消去しなかったのは虐待が常態化し過ぎて、管理していた施設長の感覚も麻痺していたんだろうな」

「今度の依頼人もこんな目に遭っていたんですか」

「依頼人は抵抗を続けていたから軽くて済んだ。しかし抗う力のない者は、こうして職員のオモチャ代わりにされる」

「日常的にこんな扱いをされていたら、殺意が芽生えるのも当然だと思います」

ところが話はそう単純ではない。もちろん、稲見が報復として栃野を殺したと主張する手段も有効だが、それでは精々減刑にしかならない。御子柴が狙っているのはあくまでも無罪だ。

「さて、噂をすれば被害者のご登場だ」

再び四人部屋の画面に介護服姿の男が現れる。四十がらみ、筋肉質の身体の上にえらの張った顔が載っている。薄い眉に三白眼（さんぱくがん）、下唇が不釣り合いに厚い。これが現場写真でしかお目にかかれなかった栃野守だ。

栃野は画面奥に向かって進む。何の異常もなさそうなベッドに近づき、シーツを捲るとそこに後藤が横たわっていた。

後藤が目を開けると栃野が何か言い、吸い飲みを口にあてがう。だが喉のどこかに閊（つか）えたのか、後藤が水を噴き出す。

吐き出された水は栃野の顔面を直撃する。すると栃野は後藤の薄い髪を引っ摑み、乱暴に頭を振り回した。そして脇腹に一発。そしてまた一発。

ぐったりとなった後藤を放置して、栃野は部屋を出て行く。一瞬カメラの前を横切った栃野は、まるで何もなかったかのように平然としている。

生前の栃野の映像が残っていたのは僥倖だった。この映像で栃野の虐待行為を証明すれば、裁判官たちの心証は大きくこちらに傾く。

思いが顔に出たのだろう。洋子が怪訝そうに御子柴を覗き込む。

「先生……どうして笑ってるんですか」

「こちらが法廷で有利になるからだ」

「この映像を見て腹が立ちませんか」

「介護の現場では決して珍しいことじゃない」

介護施設で働く職員の多くは低収入だ。それなのに従業員が足らないせいで長時間の重労働を強いられている。閉鎖的な生活環境だから介護する側もされる側もストレスが鬱積(うっせき)する。これで揉め事の起きない方がおかしい。しかも入所者とその家族は施設に対して立場が弱いため、どうしても通報が遅れて事案が潜在化してしまう。もっともそれは介護する側の理屈であり、介護される方にしてみれば堪ったものではない。

「珍しくないことでも、やっぱり酷いですよ」

何が気に食わないのか、洋子は眉間に皺を寄せて自分の仕事に戻る。

洋子は至極一般的な倫理観を持つ女だ。その倫理観からすれば、介護士の振るう暴力はとんでもない非道に思えるのだろう。

だが、それは多分に野次馬の立場で対象を眺める無責任な倫理観だ。施設内虐待を一掃しようとすれば介護制度の見直し、施設の拡充、就業者の賃金改定、最終的には家族制度の在り方にまでメスを入れなければならない。そんな時間も費用も手間もかかる改革を誰がするというのか。少なくとも現象面を上っ面だけで非難する人間は、自分の手を汚すつもりなど毛頭ない。そして同様に御子柴の仕事でもない。

御子柴がするべき仕事は、この実態を稲見の弁護に最大限利用することだけだった。

翌日、御子柴は旧江戸川に臨む住宅地の中に立っていた。

千葉県浦安(うらやす)市猫実(ねこざね)五丁目。見上げた方向には浦安橋が架かり、その下を一艘の漁船が緩やかに潜り抜けていく。浦安駅の近くという好条件が手伝って新築マンションが目立つ一方、かつて漁港だった面影を今に残している。

栃野守の実家がここにある。

栃野は地元の高校を卒業後、介護サービスの会社に勤めるが、平成十五年にブルーオーシャン号の事故に纏わる被告人となり、無罪判決が確定すると同時にこの地を離れた。

その後、蕨市から川口市に移り住み、〈伯楽園〉の介護士に採用される。実家を出てからはアパートで独り暮らしだったので、係累や知人から事情を訊くとなれば、ここを訪れるより他になかった。

表通りから細い路地に入り、何度か角を曲がるとその家に行き着いた。

築四十年は経っていそうな古い平屋。引き戸の上に掲げられた表札には、ひどく滲んだ〈栃野〉の苗字が読み取れる。

引き戸のガラスはずいぶん前に割れており、内側からガムテープで補修されている。新品のガラスに張り替えていないことが、この家の経済状態を如実に表していた。

チャイムを押してみたが応答はない。家の中から音も聞こえないので故障しているのかも知れない。

「ごめんください」

外から呼んでみるが、これにも応答はない。何度か引き戸をがたがたいわせていると、隣家の主婦が顔を出した。

「栃野さんだったら外出してますよ」

「何時くらいにお帰りでしょうかね」

「何かね、最近はよく川口の方に出掛けているけど、これくらいの時間には戻って来るよね」

「だったら、少し待たせてもらいます」

「あなた誰？　セールスマン……じゃないわよね」

主婦の顔は好奇心で爆発しそうだった。

こういう隣人なら御子柴の知りたいことを進んで喋ってくれるかも知れない。御子柴が駆け寄るまでもなく、彼女の方からこちらに近づいて来る。

「わたしは栃野守さんの事件を担当している弁護士です」

そう告げてやると、主婦は「ああ」と嬉しそうに頷いた。

「守さん、介護してた人に殺されちゃったんでしょ。テレビで見たわ。何て言うか因果な話よねえ」

「守さんのことをご存じなんですか」

「そりゃあ、あんな事件が起きるまではここで暮らしてたんだもの。こおんな小っちゃい頃から知ってるわよ」

有難い。家族からの話は後回しになってしまったが、先に近所の評判が聞ける。

「ちょっとだけお話を伺ってよろしいですか」

「今忙しいんだけど……いいわよ、少しだけなら」

嘘を吐け。話したくてうずうずしていると顔に書いてある。

「この家にご両親が住んでいるんですよね」

「ううん、お母さんの一美さんだけ。元々一人っ子で、お父さんも十年ほど前に病気で亡くなったから」

「病気」

「肝硬変。って言うか要は呑み過ぎだったんだけどね」

主婦は御子柴を手招きしてから声を潜める。

「あなたも関係者なら知ってると思うけど、ほら、守さん例の転覆事故で一躍有名になったじゃない。それで本人は居づらくなって家を出て行くわ、お父さんは仕事が減るわでえらいことになったのよ。そのうち仕事も辞めちゃって酒浸り。入院した時には手遅れでさ、守さんが出て行った後に死んじゃったのよね」

「居づらくなったというのは？　確か裁判の時も匿名報道だったはずですが」

「いくら名前隠したって、ご近所だったら丸分かりよお。女の人を殴って救命胴衣奪うシーンなんて、しっかり顔が映ってたしね。そうなるとさ、やっぱり後ろ指差す人とか出てくるじゃない。本人だけじゃなく家族にもさ。そりゃあ裁判では無罪になったけど、やったことはか弱い女を殴って自分だけ助かったんだもの。罪にならないってだけで、立派な人殺しよね、あれは。確か、その時介護サービスの会社に勤めていたんだけど、結局そこも辞めたみたいだし」

主婦は尚も嬉しそうに断罪する。

「守さんは家を出て行ったけど、残った両親も人殺しの家族だと言われ風当たりは強かったのよ。一年近くは碌に外出もできなかったくらい。その間にテレビのレポーターやら探偵やら訳の分からない人たちがしょっちゅう訪ねてくるしさあ。ホントいい迷惑」

迷惑と言いながら、その顔はだらしなく綻んでいる。

「だけど守さん、結局は介護士を続けてたんでしょ。あれは驚いたわね。殺した娘さんへの懺悔のつもりで、その仕事を続けたのかしら」

栃野守は〈伯楽園〉に勤めてからも、か弱き老人に暴力を振るい続けていた──新聞記事には載っていない事実を告げたら、いったいこの主婦はどんな顔をするのだろうか。

「真面目に仕事していたとしたら、元の守さんに戻ったのかなあ」

「栃野さんというのは、どんな人だったんですか」

「うーん。子供の頃はね、真面目ないい子だったのよ。泣き虫でさ、よく学校で苛められて泣きながら帰って来たものよ」

「ほう、苛められる方だったんですか」

「真面目だったけど、クラスの人気者になるようなタイプじゃなかったのよね。苛められても碌に言い返せないから、余計に苛められるってタイプ。でも優しい子でさ、捨て犬を拾って来ちゃあ、一美さんに叱られてたわ。ウチにも来たのよ。ここで飼ってくれませんかって」

「就職しても変わらなかった？」

「変わらなかったねえ。顔を合わせたら一応挨拶を交わすしね」

「暴力事件みたいなものには縁がなかったのですか」

「なかったわねえ。さすがに苛められっ子ではなくなっていたけど、おとなしいのは昔のままだったもの。だからあたしたち、余計に驚いちゃったのよ。いくら自分が助かるためでも、女を殴ってねえ。結局、人の本性なんて土壇場にならないと分からないってことなのかしら」

妙な雲行きになってきた。

今日、栃野を知る者に話を訊きに来たのは、栃野が以前より性格破綻者であったという証言が欲しかったからだ。かつて被害者は女性一人を死に至らしめた被告人であり、殺される時も悪党として死んでいった——そういう物語を法廷で読み上げれば、相対的に稲見の心証がよくなる。

だがこの主婦の話を信じる限り、栃野はか弱い少年で暴力を振るう側では決してなかった。それは青年期まで続き、彼の起こした事件は彼を知る者にとってひどく衝撃的だったという。

「まあ本人はともかく、一美さんたちが気の毒だったわよね。おとなしいと思っていた我が子が平気で女を殴って見捨てるようなワルだったんだから。守さんが家を出たのも正解と言えば正解だったのかもね。あのまま同居していたら、絶対何かが起きたに決まっているもの。家を出たのは危険回避。ううん、きっと一美さんたちが因果を含めて外に出したんだと思う」

「時々は帰って来たりしましたか」

「盆正月も見掛けなかったわね。どうせ帰って来ても、近所からは碌なこと言われないのが分かっているし……あっ」

主婦の視線が御子柴の肩越しに飛んでいく。

背後から怒声を浴びたのはその直後だった。

「人の家の前で何をしてるのよっ」

振り返ると、白髪交じりの老婦人が不審げにこちらを見ている。おそらくこれが栃野の母、一美なのだろう。

隣の主婦は気まずそうに、そそくさと自分の家に逃げ帰る。後に残された形の御子柴は、取りあえず軽く頭を下げる。

「栃野守さんの事件で被告人の弁護に立つ御子柴と申します」

「弁護。じゃあ守を殺した稲見ってヤツの弁護士かい。それならさっさと帰っておくれ」

その口ぶりから、どうやら御子柴の評判までは聞いていないことが窺えた。

「遺族に気に入られて、少しでも罪を軽くしてもらおうって魂胆かい。ふん、その手には乗らないからね」

「気に入られようなんて思っていませんよ。ただ知りたいだけです」

「知るって何を」

「守さんが何故、殺されなくてはいけなかったのか」

一瞬、一美の表情が凝固する。

「彼は邪悪な人間として殺されたのか、それとも善良な人間として殺されたのか。依頼人がそれを教えてくれないので、こうして調べているところです」

一美はしばらくの間御子柴を睨んでいたが、やがてその身体を押し退け、家の中に入ろうとした。

「そこ退いて」

「いずれ裁判の中で、守さんがどんな人物だったのかは明らかにされる。その前に母親として言っておきたいことはありませんか」

「何が裁判よ！　みんな、あの子のことを碌に知りもしない癖に」

「わたしは多少、知っています。十年前の船舶事故で、彼は同乗していた女性客を殴り、その救命胴衣を無理やり奪って生き延びた」

「……うるさい」

「この家を出て特養ホームに勤めるようになってからは、入所しているお年寄りたちを毎日のように虐待した。またその際には、過去に自分が人を殺したことを自慢げに吹聴していた」

「うるさい、うるさい、うるさいっ」

おや、と思った。

さすがに〈伯楽園〉での振る舞いについては驚くと思っていたが、一美は会話を拒否するものの内容は否定しようとしない。

「あなたは船舶事故以来、守さんが邪悪なままでいたことを知っていたんですか。子供が、自分と同年代の老人たちを虐待していると勘づいていたんですか」

引き戸の鍵を開けていた一美の指が止まる。

子供が怪物に変身したのに、それを元に戻そうとする努力を放棄して逃げ出したのか。

御子柴の母親と同様に。

「知った風な口を利くんじゃないわよ」

振り向いた顔には憎悪（ぞうお）以外にも、追い詰められた者特有の切実さがあった。

「あの子を化け物にしたのは、あなたたちじゃない。守は普通のおとなしい子だった。それが、あの事故で鬼だ悪魔だと言われて人が変わったようになってしまった。誰だってあんな極限に放り込まれたら、自分の命を優先するに決まってる。それをみんな偉そうに、いったい自分を何様だと思っているのよ」

「あなたは彼を助けようとしたのか」

「できる訳ないじゃないの！　あたしも父さんも世間から袋叩きに遭うし、あの子はあの子で何を考えているのか分からなくなるし、こっちが助けて欲しいくらいよ」

それが真意かどうかは分からない。自分の責任ではないと自らに言い聞かせることで、精神の均衡を保っているのかも知れない。

しかしそれでも御子柴は納得できなかった。

「対話しようとしましたか」

「何をよ」

「自分が怪物を生んだと知っても、その事実と向き合おうとしましたか。ひょっとして、子供以外のことを優先させようとしたのではないですか」

「母親だからって何でもかんでも責任を押しつけられたら、堪ったもんじゃない」

一美はそう言い捨てると、家の中に姿を消してしまった。

外から呼んでみたが、もう何も返ってこなかった。御子柴は仕方なく栃野家を後にする。

久しぶりに思い出したくない顔を思い出していた。御子柴が罪を犯し、関東医療少年院に入ってからは未だ一度も会っていない母親の顔だった。

思い出した理由は分かっている。栃野と自分とが似たような境遇だからだ。

人畜無害の少年だったが、船舶事故をきっかけに自分の中の悪魔に巣食われてしまった栃野。命の何たるかも知らずに幼女を殺め、たった一曲のピアノ曲によって覚醒した御子柴。そして共通しているのは母親の逃避。

栃野はもう一人の自分なのだ。

そう考えた時、奇異な感に打たれた。

いったい稲見はこのことに気づいていたのだろうか。

栃野がもう一人の御子柴であると認識した上で殴り殺したのだろうか。

御子柴は自分が稲見に殴殺される場面を想像し、珍しく怖気を振るった。

4

北九州市小倉北区中島一丁目。駅前の商店街を抜け県道二六六号線を南に行くと、新旧のマンション群がずらりと並ぶ住宅地に差し掛かる。

ここに稲見の前妻恭子が在住している。

事前に戸籍を調べてみると稲見家は三人家族だったが、稲見が関東医療少年院の教官を拝命してしばらく後に離婚。恭子は旧姓の石動となり実家に戻ったが、長男の武士が結婚して出て行ったので、今は恭子だけがここに住んでいる。

稲見の家族に会っておきたいと思ったのは、いざという時に稲見の手綱を締めてもらいたいという動機だったが、それだけではない。

純粋に個人的な理由で、稲見の家族を知っておきたかったのだ。

思い起こせば医療少年院時代に稲見とはよく言葉を交わしたが、家族についてはあまり触れなかった。きっと御子柴の家族事情を慮って話さなかったのだろう。だから御子柴が知っているのは、稲見の長男が自分と同い年であるということくらいだ。今回の訪問について稲見に相談しなかったのは、言えば行くのを禁じられるのが分かっているからだった。

慈済寺を過ぎてから脇道に入ると、その家はすぐに分かった。スレート葺きの二階建て住宅。表札には〈石動〉とある。栃野の実家と同じくこちらも外観は古いが、荒廃した印象は受けない。

依頼人との打ち合わせで自宅を何度も訪れていると、ある法則に気づく。家族関係の崩壊した家の多くは、家屋も荒廃しているのだ。その点、石動家はまだ真っ当な家庭だったと予測できる。

　チャイムを押してしばらくすると返事があった。

『どちら様ですか』

「ご主人の件で参りました。弁護士の御子柴と申します」

『……少しお待ちください』

　やがて玄関ドアが開けられ、老婦人が顔を見せた。

「御子柴です」

「恭子と申します」

　年齢は稲見と同様、七十代半ば。髪には白いものが混じっているが、言葉は明瞭だ。突然の訪問にも拘わらず、迷惑そうな素振りもない。

「先生のことは稲見から聞いております。遠路はるばるご苦労様です。どうぞお上がりくださいな」

　招かれて家の中に足を踏み入れる。恭子自身は身ぎれいにしているが、それでも家の中に漂う老人臭は隠しようもない。

「一人でお住まいのようですね」

「ええ」

「大変ではありませんか」

「もう慣れましたよ。世話をする相手がいないので、その分楽をさせてもらっています」

居間に通され、しばらくすると恭子がお茶を持って来た。

「本当にこんなお構いしかできなくて、心苦しいのですけど」

構わなくていい。そう告げようとしたところ、いきなり恭子は正座して深々と頭を下げた。

「稲見のこと、色々とお気遣いいただき有難うございます」

「奥さん」

「稲見が〈伯楽園〉に入所する際、過分な援助をいただいたのを本人から聞いております。その節は碌にお礼もできず、申し訳ありませんでした」

「あれはわたしの勝手でしたことです。そんな風にされては困ります」

「でも、あれでずいぶん助かりました。稲見の年金だけでは、とても医療費や介護費用までは捻出できませんでしたから。それまでは自宅療養をしていましたけど、この先どうしようかと本人も不安で堪らなかったようです」

ところが良かれと思って入所した特養ホームが、実は施設内虐待の巣窟（そうくつ）だった。御子柴のせいではないにしても、寝覚めが悪い。

「確か教官が少年院に勤める頃には離婚されていましたね」

「ええ。ちょっとした行き違いで大喧嘩になってしまって……稲見もわたしも向こう気が強くて、いったん言い出したらテコでも動かない性格だったもので。正直、別れた後の方が気楽に話せるようになりました。おかしなものですね」

恭子は未練があるように話す。聞けば衝動的に離婚したのを後悔しているようであり、それならさっさと復縁してしまえばいいと考えるのは、おそらく他人の気楽さなのだろう。

「定期的に〈伯楽園〉には、面会に行かれましたか」

「入所してからは何度か。でも北九州と川口ではあまりに遠いですし、わたしも足腰がひどく弱ってしまって……最近は稲見から連絡がなければ行っておりません。どうせ来てもらっても職員さんの足手纏いになるのがオチだから来るなって」

恭子は寂しそうに笑うが、御子柴は別の観点から稲見の真意を探る。

「稲見教官は〈伯楽園〉の待遇について、何か仰っていましたか」

「仲のいいお友達が沢山できて快適だ、と言っておりましたよ。施設の設備も行き届いていて何も不満はないと」

おそらく入所してしばらくの間は何も起こらなかった。だからこそ稲見は恭子を気軽に呼ぶことができた。だが、ある時期を境に施設内虐待が稲見の上にも降り掛かるようになる。稲見も意外だったろうが、だからといって〈伯楽園〉を出ても行き場がない。そこで恭子に実態を知らせないために面会を拒むようになったのではないか。

稲見の性格なら充分頷ける話だった。

「それにしても縁というのは不思議なものですねえ。御子柴さんのことは稲見からよく聞いていました」

少年院の名前を告げず、婉曲的な言い方をしたのは恭子の嗜みだろう。

「とても賢い男の子だったって。その男の子が大きくなって、稲見の弁護をしてくれるだなんて。本当に、何とお礼を言ったらいいのか」

恭子の話しぶりで分かった。

稲見は、自分が退官する理由を作ったのが御子柴であった事情を打ち明けていない。

言おうか言うまいかと逡巡している間も、恭子は言葉を続ける。

「稲見はあそこを学校だと言ってました」

「学校、ですか」

「学ぶべきことを沢山抱えた子供たちを預かり、少しずつ大人にしていく。同じ院生が仲間であり、兄弟である。多少の揉め事はあっても、それが教訓になっていく。それなら学校と同じじゃないかって。だから教官を務めていた当初は本当に生き生きしていました。毎日に張りがあって、今思えばあの頃の主人が一番輝いていました。もっともその分、本当の子供には碌に構ってくれなかったのが恨みだったんですけどね」

「教官はよく、少年院でのことを家庭で話されていたんですか」

「ええ。今ではご法度(はっと)なんでしょうけど、当時は個人情報とか何とかあまり煩(うるさ)くは言われませんでしたからね」

話に興じるうちに恭子の口は滑らかになっていく。元来が話し好きの性格なのだろう。どちらかと言えば武骨な稲見とは相性がよかったのかも知れない。

「あ、それでも稲見の名誉のために申し上げておきますけど、そんなに子供さんのことをぺらぺら喋るという風ではないんですよ。何て言うのか、学校の先生がその日起こったことを家の中で話すみたいな雰囲気でした」

「何となく分かります。稲見教官はいつも口数の少ない人でしたから」

「稲見は厳しくなかったですか」

「重大な罪を犯した馬鹿なガキが弁護士になれるくらいには厳しかったですね」

「御子柴先生のことは主人も自慢していたんですよ。何人もの院生を指導してきたけど、あいつが一番の出世頭だって」

「自慢、ですか」

「ええ。〈伯楽園〉に面会に行った時も折に触れて、あなたのことを自慢していましたよ。まるで自分の子みたいに。ちょっと妬いてしまいましたよ」

御子柴の胸に甘い痛みが広がる。

やはり、これだけは言わなければならない。

「あなたにはご不満でしょうが、稲見教官はわたしにとっても父親同然でした。わたしの実父のことはお聞きですか」

「いいえ」

「わたしが罪を犯して少年院に収監されると、被害者の遺族は民事に訴え、八千万円の慰謝料を請求してきました。当然の請求です。ところが父親はその債務を支払う前に首を吊りました」

「まあ……」

「遺書にはわたしが仕出かしたことの責任を取って云々と書いてあったようですが、

わたしに言わせれば笑止千万です」

　すると、恭子が顔色を変えた。

「実のお父さんが亡くなるのを笑うなんていけませんよ」

「失礼しました。だが責任と言いながら、それを途中で投げ出したのはどうでしょうか。わたしに父親を断罪する権利はありませんが、責任の取り方は他にもあったはずです」

「それでも父親は父親ですよ」

「そう言うのであれば、稲見教官の方がはるかに父親らしかった。石動さん、稲見教官が退官するきっかけになった公傷についてお聞きになっていますか」

「いいえ。稲見からは事故だったとしか聞いておりませんけど」

「稲見教官の片足を動かなくしたのはわたしです」

　案の定初耳だったらしく、恭子は息を呑んだ。

　ひと言告げると胸の閊えが取れた。御子柴は一切合財を話そうと思った。

「院の仲間と脱走を企てたことがありました。その際、止めに入ったのが稲見教官でしてね。揉み合っているうちにわたしの持っていた刃物が教官の左腿を刺しました。教官の下半身不随は自分のせいなんです」

頭は自然に垂れた。

「赦して欲しいとは思いません。そんなことを願えば教官にも失礼でしょう。しかし稲見教官はそのことを黙っていてくれました。だからわたしも大した罰を受けることなく、院での生活を続けられました。あの時、稲見教官が全て明らかにしていたら、わたしも今の職業には就いていなかったかも知れない。とても勝手な言い分ですが、わたしにとって稲見教官は父親以上に父親でした」

御子柴はじっと畳の目を見ていた。これで恭子からは何を言われ、どう罵倒されても文句は言えない。

しばらくしてやっと自分の気持ちに気づいた。

お前はずっと謝りたかったのだ。自分を信用し、父親以上の愛情を注いでくれた稲見を裏切るばかりか、その一生をフイにしてしまった。その償いは特養ホームの入所費用を用意した程度で帳尻の合うようなものでは到底ない。

稲見に謝罪することは何度も考えた。だが、その度に稲見の言葉を思い出した。

『償いというのは言葉じゃなくて行動だ。だから懺悔は口にするな。行動で示せ』

稲見は言葉での懺悔を決して受け容れてくれない。だから謝らずにいた。

だが本当は謝りたかった。稲見本人にそれが叶わなければ、彼の家族に謝りたかった。卑怯な男だ。あれほど固く覚悟を決めたのに、心のどこかで平安を望んでいたらしい。

唾（つば）を吐きかけたいのならそうしてくれ。足蹴にしてくれても構わない――。

罰を待ち続けていたが、頭上に落ちてきたのは柔らかな言葉だった。

「もういいから、頭を上げてください」

「えっ……」

「あなたのしたことを稲見は責めなかったのでしょう？　稲見が責めなかったことをわたしが責める訳にはいきません。第一、紙の上ではもう他人ですもの。わたしにそんな資格はありません」

ゆっくりと御子柴は顔を上げる。恭子は穏やかな顔をしていたが、それでも目元に困惑が残っている。

「本当に申し訳……」

「やめてください。どうせ稲見のことだから弁解なんか一切するなとでも言ったのでしょう？　稲見を父親だと思うのなら、その言いつけには従わないと」

思わず御子柴は苦笑しかけた。ここでも謝罪は受け容れてもらえないらしい。

「でもやっぱり妬けるわね。稲見の言いそうなことを、全部あなたが受け継いでいるみたいで」

果たしてそうだろうかと御子柴は自問する。稲見の言ったことを全て受け継いでいれば、今頃はもっと真っ当な人間になっているはずだ。

「本当にね、稲見がもう少し武士に構ってくれるような父親だったら、わたしも離婚なんて考えなかったんですけど……御子柴さんの年代ならご存じなのでしょうけど、あの頃の父親というのは仕事に没頭するのが当たり前、家庭は顧みなくてもそれで充分という風潮だったでしょう。わたしはそれが我慢できなかったんです」

その口ぶりにわずかな違和感を覚えた。

「何かあったんですね。先ほど言われた、ちょっとした行き違いのようなものが」

「興味がありますか。他人様には退屈な話ですよ」

「稲見教官の人となりを示すことであれば是非」

束の間、恭子は遠くを見るような目をした。

「武士が中学に入学した頃、学校近くの本屋さんで万引き騒ぎがあったんです。店主に現行犯で捕まったのが武士でした」

罪を犯した息子と父親。

ここでも御子柴の父子関係が重なるのか。

「店主が捕まえてから武士のカバンを開けると、確かに大人向けの雑誌が入っていたんです。武士は、自分は盗っていないと言い張り、そこは万引きに厳しい店だったので、すぐに警察とわたしが呼ばれました。お巡りさんとわたしの前でも武士は決して自分がやったとは言いません。終いには泣き出しましてね。親父なら分かってくれるから呼んでくれって言うんです」

武士の気持ちはよく分かった。たとえ誰が信じてくれなくても、稲見さえ信じてくれれば耐えられるような気がする。

「わたしは稲見に、すぐ来てくれるように連絡しました。だけどあの人は仕事を抜けられないので任せると言ったんです。正直、法務教官という立場の稲見が来てくれれば何とかなると頼っていたところもありました。それでわたしは、あなたでないと駄目だ、早退してでも来てくれとお願いしました。来てくれ、忙しい、あなたでないと駄目だ、今は抜けられない。そう繰り返しているうちに、仕事と息子のどっちが大事なんだと言ってしまいました」

恭子は淡々と言葉を続ける。

時が経って熱が冷めているのではない。言葉の区切り方から、今も感情を堪えているのが分かる。

「すると稲見は言ったのですよ。中学生なんだから万引きくらいはするだろうって。それが決め手でした。わたしは電話を一方的に切ってしまいました。後から考えてみれば稲見は仕事柄、ずっとそういう子供たちを相手にしていたので多少の不良には寛容だったのかも知れません。でもわたしにそんなことが許せるはずないじゃないですか」

「……それが原因で？」

「ええ。息子のことを信じられない父親なんて金輪際信じられないと思ったんです。しかもこの話には続きがあって、警察がよく調べてみると、武士のカバンに雑誌が入っていたのは一緒に店にいたクラスメートの仕業だったのが分かったんです。武士に濡れ衣を着せてやろうという卑劣な悪戯でした。でも、それは話のオマケみたいなもので、わたしたちは稲見と家族を続けていくことに自信を喪くしたんですよ」

　御子柴は目を伏せる。

　稲見が自分に寄せてくれた愛情の理由が、今やっと分かった。

　あれは代償行為に近いものだったのだ。実の息子を信じてやれなかった分、御子柴を信用しようとしていたのだ。

「武士さんはどう思っていたのでしょうね」

「稲見と離婚する際、理由を説明しました。寂しそうでしたけど納得しました。あの子にしてみても、稲見が信用してくれなかったのはやっぱりショックだったと思います」

御子柴はまたも苦笑しそうになる。

何ということだ。結局は自分も稲見も、家族との関わりが欠損した者同士だったという訳か。道理でウマが合うはずだ。

「それで武士を連れて実家に舞い戻りました。その頃にはわたしの親も両方存命でしたし、稲見からも月々に養育費が送られてきたので生活に困ることはなかったんです」

「武士さんはその後、稲見教官に会われたのですか」

「さあ、結婚してからのことは知りませんけど、あの子も父親譲りで頑固なところがありましたからね。よほどのことがない限り会いに行くことはなかったでしょうね」

「関係を修復する手立てはなかったのですか」

「なまじ血の繋がった間だから、拗れると元に戻すのが難しくなるんでしょうね。それは御子柴先生、あなたなら分かっていただけるんじゃありませんか？」

「耳の痛い話ですね。ええ、その通りですよ。わたしには関係修復なんて、都合のいい話をする資格はありません。ただわたしと違って、武士さんは自分の家庭を築いていらっしゃる。ご自身が父親の立場になれば、稲見教官への考えも変わるのではないかと思いましてね」

　ふっと恭子の顔に影が差した。

「そういうことには絶対ならないでしょう」

「ひどく悲観的な見方をされるんですね」

「悲観的も何も、武士が父親の立場になることなんて、もう有り得ませんから」

「何か不具合でも？」

「ああ、それはご存じなかったみたいですね。武士はとうの昔に亡くなりました」

「何ですって」

「結婚して間もなくのことです。今から十年ほど前の話になりますか、駅のホームで待っていた時、入ってきた電車に轢かれて、呆気なく逝ってしまいました」

「電車に轢かれて？」

「自殺じゃないんですよ。武士は自分を犠牲にして人を助けたんです。ホームに立っていたら、目の前にお年寄りがいて、そのお年寄りがよろけてホームの下に転落したたんです。武士はすぐ線路に下りてお年寄りを担ぎ上げたんですけど、自分は這い上がるのが遅れてしまって……」

　御子柴の頭に閃光が走った。

「石動さん、その事故のことをもっと詳しくお話しいただけませんか」

「詳しい話というのなら、当時の新聞記事を取ってあります。ご覧になりますか」

　是非にと願うと恭子は中座し、やがて一冊のノートを持って戻って来た。開いてみるとそれはスクラップブックになっており、すっかり黄ばんだ新聞記事の切り抜きが丁寧に並べられていた。

　人身事故の報道。

　武士の献身的な行為を称賛する社説。

　自己犠牲の精神に感動したという投書。

　警察ならびに区長からの感謝状授与。

　記事の日付は二〇〇四年の十月二日だった。

〈十月一日、東京メトロ東西線茅場町駅において人身事故が発生した。死亡したのは会社員石動武士さん（33）。当時、石動さんはホームに転落した男性を助けようとしたが、進入してきた電車に轢かれた模様。事故後、警察と救急隊が到着したが、その場で石動さんの死亡が確認された。現場は……〉

「世間様からは色々とお褒めの言葉をいただきましたけど……本当に泣くに泣けなくて。人を助けて死んだんだから誇りを持ってくださいと言われても、いったいどんな顔をすればいいのか分かりませんでした。それでもわたしは……」

昂奮(こうふん)のあまり、恭子の話は半分も耳に入らなかった。

御子柴の目は新聞記事に釘付けになって微動だにしない。

見つけた。こんなところに解答があったのだ。

これで不審に思っていたことが全て腑に落ちる。そして稲見を救い出す、最強の矛になる。

いつの間にか、手の平がじっとりと汗を掻いていた。

5

四月二日、介護士殴殺事件第二回公判。

第一回公判の時と同様、裁判官席の真ん中には遠山裁判長、その両脇に平沼・春日野両裁判官が鎮座している。三人の裁判官と六人の裁判員が御子柴を見る目は、今日も冷淡だった。矢野検事はと見ると、こちらも前回と同様に感情を表に出していない。この冷ややかさは元〈死体配達人〉に対する偏見なのか、それとも被告人自身が罰を求めている裁判で無罪を狙っている身の程知らずの弁護人に対する侮蔑なのか。

「弁護人、弁論の前に確認しておきます。今回は供述調書が検察の誘導尋問によるものであることを論証する約束でしたね」

裁判官席の遠山は淡々と確認する。何度か御子柴の弁護を目にしているので、内心はどんな手を使ってくるのかと警戒しているのかも知れない。

「その通りです、裁判長」

「しかしわたしたちはここにいる六人の裁判員とともに、被告人が取り調べ中の映像を見ましたが、検察側が被告人を威嚇あるいは誘導したような場面はなかったように記憶しています」

遠山の言葉に、居並ぶ六人の裁判員が何度も頷いてみせる。

取り調べの可視化が進み、検察側主導の供述調書が作成されることは少なくなった。当初こそ検察官の間にも反対意見があったが、誤魔化しが利かない分法廷ではより有効な証拠になる。

これは遠山なりの挑発らしかった。少なくとも、今まで遠山の方からこういう疑義を提示されたことは一度もない。以前、御子柴の外連味たっぷりの弁護に翻弄された意趣返しなのだろうか。

だが御子柴にとっては好機だ。相手が意趣返しをしようとするのならカウンターで返してやればいい。威力は二倍になる。

御子柴はゆっくりと立ち上がった。

「弁護人は供述の態様にではなく、そもそも供述内容そのものが誤謬(ごびゅう)であることを立証するつもりであります」

「誤謬？　何が間違いだったというのですか」

「検察官の誘導でも何でもなく、被告人自身が虚偽の供述をした可能性があります」

法廷がわずかにざわめく。一瞥すると被告人席の稲見は、自分の弁護人が何を言い出したのかと半ば呆気に取られている。

「裁判長、事前に申請していた証人を呼びたいと思います」

「どうぞ」

御子柴の合図で廷吏が入口に向かう。廷内に入って来たのは施設長の角田だった。

稲見が胡散臭げに眉を顰める。

角田は職員室へ叱られに来た小学生よろしく、おどおどと周囲を見回しながら証言台に辿り着く。

人定尋問と宣誓が終わるのを待ってから、御子柴は角田の前に立った。

「証人は特別養護老人ホーム〈伯楽園〉の施設長をしていますね」

「そうです」

「いつからですか」

「〈伯楽園〉が設立されてからになります」

「では被害者である栃野さんが〈伯楽園〉に介護士として勤務し始めるずいぶん前からという訳ですね」

「そうなります」

「では栃野さんの勤務態度はどうだったでしょうか」

「裁判長、異議あり」

早速、矢野が手を挙げる。

「何故、被害者の勤務態度がここで問題になるのでしょうか。弁護人の質問は意味を成しません」

「弁護人、わたしも検事と同じ疑問を持ちますが」

「裁判長。これは供述調書には記載されなかった被告人の動機を検証するための質問です。証言によって被告人と被害者との関係をより鮮明にする狙いがあります」

稲見が栃野を憎悪する構図を明確にする。それはむしろ検察側の利になる。矢野と遠山はともに訝しげな顔をするが、それ以上異議を差し挟まなかった。御子柴は角田に向き直る。

「証人、いかがですか」

「栃野さんは〈伯楽園〉に来る前から介護士の経験があり、実際にも気づきの行き届いた介護をする人でした。入所者の評判も上々で……」

こうして皆の注目を浴びていると、自分たちを取り巻く空気の質が分かる。今、法廷内にいる者たちは角田を、信頼できる職員を失った気の毒な責任者という目で捉えている。

「なるほど。それでは証人にご覧いただきたい映像があります」

ここで、また御子柴は裁判官席の方を向く。

「裁判長、これより弁護人は弁八号証としてビデオ映像を提出します」

そして御子柴の合図で大型モニターが運び込まれた。裁判官と裁判員の前には既にパソコンが用意されていたので、壇上の九人はモニターの出現に目を白黒させている。

「弁護人。これはどういうことですか」

「証人が裁判官席の皆さんと同じ映像を見ているかを明らかにするための方法です。つまり種も仕掛けもない、という口上ですよ」

だが本当の目的は別のところにある。パソコンの画面よりも格段に大きな画面で、しかも法廷内の全員に同時に目撃させることで最大の効果を狙うためだった。

「それでは再生を始めます」

やがて映し出された映像を見た角田は、うっと短く呻いた。

モニターは御子柴が角田から借り受けた施設内の監視カメラだった。音声のない四分割画面。

「証人ならお分かりでしょう。これは〈伯楽園〉に設置された監視カメラの映像ですね？」

まだ画面は一時停止の状態だが、既に入所者と前原、そして漆沢の姿が映っている。角田は画面を凝視したまま声を発しない。

「証人！」

「そ、そうです」

角田の返事を得てから、御子柴は徐ろにリモコンの再生ボタンを押す。そして繰り広げられたのは、事務所で洋子に見せたものと同じ場面だった。

四つの画面に、それぞれ介護士たちの暴力が大写しになる。音声はないものの、入所者たちの怯えの表情と大きく開かれた口で、彼らの叫びが脳内で補完される。車椅子を倒す、倒れた入所者を足蹴にする、平手で打つ、頭を抱えた者を護身棒で何度も打ち据える。

法廷内の空気が凝固するのが分かる。遠山以下裁判官席に座る者、傍聴席に座る者は食い入るように画面を見つめている。中には口を半開きにしている者もいる。

最初にざわめきが起きたのは傍聴席からだった。

「……何だよ、あれ」

「ひどい」

「完全な虐待じゃねえかよ」

「傍聴人は静粛に」

我に返ったように遠山が警告を発する。さっきまでの沈着さはなくなり、証言台の角田を胡散臭げに睨む。

「弁護人、これはいったいどういうことですか」

「見ての通り、〈伯楽園〉では日常的に施設内虐待が行われていたのです。わたしは同施設を訪問し、入所者たちの身体に残る暴行の痕跡を確認しました。尚、写真撮影は本人たちに承諾を得ていることを付け加えておきましょう。さて、証人」

角田は追い詰められた小動物の眼をしていた。先刻までの空気とは打って変わり、誰もが角田を施設内虐待の首謀者と断じている。

「証人はこの事実をご存じでしたか」

御子柴は角田の顔色を探るように、下から覗き込む。挑発じみた行為だが、追い詰められた相手には殊のほか効果的だった。

「施設長には経営の他に人材育成や設備の維持管理などの業務もあるのでしょう？」

「は、はい」

「従って介護士一人一人の行動まではなかなか注意が行き届かない……そういうこともあるのでしょうね」

「はい」

「では先ほど証言にあった、よく気づき入所者からの評判も上々だった栃野介護士も、あなたの目の届かない場所では虐待行為に手を染めた可能性があるということですね」

御子柴は背中で矢野の反応を待ち構えた。だが案の定、矢野は異議の声を上げない。稲見と栃野の対立関係を鮮明にすることが、検察側の有利に働くと考えているからだ。

御子柴の視線から、そして法廷内の冷たい視線から逃れるように角田は顔を背ける。

「……わたしの知らない場所で、そういうことがあったかも知れません」

よし。そのひと言が欲しかったのだ。

満足した御子柴は、さっと角田に背を向ける。

「弁護人からは以上です」

置き去りにされた格好の角田はいい面の皮だった。見かねたように遠山が声を掛ける。

「検察側の反対尋問はありませんか」

「ありません」

「もう証人は下がってよろしい」

すごすごと証言台を後にする角田を、矢野の視線が追う。この回の公判を終えたら、早速〈伯楽園〉に捜査の手を入れるつもりでいるのだろうか。傍聴席にいたマスコミ関係者らしき人間も動いた。法廷を出て行く角田を追って何人かが席を立つ。この分では〈伯楽園〉の施設内虐待が紙面を賑わせるのも遠い話ではないだろう。

御子柴がちらと様子を窺うと、稲見は不貞腐れたように唇を曲げている。無理もない。稲見が護ろうとした秘密を、自分の弁護人に暴露されてしまったのでは愉快でいられるはずもない。

「裁判長。二人目の証人を呼びたいのですが」

「どうぞ」

「二人目の証人、こちらへ来てください」

御子柴の手招きで傍聴席から一人の男が立ち上がる。証言台に向かう男と擦れ違いざま、角田があっと声を上げた。

「く、久仁村さん」

「よお、施設長。こんなところでも一緒とは奇遇だな」

久仁村は角田の狼狽を嗤いながら証言台に辿り着く。その寸前、御子柴と目が合った。

「あんた、稲見さんのためだったら本当になりふり構わないんだな」

「元からそういう弁護手法ですよ」

証人となる久仁村を傍聴席に座らせていたのは、映像と角田の証言によって〈伯楽園〉の施設内虐待が暴露されるのを目撃させたかったからだ。これで久仁村が自分に課していた軛（くびき）を外すことができる。

久仁村は実利より大事なものがあると言った。カネよりも信頼と矜持を護りたいと言った。

久仁村が稲見から口止めされていたのは、〈伯楽園〉の虐待が明らかになれば施設の存続が危うくなり、入所者が行き場に困るからだ。いかにも稲見の心配しそうなことだが、言い換えれば虐待を表沙汰にしてしまえば稲見に護るべきものはなくなる。そうなれば自動的に久仁村もまた稲見への気兼ねがなくなる。自身の行く末よりも稲見の名誉を優先できるのだ。

もっとあからさまに言ってしまえば、稲見さえ救うことができれば〈伯楽園〉の行く末など御子柴にはどうでもいいことだった。

人定尋問が終わり、遠山は宣誓について説明する。

「つまり宣誓した以上、ここで偽りの事実を述べたことが判明すればあなたは偽証罪に問われることになります。それではそこにある宣誓書を朗読してください」

「『良心に従って真実を述べ、何事も隠さず、また、何事も付け加えないことを誓います』」

「宣誓書に署名押印をしてください」

　久仁村が押印し終えると、御子柴は背筋を伸ばしてその前に立つ。角田の時と態度を変えるのは、無論相手に与える心理的影響を考えてのことだ。

「さて証人。今のビデオ映像をご覧になっていましたか」

「ああ、見たよ。第一、あの中に俺もしっかり映っていたじゃないか」

「ビデオに映っていたことが実際に起こっていた訳ですね」

「その通りだ」

「証人、唇が腫れているようですが、それも施設内虐待によるものですか」

「そうだ。先立って前原っていう介護士にしこたま殴られた」

「中でも目に余る介護士というのはいましたか」

「いたよ」

「それは誰ですか」

「殺された栃野だ。あれは一番陰険で、情け容赦なかったな」

「そうした暴力は日常化していたんですね」

「殴られたり叩かれたりしない者がいない日はなかった」

微妙な言い回しを御子柴は聞き逃さなかった。こういう言い方になるのは根が正直な徴(しるし)だ。

「暴行されない者がいない日はなかった……それはつまり、介護士による暴力は誰かに偏っていたという意味に取れますね」

「あいつらに訊いた方が早いけど、そりゃあ抵抗するヤツより無抵抗のヤツの方が嬲(なぶ)りやすいだろうさ」

「つまり被害者は、もっぱら無抵抗の入所者を標的にしていた。そういうことですね」

「まあ、そうだ」

「では逆に抵抗した入所者、言い換えれば被害者があまり手を下そうとしなかった入所者もいた訳だ」

「ああ」

「その入所者はこの法廷内にいますか。もしいるのでしたら指で示してください」

久仁村はわずかに躊躇したようだったが、仕方ないという風に被告人席の稲見を指差した。

「次に証人から見た被告人の印象を教えてください」

「まあとにかく怒らない人だよ、稲見って人は。顔は厳ついけど滅多なことじゃあ癇癪を起こさない。たとえば入所者はグループに固まって一つテーブルで飯を食うんだけど、中には手元が覚束なくってコップやら茶碗を引っ繰り返す人間もいるのさ。稲見さんもよく巻き添えを食う方なんだが、それで怒ったことは一度もないからな」

「至極温和だったということですか」

「うん」

異議あり、と矢野が二度目の手を挙げた。

「弁護人の質問は被告人の性格の上っ面をなぞることに終始しています。審理には意味を成さないものです」

「いいえ。これは提出された供述調書の内容が実際と乖離していることの確認です。検察側の捏造とは言いません。しかし自己評価が実際と異なることは往々にして存在します。供述された本人の姿は虚像かも知れない」

「異議は却下します。弁護人、続けてください」

「ありがとうございます。さて、今の証言で供述にあった、以前から被害者と事あるごとに衝突していたという内容は現実と甚だしく乖離していることが判明しました。何度も申しますが、これはあくまで本人の供述を元にしているためであり、言い換えるなら被告人が自分のことを偽った、あるいは錯覚していたために生じた誤謬と言えます。では次に証人、被害者栃野守についてお伺いします」

「栃野について？」

「彼は無抵抗の入所者を虐待し続けたということですが、具体的には誰が一番標的にされていましたか」

「後藤清次という爺さんだ。車椅子を使うほどじゃないが相当足腰が弱くなってて、おまけに認知症気味なもんだからまともに抗議もできない。いたぶるには格好の相手だ」

「当然肉体的な暴力があったと思いますが、その他に言葉の暴力などはありましたか」

「言葉の暴力っていうか、後藤さんを脅す時にいつも出るフレーズというのがあった」

「どんなフレーズでしょう」

「『俺は以前、人を殺した。しかし結局は裁判で無罪になった。だからお前一人殺すのなんて何とも思っちゃいない』。あいつはそう言っていた」

また法廷の空気が張り詰めた。

「裁判長。ここで弁護人は弁十二号証として過去の判決文を提出したいと思います。判決文は平成十五年八月六日、釜山〜下関間で転覆した客船ブルーオーシャン号の上で発生した暴行容疑についてのものです」

傍聴席にざわめきが起こる。壇上でも六人の裁判員は初耳だというように目を丸くしている。三人の裁判官と矢野の表情に変化が見られないのは、やはりこの事実を事前に知っていたからに違いない。善意に解釈すれば裁判員に栃野の過去を伝えなかったのは、それによって余計な先入観を裁定に取り入れたくなかったからだろう。

言い換えれば栃野の過去はそれだけ裁判員に与える影響が大きいということだ。その証拠に、御子柴がブルーオーシャン号の事件を口にした途端、裁判員たちの表情には一様に動揺が走ったではないか。

「事件のことをご存じない裁判員もいらっしゃるかも知れないので、念のために紹介しておきましょう。韓国籍ブルーオーシャン号の転覆事故は死者二百五十一人、行方不明者五十七人を出す大惨事となりましたが、その際、甲板では女性客の救命胴衣を男性客が力ずくで奪い、結果的に女性客を死なせてしまう出来事がありました。か弱き二十歳の女性を散々殴打し、救命胴衣を奪った後は彼女を気遣うことなく海に飛び込みました。その男性客こそが栃野守だったのです。警察は栃野を逮捕し暴行罪として送検しましたが、一審において弁護側は〈緊急避難〉による無罪を主張してきました。結果、裁判所はこの主張を認めて栃野は無罪、検察側も控訴を断念し、栃野の無罪判決が確定した訳です。ここに新聞記事の写しもあるので、これは裁判員の皆さんにも後でご覧いただきましょう」

明らかに潮目が変わっていた。居並ぶ裁判員たちを眺めてもそれは明白だ。先刻までの粗暴で短気な被告人は辛抱強い人格者に、実直だったはずの被害者は本能剝き出しの鬼畜に変貌している。

一方、矢野の手は動かない。本来であれば被害者の人格を貶めることで被告人の悪印象を相殺させるつもりなのかと異議を差し挟む場面だが、〈緊急避難〉で無罪判決を勝ち取った栃野は検察にとっても仇敵だ。栃野を擁護することに抵抗があるのかも知れない。

声を上げたのは遠山だった。

「弁護人。被害者の前歴を暴くことが本案件の審理に必要なのですか」

「無論です。ただしご記憶いただきたいのは被害者のかつての行状ではなく、その行為に下された審判についてです。まず、それをお忘れなきよう願います」

遠山の追及を躱し、久仁村に向き直る。今までの質問は単なる前哨戦に過ぎない。

ここからが本番だ。

「あなたの証言は、被害者と被告人の接点が供述調書の内容よりは希薄なものであったことを示しています。それなのに事件当日、いきなり二人は口論になり殺害するまでにいたったというのも不自然といえば不自然です。そこで証人に次の質問です」

御子柴は自分のカバンを開く。取り出したのは一輪挿しだった。

「これは検察が甲五号証として提出した凶器と同一の品物です。見ての通りひどく長細い形状をしており底面積も小さい。供述調書ではテーブルの上に置いてあったとありますが、先ほどの証言では手元の覚束ない入所者が食事中にコップや茶碗を倒すこともあるという。そんな場所にこんな形状の、しかもガラス製の花瓶を置くというのは介護施設の管理態勢として不自然です。いや、持って回った言い方はやめましょう。本来、この一輪挿しはテーブルの上ではなく、出窓に置かれていたものでした」

御子柴は久仁村にした説明を繰り返す。

「出窓には一輪挿しの底面と同形の跡が残存していました。デジカメで撮影したものを弁十三号証として提出します。つまり凶器となった一輪挿しは元々出窓にあったものを被告人が移動させたことになる。しかし被害者と口論していた被告人にそんな時間的余裕があったのか。供述調書では床に落ちた残飯を拭き取るために、被害者は床に這いつくばっていたとあるが、食堂の隅にはこうした事態を想定して柄の長いモップが常備されていた。これも理屈に合わない。そして口論の最中だったはずの被害者が、なぜ相手が凶器を持ってくるまでのほほんとその場で待ち、車椅子の老人にいいように殴られ続けたのか。その光景を想像すればするほど違和感が積み重なってくる」

御子柴は久仁村に顔を近づける。ただし真摯な態度は崩さない。

「車椅子の老人が屈強な介護士を殴打するためには、よほどの隙を突かなければなりません。ではその瞬間、被害者は被告人には注意を払わず、何をしていたのか。現場にいた証人はそれを見ていたはずです。違いますか」

証言台の久仁村は微動だにしない。

しかし御子柴が直視すると、目がわずかに泳いだ。

「本当はその時、被害者は他の誰かを虐待している最中だったのではないですか？」

「裁判長、異議あり。今のは誘導尋問です」

「異議を認めます。弁護人は質問の方法を変えてください」

もう一息で久仁村は落ちる。質問の方法は変えても勢いを緩めるつもりはない。

「あなたが証言してくれなければ、他の入所者に証言してもらうという選択肢もある。被害者が虐待していたのだから満足な意思表示もできなかった入所者である可能性が高い。そんな人物を法廷に呼び出し、こうして質問を繰り返すことはわたしも気が進みません。しかしわたしは弁護人なので、被告人の利益になるのであれば法律の許す範囲内で無茶をする」

「裁判長！　今の言葉は誘導どころか恫喝(どうかつ)です。直ちに弁護人の……」

「後藤の爺さんだよ」

矢野が言い終わらぬうちに久仁村が言葉を絞り出した。

「あの時、栃野は後藤の爺さんを苛めるのに夢中だった。だから稲見さんが出窓から花瓶を取ってくるまで気づきもしなかったんだ」

しん、と法廷内が静まり返る。

遠山をはじめとした裁判官たちと矢野は半ば呆然と証言台を見ていた。傍聴人たちも同様に久仁村を注視していた。

例外は御子柴と稲見だった。稲見は恨めしげな目でかつての教え子を睨み、御子柴はかつての恩師を冷ややかに見返す。

後藤老人や他の入所者に迷惑が及ぶとなれば、稲見と交わした約束を破る大義名分もできる。久仁村の逃げ道を作ることが、敢えて恫喝紛いの質問をした目的だった。

悪いな、稲見教官――。

「ただ今の証言を確認します」

御子柴は再び手元のリモコンを操作する。大型モニターに映し出されたのは〈伯楽園〉の入所者名簿に貼付してあった後藤の顔写真だ。

「お話にあった後藤清次というのはこの人ですか」

「そうだ」

「証人。その時の模様を詳しく話してください」

「きっかけは食事中に後藤の爺さんが飯を床にこぼしちまったことだ。日頃から栃野は後藤の爺さんをイビっていたから、その時もかっとなっちまったんだろう。いきなり護身棒で後藤の爺さんを殴り始めた。護身棒ってのは硬くて、軽く叩かれても骨に応える。それをあの野郎、何度も打ち据えやがった。後藤の爺さんが堪らず床に倒れると、床にこぼれた残飯を舐めて拭き取れと言い出した。それで後藤の爺さんが嫌だと言ったら、今度は馬乗りになって、相手の顔を床に押しつけたんだよ。一輪挿しを手にした稲見さんがやってきたのは、その時だった」

「栃野の暴力を止めようとした訳ですね」

「栃野の頭が稲見さんの膝の辺りにあった。最初に一輪挿しで肩を打ったけど、栃野は後藤の爺さんを組み伏せたままだ。それで稲見さんは頭を三度ほど殴った。それで、ようやく栃野は床に転がった。他の介護士が到着したのがちょうどその時だ。その場で栃野が死んだのが確認された」

「それはあなたのグループの入所者たち全員が目撃していたんですね」

「そうだ」

「何故、駆けつけた職員や警察に黙っていたのですか」

「稲見さんから固く口止めされたんだよ」

「何故、口止めする必要があるんですか。仲間が虐待されるのを止めようとしてやり過ぎた。その事実を伝えればよかったじゃないですか」

「事情はどうあれ、栃野を殴り殺したのは自分だ。それなのにあれこれ理由をつけて罪を逃れようとは思わない。それじゃあ栃野が手前ェの命可愛さに女性客から救命胴衣を奪ったのと同じだってな」

そんなことだろうと思った。真実を暴いてみれば、いかにも稲見らしい理由だ。罪を犯した事実は覆せない。それなら罪に見合った償いをしなければならない――教官時代からの口癖は今に至っても健在だった。そして院生にそれを強要するからには、それ以上に自分自身を律せずにはいられない。稲見という男はどこまでも生き方を変えられない不器用な人間なのだ。

「弁護人からは以上です」

席に戻る際、稲見と目が合った。被告人は相変わらず恨めしげにこちらを見ていた。

「検察官、反対尋問はありますか」

ここに至って能面のような矢野の表情にもいくぶん変化が表れていた。遠山から促されて困惑気味に立ち上がる。

「証人。事件発生後、川口署の警察官があなたたち入所者に事情を聴取しています。いかに被告人の頼みであったとしても、警察官に対し虚偽の証言をすることに躊躇いはなかったのですか」

正面でそれを聞きながら、御子柴は矢野をせせら笑う。矢野としては、ここで抗議めいた言葉の一つでも吐かなければ格好がつかない。ただし今の今まで真実を知らされずにいた検察はいい面の皮だが、久仁村を責めたところで得られるものは何もない。得られるものがないのに行うことは徒労でしかない。

「虚偽の証言って言っても、ここみたいに宣誓させられる訳でもないし、取調室で供述取らされる訳でもない。第一、自分が栃野を殺した事実に変わりはないから、後藤の爺さんへの虐待を止めようとしたことを黙っていても罪にはならない……稲見さんにそう説得されたんだよ。何しろ言い出したら聞かない性分だってのは分かってるから、誰も逆らわなかったのさ」

「反対尋問は以上です」

矢野は最低限の義務は果たしたという風に質問を切り上げる。

それでいい、と御子柴は内心でほくそ笑む。流れは着実にこちら側に寄ってきている。裁判員の心証が傾きかけている今が勝負時だ。

「裁判長、三人目の証人を呼びたいと思います」

「どうぞ」

法廷の扉を開けて入廷したのは七十代半ばの老婦人だった。おそらく法廷に足を踏み入れることなど初めてだろうに、実に堂々とした足取りで進んでくる。

証人の方を向いた稲見が大きく目を見開いた。

「お前」

稲見が驚愕（きょうがく）する様を見るのは、医療少年院の脱走事件以来なかったことだった。稲見は正面に立っていた御子柴を激しく睨みつける。

「御子柴、貴様……」

「被告人は静かに」

遠山の制止で押し黙るが、稲見は憤懣やる方ない様子だった。

三人目の証人は稲見に軽く会釈すると証言台に立った。

「それでは証人。あなたの氏名・住所・年齢と職業を述べてください」

「石動恭子、北九州市小倉北区中島一丁目○―○。七十四歳、現在は特に働いておりません」

「ではそこにある宣誓書を朗読し、その後で署名押印をしてください」

恭子が宣誓と署名押印を済ませるのを待って、御子柴はその前に歩み出る。背中に痛いほど稲見の視線を感じるが、今は無視するしかない。

「失礼ですが証人は独身ですか」

「はい。いま申し上げた場所に一人で住んでおります」

「結婚のご経験は?」

「以前に一度。とうの昔に離婚しましたけど」

「以前のご主人はどなたでしょう。もしこの法廷の中にいるのなら、指し示してください」

恭子の細い指がゆっくりと弧を描き、被告人席の稲見を指す。

「あの、子供みたいにむくれているのが、わたしの別れた亭主です」

当の稲見はばつが悪そうな顔で恭子を睨み返す。

「あら、弁護士さん。あそこに座っている被告人がこちらをきつく睨んでいますけど」

「それは無視して証言に集中してください」

裁判員のいる辺りから微かな笑いが起きる。稲見に対する心証がより和らいだことを証明する、いい傾向だった。

「ご夫婦だった頃、被告人はどんな人物でしたか」

「仕事一徹で、頑固で、冗談の一つも言わない男でした」

「それから？」

「家庭を一切顧みないひどい亭主でした。だから離婚したんですよ」

今度は傍聴席からくすくす笑いが起こった。

すると見かねたように矢野が声を上げた。

「裁判長！　異議あり」

能面は完全に崩れていた。緩急取り混ぜた御子柴の攻勢で、防壁に罅が入ったらしい。

「弁護人の質問は本事案に無関係としか思えず、審理の進行を甚だしく妨げるものです」

「違います」

御子柴は言下に反駁する。ここは流れを一瞬でも断ち切りたくない。

「これは被告人が何故虚偽の証言をし、それを入所者に強制したのかを解明するための論証なのです。検察官もそれは確認したい事項ではありませんか？」

話を振られた矢野は口をへの字に曲げる。

遠山は異議を認める理由なしとみたのか、それとも自分でも興味があるのか御子柴に続きを促した。

「ところで証人。二人の間にお子さんはいらっしゃいましたか」

「ええ、男の子が一人。武士といいました。所帯を持って間もなくに逝ってしまいましたけど」

「武士さんは何故、お亡くなりに？」

「やめろおっ」

突然、稲見が叫ぶ。下半身不随でなければ立ち上がりそうな勢いだった。

「恭子、お前、それ以上喋ったら……」

「被告人は静粛に。これ以上法廷の秩序を乱したら退廷させます」

「続けてください、証人。武士さんはどうして亡くなりましたか」

「今から十年ほど前、東京都内の駅のホームで、入ってきた電車に轢かれたんです。ホームに立っていたら目の前のお年寄りがよろけて線路に転落して、それを助けようとして……」

「息子さんは不幸にも亡くなり、その老人は九死に一生を得た。そういうことですね」

「ええ」

「証人は因みにその老人をご存じですか」

「はい。武士の葬儀に参列していただいて、過分なお言葉をいただきました」

「その葬儀の場に被告人もいたのですか」

「離婚した後でしたが、さすがに参列しておりました。わたしとは縁がなくなっても、息子と縁が切れた訳ではありませんから」

それでは、と御子柴はまたリモコンを手に大型モニターへ一人の顔写真を映し出す。

「証人、この人物をご存じですか」

「はい。その人が武士の助けた方、後藤清次さんです」

法廷には声にならない驚きが広がる。

遠山以下の裁判官たちと矢野は、今度こそ呆けたように証人を見ていた。

「お聞きの通りです、裁判長。ここに当時の新聞記事の写しがありますが、石動武士氏が人身事故で亡くなったのが二〇〇四年の十月一日。後藤清次氏が〈伯楽園〉に入所したのが二〇〇五年の一月十日、そして被告人稲見武雄の入所が二〇〇八年四月二十五日。武士氏の葬儀に参列していた被告人は後藤清次氏と顔を合わせています。それから三年半後に二人は〈伯楽園〉で再会します。もっともそれが偶然なのか、何らかの意図が働いているのかは不明ですが」

明言は避けたが、稲見が後藤老人の消息を探っていたことは想像に難くない。そして後藤老人の〈伯楽園〉入所を知るや、自宅療養を切り上げて自らも入所した。御子柴は御子柴で稲見の消息を追っていたので、すぐ〈伯楽園〉宛てに入所費用を送金したという次第だった。

「被告人にとって、後藤氏は一人息子がその身を犠牲にして救った命でした。言わば遺産にも等しい。彼をどんな目で見守っていたか、それは被告人にしか知り得ないことです。ただ人の気持ちとして理解はできます」

人の気持ちは悪魔でも分からない、という有名な諺がある。その昔、悪魔と呼ばれた当の御子柴も同感だ。だが、ここは後に控える弁論のために敢えて言及するべき部分だった。

「しかし被害者栃野介護士が〈伯楽園〉で暴力を振るい出した時から、二人を取り巻く環境は激変します。栃野は毎日のように後藤氏を虐待し、それを被告人が庇い続ける日々となります。そして事件当日が到来する。些細な粗相で怒りを買い、後藤氏は栃野から暴力を受けます。よほど嗜虐心を煽られたのか、怒りに任せて栃野は護身棒を使い始めた」

御子柴はバッグから一枚の紙片を取り出す。

「裁判長、これは後藤氏の診断書です。後ほど弁十四号証として提出しますが、この診断書によれば後藤氏は重度の骨粗鬆症を患っています。先ほどの久仁村証言の通り、護身棒は非常に硬い材質でできています。そんな物で骨粗鬆症の老人を殴打すればどうなるか。極めて重篤な結果になることは容易に予想し得ます。被告人が護身棒に比類する武器を手に、栃野へ向かっていったのも無理からぬことでした。息子が護った命を、今度は自分が護るために。以上が、被告人が被害者を殴打してしまった経緯と真の理由です」

ない。

御子柴が言葉を切ると、法廷には静寂が戻ってきた。傍聴席からは咳一つ聞こえ

順序では検察側の反対尋問のはずだが、遠山は困惑気味の様子を隠さずに口を開く。

「弁護人。今の弁論で被告人と後藤氏、そして被害者を巡る因縁は理解できました。しかし、果たしてそれが被告人無罪の論拠になるのですか」

「弁護人は被告人の行為が、〈緊急避難〉によるやむを得ない措置であったがゆえに無罪であると主張します」

このひと言で、静かだった法廷がまたもざわつき出した。矢野などは危うく腰を浮かしかけたようにも見える。恭子もまた、何が起きたのか合点しかねているらしく、きょろきょろと周囲を見回している。

「ご承知の通り、日本の法廷で〈緊急避難〉が争点になることは滅多にありません。それは〈緊急避難〉の成立するのが非常に限定されたケースだからです」

遠山以下の裁判官と矢野の表情が動かないのは、もちろんそれを知悉しているせいだ。〈緊急避難〉には大きく二つが成立要件として挙げられる。その一つが補充性の要件だ。つまり危険を回避するために他の方法がなく、それがやむを得ない行為であ

ったと認定されなければならない。

　二つ目は、回避できたことで得られた利益がそれによって侵害された利益よりも大きいかどうか。これは法益均衡の要件と呼ばれ、状況の近似した正当防衛との相違点でもある。

「今回の事件は骨粗鬆症を患った老人が武器によって殴殺されることを回避するために、その暴漢に危害を加えてしまった事例であります。〈伯楽園〉の施設内虐待は常態化しており、他の職員を頼ることもできなかったので被害者栃野守の虐待を止める方法は実力行使しかなかった。相手は護身棒を持っているから、暴行を止めさせるためには被告人も何らかの武器を持たなければならなかった。この状況下において、補充性の要件と法益均衡の要件は充たされていると解釈できます。以上が、弁護人が〈緊急避難〉を主張する論拠であります」

「異議あり！」

「検察官、どうぞ」

「ただ今弁護人は補充性の要件について論じた。確かに他の介護士も日常的に虐待を加えていたかも知れない。それは提示された監視カメラの映像を見ても容易に想像し得ることだ。それは認めるに吝か(やぶさ)ではない。しかし、何も頼るのは介護士だけとは限らない。テーブルには同じグループの入所者も揃っていた。それこそ数人がかりで被害者の乱暴を止めることもできたはずです。よって補充性の要件には疑問が残る」

御子柴はすぐさま応酬する。

「わたしは入所者の身体に残る暴行の痕跡を間近に見てきました。写真に残してあるので、これを新たな証拠として提出してもいいが、虐待を受けていたのは入所者のほぼ全員だった。長期間、閉鎖された施設の中で虐待が繰り返されると、支配者と従属者の関係が構築されてしまう。そうなれば隣の人間が暴行を受けていても、それを救助しようとはなかなか決断できなくなる。被告人が動くことができたのは、彼が例外だったからです」

「二つ目の法益均衡の要件についても疑念が生じる。この要件を成立させるためには、被害者に危害を加えなければ、虐待されていた後藤老人が重篤な状態になったであろうことを論証しなければならない。被害者は死に至らしめられている。それではこれを看過した場合、後藤老人は間違いなく殺されていたと言えるのか。緊急避難を持ち出すのであれば、本案件は過剰避難の可能性を帯びてくる」

「これは客観性の問題でしょう。骨粗鬆症の老人を硬い棒で何度も殴打する。自身も下半身不随である被告人にしてみれば、その危険性は到底看過できるものではなかった。しかもその人物は、先に述べたように是が非でも護らなければならない対象だった。そして何より、本案件には比較すべき格好の判例が存在します。他でもない、被害者栃野守が〈緊急避難〉の適用によって無罪を勝ち得た判決です」

御子柴がそう告げると、対峙する矢野は不意を突かれたというように口を半開きにした。

「当時、検察側は緊急避難の場合であったとしても女性を殴打してまで救命胴衣を奪ったことは過剰避難に相当すると反論しました。しかしそれに対する裁判所の結論は、暴力によって救命胴衣を奪った程度では直ちに過剰避難とまでは言い難いというものでした。然るに今回の場合はどうでしょうか。骨粗鬆症を患った老人を護身棒で殴打するのは、明らかに相手の生命を脅かす行為と言えます。これを押し留めようと、自分も武器を手にして立ち向かおうとするのは、やはり過剰な行為とは断じ難い。更に付け加えるなら、栃野が緊急避難時に護ろうとしたのはあくまでも我が身しかなかった。しかし今回の被告人が護ろうとしていたのは、自分以外の第三者であります。この点だけを取り上げても正当防衛ではなく、より緊急避難の要件に合致したケースと言えましょう」

付け加えるなら、回避できたことで得られた利益も、行為によって侵害された利益もともに人一人分の生命だ。人それぞれの生命に軽重はないという大前提では、これもまた法益均衡の要件に合致する。ただし両者には心証の違いがある。片や無辜の女性から救命胴衣を奪って生き延びた男、片や無抵抗の老人を暴力から護るために立ち向かった男だ。法律知識のプロである三人の裁判官はともかく、素人である六人の裁判員の心証を揺るがす上で、これは大きな利点となる。

矢野は立ったまま抗弁を続ける。能面は完全に剝がれ落ち、〈緊急避難〉成立の要件を否定せんと懸命になる検察官の執念が露わになっていた。

「十年前に下された判決を直ちに比較の対象とするのは早計と言わざるを得ません。弁護人の示した判例は確定されているものの、実質は一審判決です。二審以上になった場合、判決が覆る可能性が充分にあった」

「お言葉を返すようですが検察官。それでは何故、当時の検察は即日控訴に踏み切らなかったのですか」

「あの事件で栃野の暴行は一場面しか記録されていなかった。その他の物証は海の藻屑と消えている。今回の事件とは物証の数からしても別物だ」

「物証の多さが全てではありません。現に判決骨子では、暴力を受けながら救命胴衣を奪われれば早晩波に呑まれて溺れることが容易に予見できたという参考意見もありました。判決はその意見を含んだ上でのものですから、必ずしも物証の少なさだけが無罪判決に繋がった訳ではありません。殊に今回の事案は犯行の経緯と態様が争われるべきと考えます」

論議が過熱しようとした時、遠山が水を差してきた。

「検察官。証人への反対尋問はありませんか」

振られた矢野は一瞬、戸惑ったように見えた。弁護側の主張に反駁はできても、恭子に対する尋問でポイントは稼ぎ難いと判断したのだろう。

稲見夫婦が離婚してからは相当の歳月が経過している。被告人の人となりを否定的に語らせるにも、距離と時間が隔たり過ぎているのだ。

矢野は二、三度頭を振った。

「反対尋問はありません」

「では証人、下がってください」

検察側の反対尋問がなかったことで、弁護側の論証はひとまず終わりを告げる。後は今までのやり取りを裁判官たちがどう捉えるかだが、それについては弁護側が圧倒的に優勢だろう。

六人の裁判員の顔色を眺めて、御子柴は確信を得た。第一回公判の時とは明らかに稲見を見る目が違う。最初はただの罪人と断じていた目が、今は英雄を讃えるそれに変わっている。いくら素人とはいえ、この六人が無罪に投票すれば遠山たちもその裁定を無視することはできない。一度心証が固まってしまえば、多数決も然ることながら法律用語を駆使して裁判員たちを懐柔するのは困難だろう。しかも〈緊急避難〉成立要件については、過去の事例の少なさから判例主義を援用することも難しい。〈伯楽園〉で常態化していた施設内虐待の実態、後藤老人を命懸けで救った石動武士の美談、また被害者栃野守の旧悪をセットにして考えれば、ますます有罪判決を出しづらくなる。

もっとも安易な落としどころは過剰避難を適用して減刑を図る途だが、これは先の弁護で牽制しておいたので、飛びつくにしても相応の解釈を必要とする。だが解釈のレベルが高度になればなるほど、裁判員たちの心は離れていくはずだ。彼らが求めているのは難解な法解釈ではなく、分かり易い「正義」なのだから。

とにかく検察側の主張は封じた。このまま何もなければ、次回が最終弁論となる公算が大きい。その場で稲見の清廉さと栃野の悪辣さを再度比較させれば、こちらの勝ちだ——。

御子柴がそう胸算用していた最中だった。

今まで被告人席で成り行きを見守っていた稲見がすっと手を挙げた。

「裁判長。ひと言、言いたい」

何のつもりだ、教官。

御子柴は思わず叫びそうになる。

「被告人。今回あなたの発言は求められていません。あなたの言い分は最終陳述で聞きます」

遠山がやんわり諭すのを矢野は見逃さなかった。

「裁判長。検察側からの被告人質問ならば許可いただけますか」

「構いません」

予定外の流れに御子柴は苛立つ。顔には出ていないだろうが、常に自分の依頼人が不確定要素になっているのは初めての経験だった。

矢野は瞬時に落ち着きを取り戻したらしく、再び能面じみた顔を稲見に向けていた。

「それでは被告人。今の証人尋問について納得できない点がありますか」

「久仁村さんの証言に付け加えたいことがある」

「それは何でしょうか」

「栃野は入所者を恫喝する時、『俺は以前、人を殺した』と言った。それは間違いじゃないが言葉足らずだ。実際には言葉の続きがある」

「続き。ほう、それはどんな言葉でしたか」

「『女から救命胴衣を奪った後、反撃できないように何度も殴る蹴るを繰り返してやった。溺れる前に俺が殺してやったんだ』。栃野は自慢げに話しながら、後藤さんを脅したんだ。だから、栃野が護身棒で後藤さんを殴り始めた時、俺は本気であいつを殺すつもりだった」

「確実に殺意があったと認めるんですね」

またもや御子柴は叫びそうになる。

やめろ、答えるな。

「ああ、認める」

稲見の言葉を聞いた矢野は満足そうに笑ってみせた。

「質問を終わります」

遠山は御子柴と矢野に視線を送ってから平沼・春日野両裁判官と頷き合う。

「それでは検察側・弁護側ともに尋問を終えたようなので次回四月十六日を最終弁論とします。閉廷」

遠山たちがドアの向こう側へ消える前に、御子柴は被告人席につかつかと歩み寄る。

「教官。またやってくれたな」

これで二回目の反抗だ。さすがに激昂することはないが、やはり文句の一つでも言わなければ気が済まなかった。

普段であれば自制が利く局面のはずなのに、この依頼人はとことん調子を狂わせてくれる。

車椅子の稲見は申し訳なさそうに笑う。

「足元覚束ない仲間どころか、別れた女房まで引っ張り出してくるとはな。目的のためなら、依頼人が心底嫌がることを平気でしやがる」

「弁護士というのはそういう仕事だ」

「お前が俺のために一生懸命やってくれてるのはよく分かっている」

「だったら少しは協力してくれ」

「もちろん協力するさ。しかし俺は自分のしでかしたことから逃げたくない。きっちりと責任を取りたい」

「世の中には責任を放棄するヤツなんて、ごまんと存在する」

「俺が嫌いなんだよ」

「行くぞ、稲見」

　戒護員の割り込みで二人の会話はそこで途切れた。

　法廷から出て行く稲見の背中を見送りながら、御子柴は思案する。稲見の暴走は不安材料であり、殺意を自ら認めたことは明らかな減点だ。しかし審理の争点は〈緊急避難〉に移行している。その要件さえ認められれば、殺意があっても致命的な失点ではなくなる。後藤老人を助け出そうとした直前、彼に護身棒を振るっている栃野に殺意を抱いた——そういう弁明も可能だ。

最終弁論で何を排除し、何を補強するのか。策を練りながら机の上に出した資料をカバンの中に詰め込んでいる最中、脳裏に閃光が走った。

今までにも、こういうことは何度かあった。

何か重要なことを失念している。捉えなければならないものを見逃している。それを御子柴自身に伝える警告だ。

論告の中で見聞きしたものの中に重要なピースが埋まっている。おそらく裁判の趨勢を大きく左右させてしまう類のものだ。

だが、それはいったい何なのだろうか。

第四章　弁護人の悩乱

1

第二回公判の翌日、御子柴はさいたま拘置支所を訪れた。

面会室で待つこと五分、ワイシャツ姿の稲見が現れた。こんな場所に囚われているというのに、ひどくあっけらかんとした表情が最近は鼻につく。

「よう。昨日の今日でご苦労様だな」

「接見なんか苦労のうちには入らない。苦労というのは、こちらの指示に従わない依頼人を弁護することだ」

「昨日は済まなかった」

稲見はアクリル板の向こう側で潔く頭を下げる。

「俺のために折角、汗を流してくれたっていうのにな」

「俺に済まないと思っていても、教官は自分の主義を変えるつもりはないんでしょう」

「まあ、そうだ」

「弁護士にとって、これほど迷惑な依頼人はない」

「お前たちを教えていた頃からの信条を今更変えるつもりはないんだ。変えるにしても齢を食い過ぎているしな」

医療少年院時代から稲見の人となりを知っている御子柴は、内心頷くしかなかった。そもそも嘘の有効活用を教えてくれたのは院生仲間、責任の取り方を教えてくれたのは稲見だった。医療少年院にいなければ、弁護士など目指しはしなかったのだ。

「それより今日はどういう用件だ。最終弁論は二週間後だから、打ち合わせにはちょっと早くないか。それとも昨日の振る舞いに文句でも言いに来たのか」

「法廷で訊き忘れたことがある」

「何だ」

「どうやって後藤清次の消息を知った？」

稲見の唇がへの字に曲がる。

「いきなりそれか。愛想もへったくれもないな」

「あなたが終の棲家に〈伯楽園〉を選んだのは決して偶然じゃない。当時〈伯楽園〉の月額費用は結構高くて、あなたの蓄えでは無理が生じたはずだ。あなたは生活レベルで背伸びをするような人間じゃないだろう。あなたが〈伯楽園〉に入所した理由はただ一つ、そこに後藤清次が入っていたからだ」

弁護士になってからも、御子柴は稲見の消息を絶えず気にしていた。だから稲見の特養ホーム入所を知った時には、何故〈伯楽園〉にしたのかと疑問も湧いたのだ。

稲見は渋い顔をして頭を掻き始めた。

「その通りだ、御子柴先生。わざわざ埼玉くんだりまで呼び寄せたからには、どうせ恭子から話は聞いているんだろう？　おれが家族には薄情だったって」

御子柴は明確な返事を避けた。なるほど恭子の口ぶりは非難めいていたものの、父親が仕事に傾注するあまり家庭を顧みなくなるのは珍しい話ではない。第一、自らも家族関係の欠落していた御子柴に、家族の何たるかを論じる資格も経験もない。

「碌すっぽ息子の潔白を信じてやれないようなひどい父親だったからな。アレが人身事故で死んだと聞かされた時は結構応えた。葬儀の席で、あれが息子の助けた後藤さんだと教えられたが遠くから眺めていたもんさ」

「後藤老人には名乗らなかったんですか」

「参列はしたものの、今更どの面下げて父親ですなんて名乗れるものか」

「じゃあ〈伯楽園〉で一緒になってからも……」

「ああ、向こうはこっちのことを何も知らなかった。もっとも認知症気味だったから、名乗ったとしても憶えていたかどうか怪しいもんだ」

「後藤老人があなたの正体に気づいた素振りとかは？　栃野から毎回のように護っていたんでしょう」

「息子は母親似だったし、後藤さんは後藤さんで大変だったろうから、まあ気づいちゃいなかったな。俺もその方が都合よかったし」

「何故」

「何故ってお前、息子が助けた人間だから気になったなんて恥ずかしくて口にできるかよ」

稲見はこちらを軽く睨む。

「法廷でお前、言ったよな。後藤さんが息子の遺産だって。ありゃあ間違っちゃいない。もし武士に子供でもいれば話は違ってたんだろうが、あいつは子供を残す前に死んじまったからな。あいつが身体を張って護った命を、俺が見捨てて堪るもんかって気持ちはあった」

「他の入所者にそのことを話しましたか」

「いいや。誰にも一度も話したことはない。言っただろ。そんな恥ずかしいことを口にできるか」

拗ねたような顔を眺めながら、御子柴は胸にちくりと痛みを覚える。

昨日の法廷で、稲見は栃野に対して明確な殺意を抱いていたことを吐露した。御子柴にしてみれば迷惑この上もないが、多分に嫉妬めいた感情もある。

「しかし、いくら元法務省の職員だったとしても、退官後に一般市民を監視し続けるなんてことは不可能だ。いったい、どうやって後藤清次が〈伯楽園〉に入所したのを知ったんですか。親族にでも探りを入れたんですか」

「あれはほんの偶然だったんだよ」

「偶然？」

「あの頃、介護ビジネスが持て囃された時期があっただろ。少子高齢化の日本でも将来性の見込める市場だとかで。中でも〈伯楽園〉はホテルの元シェフが配食担当するって新機軸を打ち出して、当時は結構マスコミの取材を受けたんだ。そのシェフの作る配食を、入所者が美味そうに食べる映像が何度も流された。まあ、その豪華な食事も三年後には経費節減でありきたりのメニューに格下げされたんだけどな」

「それが後藤老人だったんですね」

「ああ、全国ネットの番組で流れていた。それであの爺さんの消息が摑めたって訳さ。単純な話だろ」

「たったそれだけで、後藤老人と同じ特養ホームに入所しようとしたあなたも、相当に単純だと思いますよ」

「人間、単純な方が楽だぞ」

「……そうかも知れません」

　失言したというように稲見は顔を顰める。

「あのな、御子柴。俺の弁護が面倒だと思ったら、いつ辞めてくれたっていいんだぞ」

「折角、前任者から分捕った仕事をですか？　ふざけちゃいけない」

「弁護人なのに俺は後藤の爺さんのことを黙っていた」

「今後はやめて欲しい」

「依頼人との信頼関係が壊れたら、普通辞任じゃないのか」

「今までだって、依頼人を信用したことなんてなかった。裏切りや黙秘なんかしょっちゅうですよ」

　御子柴はそう言うと席を立った。必要な情報は収集した。これ以上、ここにいても同じことだ。

「迷惑をかけるな」

最後の言葉は聞こえないふりをして面会室を出た。


二日後の昼過ぎ、御子柴はJR多治見駅に降り立っていた。名古屋駅から中央本線に乗り換えて約四十分、ここは名古屋圏へ向かうベッドタウンでもある。

まだ四月だというのに、ホームに立った途端に熱波が襲ってきた。標高が低く盆地地形の都市は熱気の逃げ場所もなく、気温が高くなりやすい。御子柴はネクタイを緩めて首筋を外気に晒した。

駅の正面には陶都会館なる建物があり、ここが陶器の街であることを示している。陶器や骨董にさほどの関心がない御子柴も、この街が美濃焼の本場であるという程度の知識は持ち合わせていた。

陶都会館を通り過ぎてしばらく歩くと、目的の家はすぐに分かった。

工房には〈ひうら陶苑〉の看板が掲げられていた。ここがブルーオーシャン号の事件で栃野に殺されたとされる日浦佳織の実家だ。隣接しているのは工房主の居宅だろう。この時間帯は居宅にいなそうなので、御子柴は工房を訪れることにした。

中に入ると、頭を手拭いで巻いた職人たちが忙しなく動いている。そのうちの一人に来意を告げると、奥の窯室（かましつ）に案内された。陶芸には縁がないため窯室と聞いてレンガ造りの部屋を想像したが、実際にはコンクリート打ちっぱなしの殺風景な部屋だった。さすがに熱気が籠もっており、立っているだけで汗が噴き出てくる。窯は箱型で、素人目には焼却炉にしか見えない。

その窯の前に男が陣取っていた。頬肉が削げた精悍（せいかん）な顔立ちの五十代。シャツの袖から突き出た腕は隆々としている。ぎろりとこちらを睨んだ目は、微かに剣呑な光を放っている。

「あんたが電話をくれた先生か」

「御子柴です。日浦頌栄（しょうえい）さんですね」

「遠路はるばる来てもらって申し訳ないが、今ちょっと、ここを離れられん」

「わたしはここで構いませんよ」

「仕事の片手間にする話でもない。あと十五分もすれば終わるんで、家の方で待っててもらえんかね」

日浦の勧めに従い、御子柴は工房を抜けて居宅で待つこととした。時間に正確な男らしい。日浦は十五分ちょうどで姿を現した。ご丁寧に、盆に湯呑み茶碗を載せている。

「お待たせして悪かった」

「なかなか凝った茶碗ですね」

「織部焼だ。ウチの工房で焼いた」

 御子柴は湯呑み茶碗を目の高さに掲げて見る。不整形だが、どこか凛とした佇まいがある。

「言っとくけど歪んでいるのが織部の特徴やからな。別に出来損ないやない」

「いいですね。多少歪んでいた方が味があります」

ふと、日浦本人が茶を持ってきたのが気になった。

「奥さんはお出かけですか」

「嬶ならとっくの昔に死んだよ」

「失礼。つまらないことを訊きました」

「元々、子宮がんだったんやけど、栃野の無罪判決が確定した頃から急に具合が悪くなってな。二年くらい後にあっさり逝っちまいやがった」

「無罪判決が奥さんの死を早めたのだと?」

「気落ちしたのは確かやろうな」

日浦は遠い目を虚空に向ける。

「佳織は一人娘でな。女房とは仲のいい姉妹みたいにしとった。だから転覆事故の後、佳織が栃野に殴られて救命胴衣を奪われる画を見せられた時には、恥も外聞もなく泣き叫んどったよ。それでもあの野郎が逮捕されて送検されると、必ず法律が真っ当に裁いてくれると期待しとったけど……結果はまさかの無罪や。それでがくっときた。床に伏せってもめそめそ泣きよるし、そうでない時は栃野だけやのうて弁護士や裁判官みんなに恨み言連ねとった」

日浦は御子柴に視線を戻す。

「何でもあの男の件らしいけど」

「栃野守が殺されたことは、もうご存じですか」

「知っとるよ。こっちでもニュースが流れたからな。十年ぶりにあの顔を見た」

「彼の情報は全く知らされなかったんですね」

「先生も知っとるやろ。警察も裁判所も、加害者のことは何一つ教えてくれようとせん。わしらが知っていたのは、あいつの顔と名前だけや。わしと女房は傍聴席にも座ることさえできんかった」

刑事訴訟における被害者参加制度は平成二十年十二月一日から導入された。平成十五年に起きたブルーオーシャン号事件の段階では、被害者遺族は公判出席も被告人質問も許されていない。

「ニュースを見て驚いた」

「入所者に殺されたからですか」

「違う。あの男がまだ介護士として働いとったからや。あんな男が年寄りや怪我人を介助する仕事を続けていたことが信じられんかった」

「悔い改めているとは思いませんでしたか」

「悔い改めるような人間やったら、普通は一度か二度は顔を出すなり手紙を出すなりするやろ。そやけど、あいつは一度もそんなことをせんかった。えらい不公平なもんやな、先生。向こうはこっちの連絡先を知っとるのに、わしらは何も知らされとらん。向こうからやってくるのを待つしかない」

日浦は後の言葉を呑み込むように茶を啜る。

「それに、真っ当に介護士の仕事をしておったら入所者に殺されることもなかったはずや。どうせ人の恨みを買ったに決まっとるやないか」

「関係者の証言を聞く限りでは、人に好かれる人物ではなかったようです」

「ふん、やっぱりそれで殺されたか。しかし、あいつが殺されたと聞いても心は晴れん。残念やと思う」

「残念？」

「どうせなら、わしがこの手であいつを殺したかった。それがつくづく残念やった」

御子柴は、ああと合点して頷く。

「先生には子供がおられますか」

「結婚もしていませんので」

「それでも子供を殺された親の気持ちはお分かりでしょう」

「想像するしかありませんね。まだ、失って絶望するようなものを持ったことがないんですよ」

「母親にとって子供ってのは自分の一部なんやろう。そやから佳織が行方不明となった後、女房も衰弱して死んだ。けど、それは父親のわしも一緒や。母親とは感じ方が違うかも知れんが、転覆事故で行方不明を知らされた時には頭の中が真っ白になったし、栃野に殺されたと知った時には真っ黒になった。女房ほどやないが、わしも身体か心のどこかを病んどると思う」

日浦の頭が次第に落ちてくる。

「わしにはでき過ぎの娘やった。優しい子でな、ろくろで年中粘土を弄っとると手が荒れてくる。女はともかく男の手なんて荒れたところで構うもんやない。それなのに佳織ときたらわざわざハンドクリームを買ってくれてよ。わしの手が大好きやからちゅうて……旅行が好きで、あの時も一人で韓国に行った帰りやった。後から散々女房と言い合った。こんなことになるんやったら、一人の旅行をもっともっと止めるべきやったって」

「しかし栃野の無罪判決は世間からも容認されました」

「ああ。そやから当時は世間も憎んだ。この家にもずいぶん抗議の電話やら手紙が届いた。本当は佳織が栃野の救命胴衣を奪おうとしたんじゃないのか、被害者面するな……何で殺された佳織が非難されなきゃならんのかと、ぶるぶる震えたもんや。そういうのに限って匿名やから言い返してやることもできん」

「一審無罪が出た後、栃野の行方を探そうとは思わなかったんですか」

「思ったとも」

日浦の声には無念さが滲んでいた。

「冒頭陳述で人定質問を聞いた報道関係者に頼み込んで、栃野の住所を訊き出した。蕨市とかいうところでな、こっちはただ会って話ができればいい、くらいに思っとった。栃野の口からひと言謝罪の言葉を聞ければいいと思っとった。そやけど行ってみたらとうの昔に引っ越しとる。思い余って担当の検事さんに頼んだけど、被告人の個人情報は規則で教えられんと言う。殺された佳織の住所や顔写真や評判は全国に筒抜けなのにな。栃野探しはそれで頓挫した。いくら無罪判決になったといっても、人一人殺めた人間が真っ当な人生を歩めるはずがない。きっと隠れるように日陰を歩いてるんだろうと、自分を納得させとったんだが、それが介護士を続けていたとはな」

「介護士の資格はずっと前に取得したようです」

「資格の延長に事件記録は関係せんのですか」

「無罪でしたからね。しかしさっきも言ったように、介護施設の中で栃野は災厄そのものでした。身体の不自由な入所者に対し、日常的に暴力を振るっていました」

再び日浦の目が昏くなる。

「無抵抗の人間に対してかね」

「そうです」

「なら、裁判の時から変わっとらんかったんやな。あの畜生の性格は」

「変われる人間と、そうでない人間がいます」

「そういうのは、何が違うのかね、先生」

さあ、と御子柴は肩を竦めてみせる。

「ただ、現在の裁判というのは犯人を矯正させようとする目的が大前提でしょうね。

判決文に更生の見込み云々が必ず明示されるのが、その証拠です」

「何で日本の法律や世間というのは加害者に甘く、被害者やその遺族に厳しいんでしょうな」

想像力が欠如しているせいだ、と御子柴は思う。

誰も自分が事件の当事者になるとは本気で思っていない。ある日突然、自分の運命が泥に塗(まみ)れるなどとは露ほども想像しない。だからどんな事件が起きても、安全地帯の中でしかものを考えることができない。

「先生は、栃野を殺した入所者の弁護をなさるんかね」

「ええ。被告人の無罪を主張しています」

「そりゃあ、ええ。栃野みたいな男は殺されて当然や。手にかけた人間は法律の代行をしたようなもんやから、罪に問われるのは間違っとる。そうか、先生はその人が無罪を勝ち取るための材料を探しに来んさったのか」

「ええ」

「栃野を殺した人ってのはどんな人かね」

訊かれた御子柴は一瞬、返事に詰まる。

「曲がったことの嫌いな昭和の人間です。犯した罪はどんな事情があっても償うべきだと、頑迷に言い続けている」

ほう、と日浦は感心したように洩らす。

「わしと気の合いそうな人やな」

「なかなかに手のかかる依頼人ですよ。何しろ弁護士の言いつけを守ろうとしない。世界中で自分の味方は担当弁護士一人だけだというのに」

「そんな人が栃野みたいな男を殺すんや。きっと自分のためやなく、他人のためにそうしたんやろうな」

思わず日浦を凝視した。

自分が散々歩き回って拾い集めた真実を、日浦は人となりを聞くだけで言い当ててしまった。

「どうした、先生？」

「いや……自分の知見のなさが嫌になったのですよ」

「知見。そんなものが裁判に必要なのかね。栃野の裁判の時に検事さんは、裁判に必要なのは一にも二にも証拠やと言われたが」

「時には犯罪方面での知見が必要な場合もあるんです」

特に自分のように悪辣な弁護士には、と内心で付け加えることを忘れない。

「それで先生。わざわざこんな田舎まで、何を探しに来られたのかね」

「日浦さんご夫妻以外に栃野を憎んでいた人物。言い換えれば佳織さんを大事に思っていた人は誰でしょう」

「佳織は誰からも好かれた。いや、中には疎ましいと思う者もおったかも知れんが、わしは聞いとらん。そして佳織を好いてくれた人間は、例外なく栃野を憎んどっただろうな」

「佳織さんの親族は他に？」

「佳織の爺婆、つまりわしの父ちゃんと母ちゃんだが、二人は佳織が中学の頃に相次いで亡くなった。嬶の実家の方は……ううん、これも父親の方が佳織と同じ時期に脳溢血で亡くなったのは憶えとるが、佳織の葬儀を境に縁遠くなっちまって、よう分からん」

「親族以外で付き合いの濃い人はいませんでしたか。たとえば特定の友人とか許嫁とか」

「許嫁、か」

日浦は寂しそうに笑う。

「生きてりゃもう三十やからな。亭主どころか子供もおったろうに、それを……」

「日浦さん」

「ああ、悪かった悪かった。死んだ子の齢を数えるなんて、みっともないものを見せちまった。先生、待っててくれ。昔のアルバムを持ってくる」

「アルバム？」

「父親のご多分に漏れず、娘が誰とどんな付き合い方をしとったのか、全然知りよらん。わしの薄い記憶を頼るより、佳織のアルバムを見せた方が手っ取り早いやろう」

そう言うなり、日浦は御子柴を残して奥の部屋へ消えて行った。まさかアルバムを持ち出すとは予想しなかったので、御子柴は手持無沙汰で待つより他にない。

目の前に置かれた湯呑み茶碗に手を伸ばす。中身はすっかり冷めていた。

形は歪だが黒い釉薬と相俟って、形容しがたい存在感がある。多少歪んでいた方が味がある、というのは我ながら的を射ていると思った。人間も同じだ。強靭であったり一筋縄ではいかなかったりする人間に限って、精神面のどこかが微妙に歪曲している。真直ぐに張った糸は切れ易く、整った形のものは崩れ易い。

やがて日浦が数冊のアルバムを小脇に抱えて戻って来た。

「ちょっと前までは、どこもこんな風にアルバムの五、六冊はあったんやけどな。最近はケータイやらデジカメやらで撮るせいか、こういうのは少なくなったらしい」

目の前に積み上げられたアルバムは全部で七冊もあった。

「そしたら先生、ゆっくり見とって。わしはまだ工房に用があるんで」

日浦が出て行った後、御子柴は一番上に置かれたアルバムから開いていった。ここから新情報が得られる確率は皆無に等しかったが、何もしないよりはましだ。

他人のアルバムほど見ていて興の湧かないものはない。無防備な笑顔は白けるだけだし、家族写真も鬱陶しいだけだ。

そう言えば医療少年院を出てから個人的な写真を撮られたという記憶がない。思いつくのは身分証明書用に撮った顔写真だが、あれは狭義の意味で写真とは呼ばないだろう。裁判絡みで記者に撮られたこともあるが、あれも意味合いは違う。

自分には一緒に写真を撮るような人間がいないせいだろう――淡々と結論づけたその時、御子柴の眼はその一枚の写真に釘づけとなった。

おそらく佳織の誕生パーティーか何かだろう。部屋の中で家族らしき人々に囲まれている写真だった。

とうとう見つけた。

第二回公判を終えた直後、御子柴の脳裏を走ったひと筋の閃光。形にならないヒント。嵌める場所の不明なピース。

写真の中に存在するものが正にそれだった。

2

四月十六日、第三回公判最終弁論日。

さいたま地裁前は報道陣と傍聴席を求める野次馬で鈴なりになっていた。御子柴は人ごみを遠目に眺めながら、クルマを西駐車場に向ける。一瞥した限りでは社会部記者の他、顔見知りの司法記者も数人来ているようだった。

先の二回の公判に比べ、マスコミ他の関心が急速に高まったのには理由がある。言わずと知れた御子柴の弁護主張に起因するものだった。

御子柴が〈緊急避難〉を弁護の争点にするや否や、傍聴していた記者が話を広めたらしく、翌日から介護士殴殺事件は俄に世間の注目を浴びることとなった。騒がれるようになった要因の一つは〈緊急避難〉を争点にすることが日本の裁判史上ではブルーオーシャン号事件以降皆無であったこと。

そして次に、事件の被害者が当のブルーオーシャン号事件の被告人であったことだ。当時は他人の救命胴衣を奪ったのはやむを得ない事情と容認された栃野が、結局は殺されたことに因縁を覚える者も多かった。

三つ目には〈伯楽園〉で施設内虐待が常態化していたという事実だ。それまで事件の陰に隠れていた特養ホームの実態が明らかになると所轄が別事件として捜査を開始し、こちらもマスコミの耳目を誘った。

この三点が法曹界とマスコミの好奇心を煽る形となった。果たして稲見の行為が緊急避難の要件を満たすのかという法曹界の興味と、その緊急避難の適用で無罪判決を勝ち得た人物の殺人事件で、またも弁護側が緊急避難を主張している皮肉が人々の興味を駆り立てたのだ。

そして最後にもう一つ。かつての〈死体配達人〉御子柴礼司が、自ら殺意を認めている被告人に無罪判決をもたらすことができるのかどうか——。御子柴と稲見の関係にまで踏み込んだ報道はないものの、元犯罪者がどうやって不利な形勢を逆転するのかという点に世間一般の下世話な興味が集中していた。

開廷は午後一時。御子柴は弁護士待合室で静かにその刻を待つ。

最終弁論の回は、いつもいくぶんかの緊張がある。勝訴間違いなしの案件でも最終陳述如何で判決を左右する時がある。幾度も判決を覆してきた御子柴は、余計にその危険性を熟知している。だから敗訴した時も、引っ張らずに気持ちを切り替えることに努めた。所詮裁判は勝負事だ。勝つこともあれば負けることもある。

だが今回だけは鷹揚に構えている場合ではない。何といっても稲見の命運がかかっているのだ。失敗は許されない。いや、裁判に負けでもしたら、自分で自分を許せないだろう。

最後の証人をどう問い詰めるか。最終陳述をどう締めくくるべきか。

何度もシミュレーションを繰り返し、論証に遺漏がないか確認する。相手に顔色を読まれないか。所作に動揺が出ることはないか。

自分なりのチェックポイントを押さえてから時刻を確かめる。

一時五分前。

御子柴は待合室を出て四〇三号法廷に向かった。

「裁判官、入廷。一同ご起立願います」

廷吏の号令で法廷にいた全員が立ち上がる。着席する寸前、遠山はちらと御子柴の方を見たようだった。

「では開廷します。これより平成二十五年（わ）第一二五四号の審理に入ります。尚、今回が最終弁論となる予定ですので、検察側も弁護側もそのつもりで。被告人は前に出てください」

遠山の声で、車椅子のまま稲見が前に出る。最終弁論だというのに、この被告人は弁護人よりも冷静沈着に見える。

矢野はと見れば例の能面を取り戻し、御子柴には目もくれようとしない。何か秘策でもあるのか、それともただ自制心が強いだけなのか、相変わらず感情が読めない。

裁判官席の真横には前回と同様、大型モニターが運び込まれている。これも御子柴の要請によるものだが、使用するタイミングまでは裁判所に伝えていない。

ともかく最終ラウンドのゴングは打ち鳴らされた。御子柴は早速立ち上がる。

「裁判長。弁護側、最後の証人を呼びたいと思います」

「どうぞ」

法廷の扉を開けて入廷してきたのは一人の老婦人だった。足腰が相当弱くなっており、杖を突きながらゆっくりと証言台に進んでくる。その横顔を見た稲見が、また御子柴を睨みつける。

「それでは証人の人定尋問を行います。証人は氏名・住所・年齢・職業を述べてください」

「小笠原栄、住所は埼玉県川口市南鳩ヶ谷九丁目三十五—四〈伯楽園〉内。八十六歳、仕事はしていません」

「それでは宣誓書を読み上げて、署名と押印をしてください」

小笠原夫人の筆は弱々しいが、それでも途切れることはない。押印を待って、御子柴は小笠原夫人の前に立った。

「証人は被告人の入所仲間で、同じグループなのですね」

「そうです」

「事件があった時のことを憶えていらっしゃいますか」

「ええ。しっかりと憶えています。ある人からの提案で、そこにいた人たちと口裏を合わせましたからね。だから余計に憶えているんですよ」

「栄さん！」

稲見が声を上げるが、すぐに遠山の制止が入る。

「被告人。言いたいことなら最終陳述で聞きますから、それまで発言は控えるように。では弁護人、続けてください」

「証人。口裏を合わせるように提案した人物は誰でしたか。もし、この法廷にいるのならその人物を指し示してください」

小笠原夫人の細い指が稲見を指す。稲見は憤然とした表情でその指を睨んだ。

稲見の企てを改めて小笠原夫人の口から証言させたのは、先の久仁村証言を補完するためだった。入所者二人の証言が一致していれば、検察側も反論するのが困難になる。

ただし彼女を証言台に呼んだのには別の目的もある。

「それにしても証人。施設の中で日常的に暴力が行われているのに、何も打つ手はなかったんですか」

「あの雰囲気は独特なんですよ。何と言うんですか、介護士さんが入所者の粗相を咎めることがありますよね。そういう時、時々手が出ることもあるんでしょうけど、〈伯楽園〉の介護士さんの殴る蹴るはその延長線みたいなところがあって、どこまでが介護でどこからが暴力なのか曖昧でした。それに……」

「それに?」

「わたしたちは〈伯楽園〉を終の棲家と決めて入所したものですから、あそこを追い出されるともう行き場所がなかったんです。入所者のほとんどはお子さんたちと縁が切れたような状態ですしね。それから、ヘビに睨まれたカエルとでも言うのでしょうか、あの建物の中にいると介護士さんたちに逆らおうという気が失せてしまうんです。暴力を振るわない時の介護士さんは、そりゃあ優しいですからね。叩かれている方も、それが暴力なのか矯正なのか分からなくなってくるんです」

　小笠原夫人の淡々とした語りに法廷は静まり返る。彼女の証言は、極限が極限でなくなる状況の描写だった。犯罪が日常になる経過報告だった。

「被害者栃野守さんが一番虐待していたのは誰でしたか」

「後藤さんでした。動きが遅い、よく食べ物をこぼすと、毎日のように小突かれ、叩かれていました」

「後藤さんは骨粗鬆症を患っていました。証人はそれをご存じでしたか」

「はい。わたしだけでなくグループのみんながそれを存じておりました」

「栃野介護士の暴力が続けば、後藤さんが重篤な事態に陥ると予想していましたか」

「いずれ大変なことになる……そういう予感は常にございました」

「なのに、あなたは指を咥えて見ていただけなのですか」

「わたしは、女ですので……」

「女なので？　つまり自分では屈強な介護士たちに立ち向かうことができないと考えたのですね」

「そうです」

「では、他の誰かに助けを求めませんでしたか」

小笠原夫人は黙り込む。

ここで躊躇させてはいけない。御子柴は畳み掛けるように尋問を続ける。

「このままではいずれ大変なことになる。同じ入所者として放っておけない。でも自分は非力なので声を上げることができない。そういう時、人は他人に助力を求めるものです。あなたは誰にも助力を求めなかったのですか」

「それは……」

「求めたのですか、求めなかったのですか」

御子柴は威圧するように自分の顔を近づけた。この夫人にヤクザ紛いの恫喝が通用するなどとは思っていない。威圧する対象は彼女の正義感であり、善良さだった。

だが、そこで矢野の邪魔が入った。

「裁判長、異議あり。弁護人は証人に対して、恫喝を用いて証言を強制しています」

「異議を認めます。弁護人、質問の仕方を変えてください」

小笠原夫人はふっと視線を天上に向けた。御子柴の追及から逃れて安堵したような素振りだった。

宣誓した以上、虚偽を述べれば偽証罪に問われる。だが沈黙する分には、責められても罰せられる訳ではない。様子を窺う限り、小笠原夫人は肝心要の証言はしないつもりらしい。

ならば仕方がない。

「質問を変えます。証人は被害者栃野介護士が平成十五年のブルーオーシャン号事件の被告人であった事実を知っていましたか」

「はい。それは栃野さん自身がよく口走っていたことでしたから」

「それではこれをご覧ください」

御子柴が大型モニターに映し出したのは、古い新聞の一部分——ブルーオーシャン号事件の詳細を伝える記事だった。中段には救命胴衣を奪われて行方不明となった日浦佳織の顔写真が掲載されている。

「続いて別の一枚」

次に大写しになったのは、御子柴が日浦の家で発見した写真だった。

「これはブルーオーシャン号で栃野に救命胴衣を奪われた日浦佳織さんの実家から拝借した写真です。父親の話では佳織さんが十八歳の時の誕生パーティーで、写っているのは彼女の両親と母方の祖父母だそうです」

話している最中から、法廷のあちらこちらで驚きの声が上がっていた。遠山をはじめとした裁判官たちと矢野も、意表を突かれたという表情でモニターの写真に見入っている。

「ここに写っている祖母の名前も父親から教えてもらいました。小笠原栄というご婦人です。証人、これはあなたですね？」

問い詰められた小笠原夫人は顔を凍りつかせていた。

「あなたが〈伯楽園〉に入所したのは二〇〇八年の四月二十日。つまり被告人の入所日のわずか五日前ですが、任意で選んだ特養ホームに偶然孫娘を殺した人間がいた。そういうことだったのでしょうか？」

畳み掛けると、俯き加減だった小笠原夫人の顔がゆっくりと御子柴の方を向いた。

「偶然ではありません」

「ほう。偶然ではなかった？」

「テレビで栃野を見かけたんです」

もう栃野のことは呼び捨てになっている。

「夕方のニュース番組でした。有名ホテルのシェフを引き抜いて配食を作らせている特養ホームがあるって。その頃には主人も娘も他界して身寄りと呼べる者がおりませんでしたから、特養ホームというのは身近な話題でした。それで興味を惹かれてニュースを見ていたんです」

「そして〈伯楽園〉の中を撮影したビデオ映像の中に、栃野介護士の姿を認めた。そういうことですか」

「そうです」

小笠原夫人の声からはすっかり力が失せていた。

件のニュースが何パーセントの視聴率であったか定かではないが、関東地区の場合、一パーセントで四十万人以上の人間が視聴した計算になるという。十パーセントでも四百万人。離れた場所にいた稲見と小笠原夫人が同じ番組を見ていたとしても、何の不思議もない。

しかし同じ番組を視聴していても二人の見ているものは違っていた。稲見は後藤老人を発見し、小笠原夫人は栃野を発見した。そして二人は別々の目的を胸に秘めて〈伯楽園〉に集う。一人は息子の護り抜いた命を見守るために、もう一人は孫娘を殺めた仇敵へ復讐する機会を窺うために。

「証人。あなたは〈伯楽園〉に入所する以前から栃野という男がどんな人物であるかを知っていた。そうですね？」

「やめろ、御子柴」

再び割り込んできた稲見を、遠山が煩そうに睨む。

「被告人。もう再三注意しましたが、これ以上許可なく発言したら退廷させます」

そうだ、あなたは黙っていろ——御子柴は胸の裡で呟く。

あとひと息でこの証人の壁は破られる。弁護側に有利な証言を全て吐き出させられる。

「そんな邪悪な人間と分かっていながら、あなたは栃野が後藤さんに暴力を振るうのを見ていたのですか？　いや、そんなことはない。あなたは被告人が半身不随の身でありながら栃野の暴力には屈しない人物であると分かると、彼に後藤さんを護ってくれるように要請した。その要請が、被告人を〈緊急避難〉に向かわせた要因の一つになったとは考えられませんか」

小笠原夫人は尚も口を噤んでいる。見かねたように矢野の声が上がる。

「裁判長！　弁護人は自分の推論を証人に強要しています」

「異議を認めます。弁護人は質問の仕方を変えてください」

「承知しました、裁判長」

指示に従うふりをしながら、御子柴は自然に浮かぶ笑みを噛み殺す。

「では改めて質問します。証人は、栃野の暴力から後藤さんを護ってくれと被告人に頼みましたか」

小笠原夫人は遠山と稲見の顔を交互に眺めながら、やがて消え入るような声でこう言った。

「……記憶に、ございません」

これでいい。

彼女は証言を渋っているが、御子柴の立てた推論はほぼ真実に近いはずだ。それを六人の裁判員に強く印象づけられたらそれでいい。重要なのは小笠原夫人が稲見に頼み込んだのを証言させることではない。彼女が孫娘の仇を討つために、稲見を焚きつけたと裁判員たちに思わせることだ。

この裁判は小笠原夫人の殺意を立証する場ではない。あくまでも稲見の〈緊急避難〉を認定させることが目的だ。

「次に検察官、反対尋問を」

まるで小笠原夫人の動きに合わせるように、矢野がゆっくりと立ち上がる。

「今の弁護人の質問について、証人は記憶にないと証言しました。賢明です。あやふやなことをその場の気分や勢いで口に出せば、審理に誤謬を与えてしまいますのでね」

矢野の弁は宣誓書に追記したいほどの正論だが、御子柴に対する皮肉に違いなかった。

「改めてお訊きします。証人は被害者に危害を与えるべく、被告人を教唆しようと企てましたか？」

「いいえ」

小笠原夫人は澱みなく答える。事実関係ならともかく、人の真意は立証し難い。そして立証し難いからこそ、何を語っても虚偽とは断定できない。

「具体的に、被害者を殺害させるような言葉を弄したことはありましたか。被害者が憎いと、被告人に告げたことはありましたか」

「決してそのようなことはしておりません」

「以上で反対尋問を終わります」

簡明にして適切。御子柴が裁判員たちの想像を喚起させようとした弁論に対し、矢野は立証し得る事実のみを審理に採用するべきだと注意を促した。火の消し方としては最も有効な手段だろう。

主尋問と反対尋問が出尽くしたのを見計らって、遠山が法廷を見渡す。

「ではこれより、検察官・弁護人双方の最終意見を伺います。まず検察官に論告をしていただきます。検察官、お願いします」

矢野がすっくと立ち上がる。先刻ちらと覗かせた柔和な物腰は微塵もない。咳払いを一つ。法廷内は水を打ったように静まり返る。

「論告・求刑いたします。我々検察側は被告人稲見武雄を栃野守介護士殺害事件の犯人として、その公訴事実の内容について根拠を挙げて立証してきました」

矢野は裁判官席を直視して身じろぎもしない。今まで感情を面に出さなかった分、真摯な眼差しには訴えかけるものがあった。

のっぺりとした能面はこのための布石だったか――御子柴は少しだけ矢野を見直した。粛々と弁論を進行させるだけの凡庸な検察官の中にあって、この男は将来相当な難敵になるかも知れない。

「まず申し上げたいのは、被害者栃野守氏を凶器で殴殺した行為は過失致死傷などではなく、れっきとした殺人に該当するということです。弁護側は、被告人が入所者の一人を防護するためにやむなく凶器を振るったという、所謂〈緊急避難〉の要件を提示しましたが、被告人本人が供述調書以外にも現公判で被害者に対する殺意を告白しており、わざわざ被告人が出窓から取ってきた凶器は防護ではなく攻撃に使用されました。この事実からも刑法一九九条の条文に該当します」

御子柴が暴いた事実を検察側の論告に流用してきたか。その臨機応変さとしたたかさは大いに見習うべきだろう。

「次に〈緊急避難〉の要件についての反証です。既に論述されている通り、〈緊急避難〉が成立するためには補充性と法益均衡の二要件を満たしていなければなりません。しかしながら弁護側の主張は牽強付会に過ぎると言わざるを得ません。まず補充性の要件ですが、被害者の暴力を制止するためには凶器を用いて殴打するより他に手段はなかったのか。これは否であります。その場に居合わせた入所者に協力を呼び掛けて全員で取り押さえる、もしくは被害者に懇々と説諭する方法もありました。被告人の前職は医療少年院の指導教官です。被告人の指導によって更生した少年たちも少なくないはずです。何故その経験を生かすことができなかったのか。法益均衡の要件については更に疑問が生じます。被害者の暴行を放置したとして、果たしてそれによる死者が発生したのかは飛躍的な想像力を必要とします。何故なら被害者は長期間にわたって介護の仕事に携わり、暴力であるかそうでないかの境界線を知悉していたと類推できるからです。これ以上殴打したら重篤な状態を招く。その程度の判断力はあって当然であり、被害者が途中で暴行を思い留まった可能性は高いはずです。危険を回避したことで得られた利益は不確定的と言わざるを得ません。しかし他方、侵害された利益は被害者の生命という確定的な事実です。両者はとても均衡状態にあるとはいえません」

矢野はいったん息継ぎをしてから言葉を続ける。

「第三に社会通念と社会正義への影響についてです。緊急避難の要因があれば易々と法律違反を犯してよいのか。不利益を回避するためならば易々と障害となるべきものを排除してよいのか。これは例外事項の拡大解釈へ安易に結びつく甘い囁き(ささや)といっても過言ではありません。事件の背景を斟酌(しんしゃく)することはあっても、その犯罪行為自体を相殺することは責任主義の法体系を根底から否定するものと考えます。刑事事件の裁判とは行為のみを審理すべきものです。よって検察側は被告人稲見武雄に対し、懲役十五年を求刑するものであります」

懲役十五年。検察は施設内暴力と栃野の行状を配慮したようには思えなかった。

「では弁護人の最終弁論を伺います。弁護人、お願いします」

気負わず、怯まず――元特捜検事の箴言(しんげん)を拝借して御子柴は立つ。

「弁護人は被告人稲見武雄の行為が検察側の主張する殺人ではなく、無辜の第三者を救出するための緊急避難であったと主張します。緊急避難であればそこに殺意の介在はなく、稲見本人が度々表明している殺意云々の供述および証言は、長年法務教官の職を勤め上げてきた被告人特有の倫理観による贖罪の念がそうさせているものと考えられます。先ほど検察側から緊急避難につき補充性と法益均衡の要件への疑義が提示されました。まず補充性についてですが、被告人稲見武雄と同じ立場である入所者の証言および監視カメラに収められた施設内の状況を鑑みれば、〈伯楽園〉が一種の極限状態にあったことは論を俟ちません。喩えは極端かも知れませんが、アウシュビッツの収容所におけるナチスとユダヤ囚人の関係に通じるものです。そのような状況下で、周囲の入所者と瞬時に協議し、嗜虐本能に火の点いた支配者を諫めることが果たして可能でしょうか。検察官は多くの院生たちを指導してきた職歴に言及されましたが、十四、五歳の少年と四十過ぎの成人を同列に扱うのは、それこそ牽強付会というものでしょう。法益均衡の要件についても同様です。今まさに暴行している最中である栃野介護士の判断力を被告人が冷静に推量できるものでしょうか。これも甚だ疑問と言えます」

これで矢野の主張を充分に相対化できる。聞き入る遠山をはじめとした裁判官たちも、納得したように軽く頷いている。

「次に事件の態様についてですが、公判で明らかになったように、〈伯楽園〉は悪徳の巣窟であり、高齢者の支援・介護といった本来の社会的機能を大きく逸脱するばかりか、弱者虐待の温床になっていました。入所者ほぼ全員が施設内虐待の犠牲になり、今しも重篤な被害が発生しようとしたその時、被告人は動きました。しかも、自分のためではなく他人のために。それを英雄的行為とまでは言いません。そして栃野に手を下したことに何の抗弁もせず、それどころか他人を庇ったことさえ秘匿した心情を理解していただきたい。現行の裁判制度が罰則主義ではなく、被告人の更生を目的としているのであれば、被告人稲見武雄はもう充分に悔い、そしてそれ以上に贖罪の念を抱いています。彼にこれ以上の刑罰を与える意味はありません」

咳一つ聞こえない法廷で、御子柴の声が朗々と響き渡る。自分で放った声が、身体の内部で反響している。

不思議な感覚だった。

今までにも最終弁論は何百回と行なってきた。低俗な依頼人を高潔な人物として語り、悪辣な被告人を格差社会の被害者などと適当に持ち上げもした。それもこれも代償が得られる仕事だったからだ。

だが、この弁論は違っていた。胸の奥から発する言葉にはどれも実体があり、温度がある。まるで語れば語るほど力が満ちてくるような錯覚に陥る。

それでも御子柴は自分に酔うことはない。最終弁論において重要なのは、裁判員一人一人に〈被告人〉という属性ではなく、個別の名前を持った人間であるのを自覚させることだ。だから弁論の中であざといほど名前を連呼する。

「稲見武雄の半生は犯罪少年の指導と矯正の連続でした。一度でも他人を叱り、道を指し示した人間なら誰でも知っている。それが結局は自分を叱り自分の生きる道を狭めていることをです。稲見の教育を受けた院生は何千人か、あるいは何万人か。その都度、稲見は己と闘い続けました。少年たちの裡に潜む不信と闘い、世間の偏見と闘いました。そして今回もまた半身不随というハンデを押して、理不尽な暴力に立ち向かっていった。その相手は自分が生存するためならか弱き者を平気で足蹴にし、罪を逃れてからは日常的にか弱き者を蹂躙し続けた獣でした。彼はひ弱な老人を助けようとして、結果的に獣を殺めてしまったのです。弁護人は稲見武雄の行為は無罪だと主張いたします。裁判員の皆様には、以上申し上げた情状をご考慮の上、判断していただきたいと思います」

言い切った後、満足感と自己嫌悪が同時にやってきた。満足感は弁護の言葉を尽くしたことに対して、自己嫌悪はたった今蔑んだ獣がかつての自分でもあったことに対してだ。

席に戻る際、ふと稲見と目が合った。稲見は何故か困惑気味の顔をしていた。

「被告人は証言台へ」

戒護員に車椅子を押され、稲見は前に進み出る。

「これで審理を終えますが、最後に言っておきたいことがあれば簡潔に述べてください」

「まず、わたしの弁護をしてくれた御子柴先生に礼を言いたい」

何の前触れもなく名前を出され、御子柴は虚を衝かれた。

「被告人である本人が有罪間違いなしと思っているのに、御子柴先生はありとあらゆる論理と弁舌を駆使して無罪判決を捥ぎ取ろうとしてくれている。傍で聞いていて本人が引っ繰り返りそうになったくらいだ。身内を誉める訳じゃないが、秀才揃いの弁護士さんの中でも優秀な部類だと自慢できる」

「被告人、簡潔に」

「ああ、申し訳ありません。しかし、その優秀な弁護人が折角汗を掻いてくれたんだが、わたしにはやはり罰を与えて欲しい。弁護人は躍起になって否定してくれたが、栃野を殴る瞬間、わたしは自制が利かなかった。適当なところで止めようとは思わなかった。自制が利かないなら、それはやっぱり獣と同じで殺意があったということです」

やめろ。

御子柴は三度叫びそうになる。どうして自分の方から首を差し出そうとするのか。

「自分の意思だろうが他人の唆しだろうが、やったことには全て責任がついて回る。その責任から逃げることは、今まで法務教官で飯を食ってきた自分を否定することになる。それから弁護人は〈緊急避難〉という妙手でわたしを弁護してくれたが、その理屈で罰を逃れたら、わたしは栃野と同類になってしまう。死んだ栃野には失礼だが、それはご免こうむりたいのです」

被害者と同じになりたくないから有罪にしてくれ――そんな要望があって堪るものか。

「裁判長。理由はどうあれ、わたしは人を殺めました。贖罪の方法は人それぞれです。他人に尽くして償う途もあるでしょう。しかしわたしはもう先が短いし、こんな身体だから生きていても償うことができん。だったら極刑にするなり死ぬまで獄に放り込んで欲しい。そうでもしなけりゃ、わたしは自分の人生に汚点を残すことになる。再度お願いします。わたしに罰を与えてください」

二人の裁判官と六人の裁判員は信じられないものを見るような顔をしていた。

額に皺を寄せていた遠山は、やがて短く嘆息する。

「以上で被告人稲見武雄に対する殺人罪の弁論を終了します。判決言渡期日は五月十六日。閉廷」

3

花壇に咲き誇っていたスミレは、いつしかバラに取って代わられていた。

小笠原夫人は花壇の前のテーブルに座り、いつもと同様、ＣＤラジカセから流れてくるモーツァルトの〈レクイエム〉に耳を傾けている。〈伯楽園〉を訪れる度に同じ姿を見せられるので、まるで夫人が景色の一部のように思えてくる。

ＣＤラジカセの貧弱なスピーカーからでも、死者を悼む曲想の荘厳さが伝わってくる。〈レクイエム〉（死者のためのミサ曲）はモーツァルトが作曲途中に病死したために未完であったものを、弟子たちが完成させた曰くつきの曲だ。当時のモーツァルトの精神状態を反映してかひどく陰鬱な印象があり、長らく御子柴の琴線には触れなかった。

今流れているのは、モーツァルトの絶筆部分とされる第八曲ラクリモーサ〈涙の日〉の冒頭だ。ニ短調ラルゲット八分の十二拍子。

咽び泣くようなヴァイオリンの調べに乗って女声合唱が哀悼を歌う。伴奏は単調だが、上向しては止まり、また上向しては止まりの反復が祭壇への葬列を連想させる。階段を上がり切ったところで曲調はそこに留まり、女声は静かに啜り泣く。死者への想いと悲劇への慟哭が胸を締めつける。上向と下向をゆっくり繰り返す中、喪失感と祈りが綯い交ぜになって心の襞に入り込んでくる。

メロディはいったん平穏になり、在りし日の思い出に遊ぶが、それもひと時で終わる。慰撫される間もなく曲は短調に落ち、突如として入ってきた男声合唱が更なる哀しみを歌う――。

「ご無沙汰でした」

声を掛けると、小笠原夫人は初めて気づいたように顔を上げた。

「あら、御子柴先生」

最終弁論からまだ二週間しか経っていないというのに、夫人はひどく懐かしそうに笑う。

「裁判、どうもご苦労様でした」

「こちらこそ。足が不自由な中、あんな場所に呼び出したりして申し訳ありませんでした」

「いえいえ。たまに園の外に出るのも刺激的でしたよ。法廷ではもっと刺激的な目に遭いましたしね」

証言台で御子柴から詰問されたことへの皮肉に違いなかった。

「法廷での無礼はお詫びします」

「ああやって証言を引き出すのが先生のやり方なのでしょう？　依頼人のためならどんな手段も厭わない。社会常識も手続きも評判もお構いなし。弁護士としては一番理想的なのかも知れませんね」

「ここに座っても？」

「どうぞ。わたしも上から見下ろされるのは、あまり好きじゃありません」

正面に座って夫人と対峙する。小笠原夫人は仏像のように摑みどころのない笑みを浮かべているが、それが仮面なのかどうかは判然としない。

「以前に比べて園内が少し慌(あわただ)しい様子ですね」

「まあ、とぼけて。何もかも御子柴先生のせいじゃないですか」

御子柴も〈伯楽園〉を巡る報道は耳にしていた。法廷で暴露された施設内虐待を一部の新聞が翌日の朝刊に載せると、今度は数日後に川口市の調査が入ったのだ。法廷で証拠として採用された監視ビデオから介護保険法違反を問われ、〈伯楽園〉は六ヵ月間の新規受け入れ停止と六ヵ月間の介護報酬二割減額が検討されている最中だという。

前原や漆沢といった介護士たちはもちろん、施設長の角田も処分の対象に挙がっている。非難の矢面に立たされた経営母体の社会福祉法人は、既入所者への補償とともに職員の総入れ替えを表明した。ただ現状では新規職員がすぐに確保できないため、市から派遣された担当者の監視つきで従来の体制のまま業務が継続されている。

「入所者の皆さんの居場所は確保できるように聞いています」

「それも御子柴先生が法廷で明らかにしてくれたせいでしょうね。噂や内部告発程度だったら、経営者たちは問題をひた隠しにしようとしたでしょう。そうなったら、わたしたちへの虐待が前よりひどくなったかも知れません。だから結局は一番いい形で解決しそうなのです。こういうのを災い転じてって言うのかしら。どちらにしても御子柴先生の有能さが実証されましたね」

「皮肉ですか」

「皮肉だなんて。こういうのは奥ゆかしいと言うのですよ」

小笠原夫人は口元を隠して笑う。

「それにしても法廷であの写真を見せられた時は大層驚きました。まさか佳織に目をつけられるとは想像もしていませんでしたから」

御子柴は答えない。日浦の家を訪れたのも明確な狙いがあった訳ではなく、枥野に恨みを抱く者を拾っていく上で偶然小笠原夫人に当たったようなものだった。

「わたしが稲見さんを唆したと、すぐに思いついたのですか」

「いいえ。ただ佳織さんを殺した人間とその祖母が同じ場所にいたので、色々と想像を喚起するものはありました」

「佳織はね、そりゃあお祖母ちゃん子だったんですよ」

夫人はぱっと顔を輝かせた。

「日浦さんが窯元を営んでおられたでしょ。夫婦とも忙しいものだから、当時同じ多治見に住んでいたわたしがよく面倒を見たんですよ」

「ご近所だったんですか」

「いいえ、近所というほどのものじゃないの。まあ何かあったらすぐ駆けつけられる距離といったところかしら。だから佳織をよく家で預かりました。十歳くらいまでは日浦の家よりわたしの家に入り浸っている方が長かったんじゃないかしら」

「お祖母ちゃん子になる訳です」

「近所にいじめっ子がいるけどどうしたらいいとか、学校に苦手な先生がいるとか、まるで親代わり。そうそう、わたしが時代劇ファンなものだから、佳織もいつのまにか同じものを観るようになって。お蔭で友達から浮いちゃうなんて愚痴をよく聞かされました」

目尻の皺を深くして笑う夫人は、どこにでもいるような品のいい老婦人にしか見えない。

「わたしたちも子供は娘一人だけでしたから孫も佳織一人きり。実際、孫なんてただ煩いだけなんだろうと思ってましたけど、本当にあの子は可愛くってね。抱き締めてやるとほっぺがぷにぷにと天使みたいでね。目に入れても痛くないというのは、あながち嘘でもないんだと思いましたよ。だからあの子が一人で韓国へ旅行に行くと聞いた時には心配で心配で仕方なくって。何度か思い留まるように話してみたんだけど、一度行くと言ったら聞かない子で……あんなことになるんだったら、パスポートを取り上げてでも行かせなきゃよかったと、頌栄さんと後悔したものです」

それまで輝いていた小笠原夫人の顔に影が差した。

「ブルーオーシャン号が転覆して、乗客名簿の中から佳織の名前を見つけた時には生きた心地がしませんでした。何とか奇蹟が起きて生還して欲しい……わたしたち親族は日浦さんの家に集まって佳織の無事を祈りました。でも事故から二日してあのビデオがニュースで流れたのです」

「栃野が佳織さんから救命胴衣を奪う場面ですね」

「わたしたちの祈りはそのニュースで儚く消えました。祈りの後にやってきたのは栃野に対する怨念だけでした。御子柴先生、ご家族は？」

「そういう者はおりません」

「じゃあ、家族をそういう形で失った者の気持ちはお分かりにならないでしょうね。悔しくて悔しくて、泣くと血の涙が出るような気がしました。栃野という男は人の皮を被った獣だと思いました。だからあの男が暴行罪で逮捕されたと聞き、わたしたちは溜飲が下がる思いだったんです」

　でも、と夫人はいったん言葉を途切らせる。

「結局、栃野が罪に問われることはありませんでした。自分が助かるために他の人間を犠牲にする。そんなことが法律で許されるなんて、いったいどこの国の話だろうと歯噛みしました」

「小笠原さんは栃野の裁判を傍聴したんですか」

「ちょうどその頃から足腰を弱くしましてね。でも傍聴席の倍率は相当な数だったというから、出歩けたとしても傍聴はできなかったでしょうね」

「栃野の顔はどうやって知り得たんですか」

「新聞では佳織の顔を載せても、栃野の顔は決して掲載しませんでしたからねえ。栃野のことなんて〈男性乗客〉としか記載していませんでした。被害者より加害者の方に気を遣うなんて逆じゃないかって、親戚一同憤慨したものです。写真週刊誌というんですか、あのテの雑誌が争うように栃野の顔を晒してくれたので助かりました。わたしはね、二冊買ったんですよ、その写真週刊誌」

「二冊？　何のために」

「一冊は保存用。もう一冊は写真を切り抜いて、たっぷり待ち針を刺してやりましたよ」

口角が上がっていたが、目は決して笑っていなかった。

「御子柴先生。これでもわたしは資産家の家に生まれましてね、そのせいか昔からおっとりしていると言われ続けました。実際、他人様を恨んだり羨んだりとは無縁で過ごしてきましたから。でも、そういう人間でも大切な肉親をあんな風に殺められたら、鬼にも蛇にもなれるものなのですよ」

「栃野の消息を追ったんですね」

「残念ながらその手前で挫折しました。頌栄さん夫婦が警察や検察に何度お願いしても、栃野の住所も何も教えてくれませんでした。それならばと栃野の弁護士の許を訪ねてみましたけど、こちらもけんもほろろ。ほとんど門前払いの体でした」

「この国は犯罪者にとって天国みたいなものですから」

「それは元〈死体配達人〉としての皮肉なのかしら」

「とんでもない。そのお蔭で弁護士になれましたからね。本音ですよ」

「少なくとも昔の恩人を助けようとする弁護士さんなんですから、あなたはまだマシな方です。でも栃野は違いました。あの男は罪を逃れても獣のままでした。栃野を追う手掛かりがないと分かると、わたしたち親族はみんな心身を患いました。佳織の母親、つまりわたしの娘は子宮がんを悪化させてあっという間に逝ってしまいました。わたしの連れ添いも、まるで佳織の後を追うようにして……人というのはね御子柴先生、気力を奪われるだけで寿命が縮まるものなのですよ。頌栄さんは気丈でした。一人娘と連れ添いを相次いで亡くしたというのに、工房を一人で護り抜いて……でも、頌栄さんもきっと無理をしているんですよ。従業員さんとそのご家族を抱えていらっしゃるから痩せ我慢しているだけじゃないかしら」

御子柴は改めて小笠原夫人の全身を眺める。八十六歳にしては皺も少なく、背は曲がっていても腰まで曲がっている訳ではない。後期高齢者の中でも矍鑠としている部類だろう。

やがて唐突に思い至った。たった今本人が口にしたではないか。親族は全員心身を患ったのだと。

小笠原夫人が患ったのは精神だった。資産家育ちのおっとりした令嬢が、それこそ鬼にも蛇にも変貌したのだ。

「法廷でお話しした通り、あるニュース番組で栃野の顔を見た時、わたしは遅ればせながら祈りが通じたのだと思いました。天の配剤という言葉を信じました。幸か不幸かその頃のわたしは介護が必要な身体になっていましたからね。〈伯楽園〉に入所するには都合がよかったのです」

「首尾よく、あなたは仇敵である栃野に接近することができた。しかし具体的な復讐の方法は考えていたのですか」

「いいえ、そんなものはありませんでした」

小笠原夫人は艶然（えんぜん）と笑う。容色が枯れていても、その笑みには異様な魅力があった。

「ただわたしには時間と機会が与えられたので、何も急ぐ必要はなかったんです。ゆっくりとあの男を観察していれば、いつか隙ができると思っていました」

「つまり、わたしの依頼人が栃野を殺害したのは全く予期せぬことだったと仰るんですか？」

「あら。まさか先生は、わたしがあの日の出来事を全てお膳立てしたとでも言うおつもりですか。それはとんでもない買い被りというものです」

「小笠原さん。もう公判は終わりました」

御子柴は彼女に顔を近づけた。

「しかもここは法廷じゃない。誰も聞いていない、誰も見ていない。わたしとあなただけの密談だ。念のために言っておくが録音機の類も持っていません。だから公判時に証言台では話せなかったことも、ここでなら話せるんじゃないんですか」

「まあ、先生。わたしがあの場で偽証したと言うのですか。わたし、宣誓の際に確認したんですよ。証言台で嘘を吐いたら罪になるって。だからあの場でお話ししたことはどれも本当です」

「あなたが嘘を吐いたとは言ってません。話せなかったことがあると言ってるんです。検察官の質問はこうでした。『被害者に危害を与えるべく、被告人を教唆しようとしたか』。『具体的に被害者を殺害させるような言葉を弄したか』。そして『被害者が憎いと告げたことはないか』。あなたはいずれの質問に対してもノーと答えた」

「ええ。決して嘘など吐いていません」

「だがわたしの、『後藤を護ってくれと被告人に頼まなかったか』という質問に対しては、記憶にないと答えた。記憶にない？　まさか！　稲見さんが栃野を殴った際、わたしはその場にいた入所者に状況を訊いて回ったが、稲見さんの供述に最も合致した証言をしたのはあなただった」

小笠原夫人は御子柴を正面に見据えたまま、しばらく口を閉ざしていた。

「わたしが今日ここに伺ったのは、あの答えをあなたの口から聞きたかったからです」

「先生はそれを聞いてどうしようというのですか。もう裁判は終わったのでしょう？　だったら答えを聞いても詮無(せんな)いことだと思いますけど」

「わたしの知っている依頼人は、衝動や気紛れで凶器を振り翳す人間ではなかったものですから。法廷で弁護に努めるのは弁護人として当然だが、自分が見当違いの弁護をしたんじゃないかという純然とした興味があります」

また穏やかな睨み合いが続く。

沈黙を破ったのは夫人だった。

「わたしが答えない限り、ずっとここで粘るつもりなのかしら」

「最近は、わたしも時間に余裕があるもので」

「じゃあ正直にお答えします。わたしが稲見さんに言ったことは一つだけ。『どうか後藤さんを護ってやってちょうだい』」

「それだけ、ですか」

「ええ。でもそれで充分だったのよ、ああいう人にはね」

「ああいう人？」

「先生は稲見さんをどう見ているか知らないけれど、あの人は基本的に男の子なのよ。もっとも世に普(あまね)く存在する男性の大部分はそうなのですけれどね」

夫人はまた色合いの異なる笑みを見せる。

「自己犠牲、英雄行為、義理人情、滅私奉公。どの言葉を使ってもいいのだけれど、男の人というのはそういう自分の姿に酔うことができるの。子供の頃に遊んだヒーローごっこの延長なのかしらね。わたしたち女にはとても理解できない性質。稲見さんはね、その性質がとっても目立つの。きっと長い間、犯罪少年たちを相手にしてきたことと無関係ではないのでしょうね。そういう男の人を相手に、唆すなんて必要ないのよ。毎日毎日繰り返し、懇願すればいいの。助けて、助けてって」

　声の調子は一向に変わらない。それだけに内容の冷淡さが際立つ。

「最初に見た時から、わたしは稲見さんに復讐の代行を託すことに決めました。稲見さんが後藤さんをしきりに気遣っていたのは、傍目からも分かりましたからね。わたしは栃野が後藤さんを虐待している場面を稲見さんに見せるか、告げ口してやるだけでよかった。稲見さんの正義感か義侠心（ぎきょうしん）かに火が点いて、ある時爆発するように待っていればよかった。何しろ時間だけは充分にありましたからね。そしてあの日、稲見さんは見事にわたしの期待に応えてくれました。栃野の暴力を止めるために手を出したことを秘密にするよう、みんなに口止めまでしたのは予想外でしたけれどね」

　小首を傾げる仕草はごく自然に見えた。

「御子柴先生、法律の専門家として教えてくださらない？　わたしのしたことはどんな法律を犯しているんでしょう」

「どんな法律にも抵触していませんよ。教唆にさえなりません。もし、犯罪だと仮定するなら完全犯罪といったところですね」

「それでも犯罪ではあるというのですか。栃野の緊急避難に比べれば、わたしのしたことなんて何ということもありません」

　不意に背筋がぞくりとした。

「これはとても言い難いのだけれど、先生のしていることは無意味なのじゃないかしら」

「無意味？」

「先生がどんなに一生懸命稲見さんを罪から逃れさせようと頑張っても、稲見さん本人は罰を与えて欲しいと望んでいるんですもの。あなたのしたことは、稲見さんにとってよかったのかしら。それとも邪魔だったのかしら」

　これ以上、ここに留まる意味はない。御子柴は椅子から立ち上がった。

「ありがとうございました。あなたの話を聞けてよかった」

「非難しないのですか」

「わたしにはそんな権利も資格もありません」

　そう言って夫人に背を向けた。もう何も言わないつもりだったが、急に気が変わった。

「ただ、かつて罪を逃れた人間として知っていることはあります」

「まあ、何でしょう」

「法律で裁かれる方がよっぽど幸せなんですよ」

御子柴は夫人の反応も確かめないまま、その場を立ち去る。

ＣＤラジカセからはまだ〈レクイエム〉が流れていた。

4

五月十六日、判決言渡期日。

四〇三号法廷では御子柴と稲見、対面に矢野が裁判官たちの入廷を待っていた。

判決言渡しなど、もう何度も経験している。だがこの日、御子柴を取り巻く空気は怖ろしいまでに静謐（せいひつ）だった。満席の傍聴席からざわめきが洩れているにも拘わらず、御子柴の周囲だけが水を打ったように静まり返っている。

判決言渡しともなれば、大概の被告人は動揺して落ち着かないものだ。ところが稲見は車椅子に深く身を預け、泰然自若（たいぜんじじゃく）の構えでいる。矢野はと見ればこちらも例の能面を顔に貼りつかせ、傍聴席に冷ややかな視線を送っている。

落ち着かないのは自分だけか――苦々しく思っていると、ようやく遠山たちが姿を現した。

「起立願います。礼！」

最初に遠山が着席し、二人の裁判官と六人の裁判員が後に続く。それを待って法廷内の全員が座る。

「平成二十五年（わ）第一二五四号、介護士殴殺事件被告人稲見武雄の判決を言い渡します。被告人は前へ」

遠山の声は朗々と響く。だが次の言葉を聞いた瞬間、御子柴は金縛りに遭った。

「主文。被告人を懲役六年に処する。未決勾留日数中六十日をその刑に算入する」

そんな馬鹿な。

思わず腰を浮かしかけた。

「理由

罪となるべき事実

被告人は平成二十年四月から特別養護老人ホーム〈伯楽園〉に入所していたが、予てより同園に勤務していた介護士栃野守の施設内暴力に抵抗を続けていたところ、平成二十五年三月四日、同園食堂において栃野が入所者の一人である後藤清次に暴行を加えているのを見咎め、これを制止せんとして食堂内にあった花瓶で栃野の頭部を殴打、同人を死に至らしめた。

法令の適用

罰条　　　　　　刑法一九九条

刑種の選択　　　有期懲役刑を選択

酌量減軽　　　　刑法六十六条

未決勾留日数の本刑算入　刑法二十一条

量刑の理由

1　本件は、被告人が入所仲間を介護士の暴力から救助しようと、その介護士を殺害した事案である。

(1)　入所者の証言および弁護側から提出された証拠物件により、同施設の虐待行為は常態化していたと推測される。そのような状況下で、被告人が嗜虐者である被害者の暴力行為を制止しようとしたことは正当な行為と評価できる。

しかし、暴力行為を制止しようとして凶器を手にして被害者を凶器で殴打しようとした行為自体は被告人が下半身に障害を負っていた事実を考慮しても、適切な判断であったとは考えられない。更に被告人は供述調書および法廷証言の中で被害者に対する明確な殺意を告白しており、この点を以って第三者の利益侵害を避けようとする正当防衛の要件からも乖離する。
（2）弁護人からは被告人の行為が〈緊急避難〉の要件を充たすとの主張が為された。当裁判所はこれについても審理した。まず補充性については、他に制止の手段がなかったか否かが争点となるが、衆人環視の中、しかも他の職員への救難要請も可能であった状況を考えれば、被告人の行為が直ちに補充性の要件に合致するとは判断できない。
（3）次に法益均衡の要件について述べる。弁護人は被害者の暴力によって後藤清次の死亡が容易に予測できたとして、法益均衡の要件を主張する。しかしながら被害者の所持していた護身棒なる武器の殴打による損傷具合は計測不能であり、また暴力を加えられていた後藤清次が骨粗鬆症を患っていたことは当然に被害者も心得ていたであろうから、被害者が致命的な打撃を与えたとは推測できない。然るに被害者の侵害されたものは生命であるので、これも法益均衡と判断する材料に欠落がある。
2　一方で本事案は、被害者の施設内虐待が常態化していた事実も勘案しなければならない。すると被告人の行為は直ちに〈緊急避難〉の要件を満たさないまでも、生じてしまった侵害が回避しようとした侵害よりも大きいことを考慮して、過剰避難として刑の減免要因を挙げることができる。
3　以上によれば、本件については酌量減軽を施した上で、被告人に対し殺人罪の法定刑の下限をやや上回る懲役六年の実刑に処するのが相当であると判断した。

平成二十五年五月十六日
さいたま地方裁判所刑事部
裁判長裁判官　遠山春樹
裁判官　　　　平沼郁子
裁判官　　　　春日野哲也　」

判決文の朗読が終わると、遠山は咳払いを一つしてから眼下の稲見を見下ろした。

「被告人、最後に何か言いたいことはありますか」

稲見は顔を上げる。

「何もありません。どうもありがとうございました」

すると遠山は判決文を机上に置き、稲見の方へぐいと身を乗り出した。それを見るなり、御子柴は一瞬冷静さを失った。

このクソ裁判官め。いったいどんな説諭を披露するつもりだ——。

「長い間裁判官をしていますが、今回のように他人を救うために殺人を犯した被告人を裁くのは初めてです」

　今までの厳格な口調から一変していた。

「裁判官の間に交わされた協議内容をお話しすることはできませんが、裁判員の中には判断に苦慮した方がいたことはお知らせしておきましょう。それから、もしも健康上の理由で普通刑務所での服役に耐えられないと思ったら、弁護人と相談して医療刑務所への要望書を提出することをお勧めします」

「お気持ちはありがたいのですが裁判長。こんななりでも一端（いっぱし）の作業くらいはこなしてみせます。そのお心遣いだけで結構です」

　遠山は軽く頷いてから顔を真直ぐに上げた。

「閉廷」

　途端に傍聴席から数人が飛び出して行く。おそらく報道関係の者だろう。だが御子柴の関心はそちらにない。すぐに稲見の許へ駆け寄り、その正面に回り込む。

「即日控訴するぞ、稲見教官」

「うん？」

　だが後ろに控えていた戒護員が二人の間に割り込んできた。

「稲見、退廷だ」

「申し訳ないな、戒護員殿。俺の弁護人と重要な打ち合わせがある。五分だけ時間をくれませんか」

仕方ないという風に戒護員はまた後ろに下がる。

「さあ、五分もらったぞ。御子柴先生」

「こんな馬鹿な判決があるか。裁判官たちは〈緊急避難〉の要件に関して、こちらの主張を全くと言っていいほど考慮していない。その癖、六十六条を酌量減軽の根拠にしてお茶を濁している。これは〈緊急避難〉の前例を作りたくないための逃げだ」

「おい、御子柴先生よ」

「どうせ下級審の判断だ。二審になれば裁判員は排除されるから、〈緊急避難〉についてもっと踏み込んだ判断が期待できる。控訴審では必ず……」

「落ち着け、御子柴。もうお前はお払い箱だ」

「……え」

「俺は控訴しない。一審の判決に従う。だから、お前の出番はもうない」

「待ってくれ」

思わず車椅子の肘掛に手を置いた。

「いったい何のつもりだ。一審で諦めるなんて馬鹿げている。何で三審制があると思うんだ。不当判決を甘受しないためのシステムじゃないか。控訴はこちら側の当然の権利だ」

「俺はこの判決で充分満足してるんだ。これ以上は何も望まん」

稲見が一度言い出したら聞かない性分なのは身に沁みて知っている。生半可な説得では功を奏さない。

できれば本人には隠しておきたかった。しかし真実を告げなければ、この男は絶対に翻意などしないだろう。

「あなたには言っておかなければならないことがある。他でもない、小笠原夫人の件だ」

「栄さんの？　どういう件だよ」

「今度の一件は教官、あなたが自発的にした犯行のように思っているだろう。実は違うんだよ。これは最初から小笠原夫人が仕組んだことで……」

「栄さんが毎日毎日、俺に後藤の爺さんを護ってくれと吹き込んだことか？　そんなのはハナっから知ってるよ」

朴訥（ぼくとつ）な口調だったが、御子柴の胸を貫くには充分だった。

「……何だって」

「教唆にもならないような教唆。でも俺みたいに単純なヤツには潜在意識で効いてくる呪文、か。確かにあの婆さんからあんなに熱心に頼み込まれたら、同じ年代の野郎どもは発奮するだろうな。だが、俺のしたことは彼女の復讐とは全く関係がない。お前が弁論の中で代弁してくれた通り、俺は武士が命懸けで救った後藤の爺さんを護ろうとしただけだ。後藤の爺さんを護身棒で殴ろうとした栃野に、一瞬殺意が湧いたってのも嘘じゃない。証言台に立って言ったことは全部本当だ。それにな、これは栄さんも知らないだろうけど、彼女が栃野の殺したお嬢さんの身内じゃないかってのは、俺も薄々気づいていた」

「どうして……」

「ブルーオーシャン号の事件はずいぶんテレビにも流れていたよな。俺はこんな身体だから一日中テレビを点けっぱなしでな。日浦佳織さんの葬儀の様子もテレビで観ていた。お前はその様子を憶えているか」

「いや、そのニュースは多分観ませんでした。しかし、それがどうかしたんですか」

「その告別式ではな、絶えず同じクラシックの曲が流れていた。有名な曲で、俺みたいな門外漢でも曲名はともかくメロディは聞き知っていた。それがよ、栄さんがいつも花壇の前に座って聴いている曲があるだろ」

「モーツァルトの〈レクイエム〉」

「ああ、それだ。それと同じ曲だったんだよ」

「とてもポピュラーな曲だ。偶然の一致だとは思わなかったんですか」

「最初はそう思った。しかしな、じっくり見ると日浦佳織さんと栄さんは目元がよく似ているんだ。しかも事あるごとに、俺へ栃野の悪行を注進してくる。栄さんが栃野に対してよからぬことを企てているのは見当がついていたのさ。もっとも栄さん本人に、確認したことはないがな。ふふん、栄さんも利口は利口だが所詮いいトコのお嬢さんだ。ちょいと俺のことを見くびり過ぎてる」

稲見は肘掛に置かれた御子柴の手をやんわりと解く。

「栄さんは暇さえありゃあ、あそこで〈レクイエム〉ばっかり聴いていた。何時間も何時間も飽きずにそうしてるんだ。だから一度尋ねたことがあるんだ。どうしてその曲ばっかり聴くんだって。そうしたらな、この曲は孫のお気に入りの曲だと答えたのさ。それで俺は栄さんの執念を知った次第だ」

「そこまで分かっていながら、どうして小笠原夫人の証言を遮ろうとしたんですか。いや、分かっていたのなら、何故夫人の企てについて喋ろうとしなかったんですか。

そうすれば間違いなく情状酌量の材料も増えていた」

「言ったはずだ。俺のしたことは彼女の復讐とは何の関係もない」

「関係ないなんてあるか。依頼人の利益に供せることなら、何でも利用するのが弁護士だ」

「その辺が、俺とはちょっと違うんだ」

稲見は御子柴の直視から逃げるように視線を逸らす。

「お前は頭がいいからなあ。俺が隠していたことも、栄さんが胸に秘めていたことも全部暴き出して弁護に使う予感があった。だからお前を弁護人にするのに躊躇したんだ。なあ御子柴先生、犯罪において動機というのは罪の軽重を左右するだろ」

「あるとなしとでは罪状が変わってしまう」

「だから御子柴先生は動機の不在で闘おうとした」

「当然だ」

「でもな。俺に言わせりゃ、動機なんてそんなに重視するようなもんじゃない。この野郎殺してやろうか、なんてのは誰しも考えることだ。だが、それを実行に移すかどうか。それで魂の形が決まってくる。どんなに綺麗事を並べようが、実際に手を血で染めた人間は外道(げどう)だ。裁判官に言い訳はできても、手前ェには言い訳できない。だから俺は栃野を殺した報いを受けなきゃならん。でなけりゃ俺はずっと外道のままだ」

「いい加減にしてくれっ」

堪らず御子柴は叫ぶ。その声に驚いて廷吏たちがこちらを振り向いた。

「何の弁解もせず、条文を丸呑みして、ただ犯した罪を償うだけなら弁護士なんて必要ないじゃないか」

「そんなことはないさ」

武骨な手が御子柴の肩を叩いた。

「仮退院を二週間後に控えた日、お前は院長たちを前に更生後の生き方を誓ったはずだ。まさか忘れてやしまい？」

忘れるものか。

忘れなかったから、今自分は弁護士としてあなたの前に立っているんだ。

「お前はその誓いを実践しているんだろう？　だったらお前の仕事を必要ないなんて言うな」

「しかし、俺のしたことはあなたの役には立たなかった」

「お前の贖罪の仕方と俺の贖罪の仕方が違っていただけの話だ。そう深刻に考えるな」

「稲見。もう、出るぞ」

痺れを切らせた戒護員が強引に車椅子を引き寄せた。出口に向かう稲見は振り返るのが精一杯の様子だ。

「ありがとうよ、御子柴先生」

それが最後の言葉だった。

立ち尽くす御子柴の視界から、恩師の姿がどんどん小さくなっていった。


事務所に戻ると、洋子が燥(はしゃ)いだ声で出迎えた。どうやら失望は顔に出ていないらしい。

「先生。留守中にびっくりすることがありましたよ」

燥いだ声の理由はどうやらそれが原因のようだった。何にしてもこれ以上、神経に障る話は鬱陶しいだけだ。

「何があった」

「顧問契約の申し入れがあったんです。それも二件も」

「ほう、どこの暴力団だ」

「違います。製薬会社と建設会社です。二社とも真っ当な上場企業ですよ」

どういう風の吹き回しかと思った。

「きっと今度の一件で注目されたからですよ。〈緊急避難〉が争点になる裁判として、ネットでもすごく注目を浴びてますから」

洋子の燥ぎぶりは事務所の収入増もさることながら、宏龍会以外での顧客が戻ってきたことに由来するのだろう。

多少マスコミの脚光を浴びたくらいで御子柴に顧問を依頼してくるような企業だ。暴力団ほど胡散臭くはないにしろ、どうせ内部に大小の爆弾を抱えた会社に相違ない。

しかし、今はそれを毒づく気にもなれなかった。

「契約内容に遺漏がなければ承諾しておいてくれ」

「はい」

洋子は弾んだ様子で自分のデスクへ戻っていく。その明るささえ鬱陶しく思えてきた。

椅子に沈むと、自分の身体がひどく重く感じられた。

稲見の言葉はまだ耳に残っている。

自分の仕事を必要ないなんて言うな、か。

だが、その仕事で大事な人間を護ることができなかった。それなのに依頼人が増えたというのだから、これ以上の皮肉はない。

それにしても稲見の見せた苛烈なまでの清廉さはいったい何だったのだろう。公判当初、遠山に向かって自分に罰を与えてくれと申し出たのは、他人を庇うためでも何でもなく、本当に己を罰したいと願ったからだ。

判決を言い渡された瞬間、稲見は至極満足げだった。無罪判決を勝ち取った被告人でさえあんな表情は浮かべないだろう。まるで法悦に満ちた顔だった。

不意に御子柴は理解した。

あれは殉教者の顔だ。快活でもなく自虐でもなく、ただ自分だけの満足に浸っている悦楽。それが小笠原夫人の見せた笑顔に重なって見える。

結局、稲見と小笠原夫人は同じ種類の人間だったのだ。息子が護った命のために自分の手を汚した稲見。そして孫娘のために鬼へ変貌した夫人。二人は亡き者のために自らを殉じて地獄へ身を投じたのだ。

稲見の自己犠牲も、夫人の昏い企ても法の埒外にある。稲見を救う条文もなければ、夫人を責める条文もない。

法の限界を突きつけられたような気がした。そしてまた、法の限界はその世界に生きる者の限界でもある。御子柴は稲見を救えない。同様に、矢野は夫人を追及できない。

いったい何が法の秩序かと思う。

奈落から手を伸ばした者を生涯かけて救い続ける——誓った言葉そのままに生きてきた。法律の力を信じたからこそ、時にはそれを悪用し、己の目的に捧げてきた。

だが、それすらも全知全能ではなかった。老いた二人にとっては、文字通り六法全書に記された文字列でしかなかった。

孫娘の復讐を完遂した小笠原夫人は、あの老人ホームで満ち足りた気分のなかで安らかに生を終える。そして稲見は残り少ない人生の大部分をうそ寒い刑務所で過ごす。それが分かっているのに御子柴は手も足も出ない。あれだけ奔走し、あれだけ法廷で熱弁を振るっても、所詮は蟷螂（とうろう）の斧（おの）でしかなかった。

何と自分は無力なのだろうか。

絶望と自己嫌悪が胸の奥まで侵食していく。

絶望というものはこんなにも精神を挫（くじ）かせるのか。

自己嫌悪というものはこんなにも気力を奪うものなのか。

世間の悪評など気にも留めなかった。弁護士仲間から後ろ指を差されても痛痒すら感じなかった。それなのに今、自分は糞便に塗れたような敗北感で押し潰されそうになっている。

御子柴は視線を落とす。襟につけた弁護士バッジがまるで菓子の景品のように思える。

不意に何もかもがどうでもよくなった。

弁護士バッジも事務所も放り出して、身軽になる。そうすれば、どんなに楽だろう。

そうだ、辞めてしまえ。

お前なら弁護士以外にも途はある。院生時代に学習した悪事で飯は食えるはずだ。

贖罪だと？　ふざけるな。そんなもののために手前ェの一生を捧げるつもりか
——。

「先生？」

甘い誘惑に耳を傾けていると邪魔が入った。

「これ、届いていたのをすっかり忘れていました」

洋子が差し出したのは一通の手紙だった。

「それじゃあ、もう帰ります。お疲れ様でした」

「ああ、お疲れ様」

洋子の姿が見えなくなってから、封筒を引っ繰り返した。

差出人の名前は〈津田倫子〉とあった。

驚いた。以前弁護した依頼人の子供だった。

確か今年で八歳になる。道理で字が稚拙な訳だ。

好奇心に任せて封を開ける。便箋(びんせん)はファンシーグッズと言うのだろうか、アニメキャラクターの図柄だった。

『みこしば先生へ。

お元気ですか。わたしは元気です。今、しんせきのお家に住んでます。

テレビで先生を見ました。わたしのお母さんの時と同じに、いっしょうけんめいなんだなと思いました。いなみさんという人もむじつなんですよね。わるいことをしていない人を助けようとする先生は、やっぱりいい先生だと思います。ずっとずっとおうえんしてます。わたしも大きくなったら、先生みたいなべんごしになりたいと思います。

がんばってね。

倫子』

御子柴はしばらく文面に見入っていた。

やがて文字がぼんやりと滲んできた。

解説

杉江松恋
（文芸評論家）

中山七里は読者に先読みをさせない物語運びの達人である。

いつのころからか「どんでん返しの帝王」なる称号が奉じられるようになったのだが、ミステリーにどんでん返しが備わっているのは当たり前のことなので、これはあまり適切ではないように思う。引っくり返すだけなら誰でもできる。ちゃぶ台を引っくり返すのと同じくらい簡単である。それを読者に気取られずにやってのけるから名手なのだ。

中山作品の読み心地は、囲碁の対戦を見ているときのそれに近い。囲碁の布石というものは門外漢には理解不能なもので、序盤の展開が後でどのように効いてくるかはまったくわからない。黒白交互に石が置かれていくのを見るのはそれだけで気持ちいいが、ぼうっと見とれていると、あるとき突然決着が訪れるのである。そうなって初めて、いや、棋士の戦略を解説されてようやく、序盤の石の意味を理解できるようになる。傍観者には単なる点にしか見えなかったものが、対局者には面を構成する要素の一つとして捉（とら）えられていたのだということが判明する瞬間の快感こそが中山小説の醍醐味なのである。

『恩讐の鎮魂曲（レクイエム）』もまた、そうした知的な驚きをもたらしてくれる一冊だ。

　旺盛に創作活動を行っている中山にはシリーズ・単発を含め多数の著作があるが、先読みができないという意味では、本書を含む御子柴礼司（みこしばれいじ）シリーズの第一作『贖罪（しょくざい）の奏鳴曲（ソナタ）』（二〇一一年。講談社→現・講談社文庫）以上に読者をはらはらさせた作品はないのではないか。なにしろ主人公が死体を運び、殺人の隠蔽（いんぺい）工作を行う場面から話が始まるのだ。主人公である御子柴礼司の職業は弁護士、辣腕ではあるが金に汚く、裁判に勝つためなら手段を選ばないという悪評の主である。その彼がなぜ危ない橋を渡ることになったのか。その謎を解く鍵は御子柴の過去にある。彼は未成年のときに許されざる罪を犯し、医療少年院での生活を送ったあと、司法試験を受けて資格を得たのである。犯行時の園部信一郎（そのべしんいちろう）という名を現在のものに改めたため、その事実を知る者はごく限られている。

『贖罪の奏鳴曲』は、御子柴の過去が暴かれればどうなるかという関心と、彼が手掛ける保険金殺人事件裁判の帰趨とが並行して綴られていく物語であった。続く第二作『追憶の夜想曲(ノクターン)』(二〇一三年。講談社→現・講談社文庫)の冒頭でも彼が過去に犯した事件の回想場面が置かれている。この作品で御子柴が手掛けるのは、ある女性が夫を殺害した事件の控訴審弁護である。絶対不利な情勢をいかに挽回していくか、という関心で読ませる内容なのだが、もう一つ、御子柴は自分にとって旨味のない案件をなぜ引き受けたのか、という謎が初めから呈示されており、それが明かされる瞬間にクライマックスが訪れるよう、計算して書かれている。御子柴自身の事件であることが前面に押し出された『贖罪の奏鳴曲』とは対照的な書きぶりであり、両作は表裏一体の関係にある。『追憶の夜想曲』刊行時の印象では二作をもって御子柴の物語は完結したようにさえ思われ、この先がどうなるか、そもそも続きが書けるのか、と読者に首を捻(ひね)らせたものなのである。

その続きが本書、『恩讐の鎮魂曲』ということになる(初出:「メフィスト」2014 VOL.2~2015 VOL.2。二〇一六年三月十五日、講談社から単行本化)。とんでもない終わり方をした前作を受けての続篇なのだから、当然のことながら読者の期待は否(いや)が応にも高まる。中山は見事にそれに応えてみせた。

今回御子柴が手掛けるのは、特別養護老人ホームの入居者が職員を撲殺したとして訴追された事件だ。被疑者となったのは医療少年院時代に教官として彼を担当した稲(いな)見(み)武雄(たけお)である。弁護のため、すべてを擲(なげう)って馳せ参じる御子柴だったが、なぜか稲見は彼を忌避する。さらには自ら進んで有罪判決を受けようとしているようにさえ見えて、御子柴は大いに焦燥するのだった。

弁護士を主人公にした法廷小説の中には、依頼人との信頼関係が成り立たないための苦闘を描いたものが多数ある。誰か他の人間を庇(かば)っていたり、なんらかの事情があって嘘を吐(つ)いていたりするため、弁護人が充分に力を発揮できないという状況が描かれるのだ。『恩讐の鎮魂曲』もそうした系譜に連なる作品である。しかも本作の場合、御子柴が弁護しようとする相手が彼にとって唯一無二の恩人・稲見であり、内面の葛藤も甚だしいものがある。前二作をすでにお読みの方であれば、それらとは比較にならないほど御子柴が熱くなっていることがおわかりになるだろう。冷静沈着で常に他人の裏をかいてきた男が、初めて我を忘れてしまう。そのもどかしさが本書最大の読みどころになっている。

さらに視野を広くとれば、本書は「誰もが嘘を吐いている」というミステリーの真髄ともいえるプロットを用いたものであるということができる。作中の登場人物に与えられる手がかりが読者にも提示され、同じ条件で謎解きに参加できるというフェアプレイの精神が良きミステリーの必要条件である。だからこそ作者はその提供の仕方に凝るのであり、証人たちに嘘を吐かせるという技巧が重宝される。嘘の証言によって浮かび上がってくる謎は、虚飾が覆い隠している真実は何か、というものだけではなく、そもそも証人はなぜ嘘を吐いているのか、という動機の問題も含む。つまりそれによって、登場人物おのおのの心理状態が浮き彫りにされることになるのだ。優れた謎解き小説には決まって魅力的な嘘が含まれる。中山七里は、そのことを熟知した作家なのである。

本書の別の魅力として、法律の解釈を含むという要素がある。刑法は第三十七条において〈緊急避難〉を規定している。「自己又は他人の生命、身体、自由又は財産に対する現在の危難を避けるため、やむを得ずにした行為は、これによって生じた害が避けようとした害の程度を超えなかった場合に限り、罰しない」との条文から始まるもので、たとえば船が遭難したとき、自分が助かるために他人に暴力を振るって板を奪い取ったというような場合は、罪を問わないというのである。物語の冒頭では韓国籍の船が難破して大量の死者が出た事故の模様が描かれており、その中で正しくこの〈緊急避難〉に該当するような事件が起きる。稲見が被告となった殺人事件と、この難破事故とは一見無関係のようなのだが、そこは「布石」を重んじる作者のことであり、意味のない文章は小説内には存在しない。本書における〈緊急避難〉は何を指すものだったのか、ということが明らかになるとき、事件は真の姿を見せ始めることになる。

中山の置く「布石」は、大きなものと小さなものに分けられる。大きなものというのは、『贖罪の奏鳴曲』のように御子柴自身の物語を読者に呈示したり、本書のように主筋で扱われる事件とは別の出来事を見せたりして、それがどのように謎解きに用いられるかを読者に想像させるような構成のことである。『追憶の夜想曲』の、御子柴の意図が初めわからないように進んでいく書きぶりもこれに当てはまるだろう。小さなものの方は、証拠を扱う手つきと言い換えてもいい。本書においても、証人の供述書や、または現場を訪れたときに御子柴が発見したものの中などに、真の意味がすぐにはわからないように置かれているものがあり、それが明かされたときには驚きが生じるのである。こうした大小の技巧を織り交ぜながら中山は物語を進めていく。大きな布石に読者が気づかないのは、小さなそれによって引き起こされる驚き自体が目くらましになっているためでもある。読者は起伏のある展開に慣れさせられているうちに少しずつ別の方へ注意が向くように誘導され、作者が隠し続けているもっと大きな秘密にまで気が回らなくさせられるのだ。こうして、いつもまったく無防備の状態で最大の驚きに直面させられることになる。

過去のインタビューで中山は、自身の最大の武器は古今東西のミステリー読書体験であると述べている。過去の名作はトリックやプロットに関する着想の宝庫であり、そこから着想はいくらでも湧いてくるのだという。勝負のためならば手段を選ばない悪徳弁護士、という御子柴礼司のキャラクターも、その意味では先行作に源流がある。法廷小説を興隆させた立役者はアメリカの作家アール・スタンリー・ガードナーだが、彼が生み出したヒーローである弁護士ペリー・メイスンも、『ビロードの爪』（一九三三年。現・創元推理文庫他）で初登場した際は、御子柴と五十歩百歩の悪評を持つやり手というキャラクターだった。シリーズが続くうちにそれが変化して、爽やかなヒーローになっていったのだ。ガードナーには他にA・A・フェアという筆名もあるが、その名義の第一作『屠所の羊』（一九三九年。現・ハヤカワ・ミステリ文庫）で元弁護士の探偵ドナルド・ラムが打った手は、御子柴礼司の戦略を先取りするものであった。こうした作品も、もちろん中山の素養の中にはあるはずである。これは蛇足だが、先行作の中から御子柴と比肩すべき悪徳弁護士を探すとすれば、ウィリアム・ディールが『真実の行方』（一九九三年。福武文庫）で登場させたマーティン・ヴェイルがもっともふさわしいのではないかと思う。

ミステリーについての深い造詣(ぞうけい)と、それを我が物として換骨奪胎する技能を武器に、中山七里は現代ミステリー界において確固たる地位を築いてきた。その作家としての特徴が最も美しく、かつ端的に発揮されたのが御子柴礼司シリーズであり、この『恩讐の鎮魂曲』なのである。ここまであえて強調せずに来たが、本書には御子柴が試練を乗り越えて新たな境地に至る、成長譚の要素も含まれている。謎解きを楽しんだ後には、しっかりとしたものを受け取ったという満足感が残るはずである。小説を読む楽しみとはこれを言うのだ。

本作品は二〇一六年三月に、講談社から刊行されました。なお、この物語はフィクションであり、実在するいかなる場所、団体、個人等とも一切関係ありません。

|著者| 中山七里　1961年、岐阜県生まれ。『さよならドビュッシー』で第8回「このミステリーがすごい！」大賞を受賞し、2010年にデビュー。2011年刊行の『贖罪の奏鳴曲（ソナタ）』が各誌紙で話題となり、ドラマ化もされた。本作は御子柴シリーズの第3作。近著に『ネメシスの使者』『ワルツを踊ろう』『逃亡刑事』『護られなかった者たちへ』、御子柴シリーズ最新作の『悪徳の輪舞曲（ロンド）』などがある。

恩讐（おんしゅう）の鎮魂曲（レクイエム）
中山七里（なかやましちり）

2018年4月15日第1刷発行

講談社文庫
定価はカバーに
表示してあります

発行者――渡瀬昌彦
発行所――株式会社　講談社
東京都文京区音羽2-12-21　〒112-8001
電話　出版（03）5395-3510
　　　販売（03）5395-5817
　　　業務（03）5395-3615
Printed in Japan

デザイン―菊地信義
製版――凸版印刷株式会社
印刷――凸版印刷株式会社
製本――株式会社若林製本工場

ISBN978-4-06-293836-5

講談社文庫刊行の辞

二十一世紀の到来を目睫に望みながら、われわれはいま、人類史上かつて例を見ない巨大な転換期をむかえようとしている。

世界も、日本も、激動の予兆に対する期待とおののきを内に蔵して、未知の時代に歩み入ろうとしている。このときにあたり、創業の人野間清治の「ナショナル・エデュケイター」への志を現代に甦らせようと意図して、われわれはここに古今の文芸作品はいうまでもなく、ひろく人文・社会・自然の諸科学から東西の名著を網羅する、新しい綜合文庫の発刊を決意した。

激動の転換期はまた断絶の時代である。われわれは戦後二十五年間の出版文化のありかたへの深い反省をこめて、この断絶の時代にあえて人間的な持続を求めようとする。いたずらに浮薄な商業主義のあだ花を追い求めることなく、長期にわたって良書に生命をあたえようとつとめるところにしか、今後の出版文化の真の繁栄はあり得ないと信じるからである。

同時にわれわれはこの綜合文庫の刊行を通じて、人文・社会・自然の諸科学が、結局人間の学にほかならないことを立証しようと願っている。かつて知識とは、「汝自身を知る」ことにつきていた。現代社会の瑣末な情報の氾濫のなかから、力強い知識の源泉を掘り起し、技術文明のただなかに、生きた人間の姿を復活させること。それこそわれわれの切なる希求である。

われわれは権威に盲従せず、俗流に媚びることなく、渾然一体となって日本の「草の根」をかたちづくる若く新しい世代の人々に、心をこめてこの新しい綜合文庫をおくり届けたい。それは知識の泉であるとともに感受性のふるさとであり、もっとも有機的に組織され、社会に開かれた万人のための大学をめざしている。大方の支援と協力を衷心より切望してやまない。

一九七一年七月

野間省一